KB093925

천년 역사, 세계인의 '힐링' 코스

산티아고
순례길 따라
2,000리

글과 사진 정찬열

천년 역사, 세계인의 '힐링' 코스

산티아고
순례길 따라
2,000리

아내와 함께 산티아고 순례길을 다녀왔다. 길을 걷기 전, 산티아고 안내서를 여러 권 읽었다. 다녀와 보니, 그중 몇 권은 길을 걷는 데 도움이 되지 않았다.

한 책은 부르고스에서 레온까지 여정을 "부르고스에서 레온까지 버스를 타고 갔다"는 한 줄로 표현하고 있었다. 그런데 가서 보니 거리가 177km, 보통사람이 6일 동안 걸어야 할 길이었다. 좀 심하다는 느낌이 들었다.

어떤 저자는 툭 하면 버스를 타고 갔다는데, 그 길이 그렇게 쉽게 걷는 길이라는 인상을 독자에게 주지 않을까 염려가 되었다.

아무리 어렵고 고통스러워도 내 평생은 내가 온몸으로 살아내야 하는 것처럼, 산티아고는 힘들고 괴로워도 끝까지 '걸어내야' 하는 길이다. 그런 생각을 하는 사람만이 그 길을 걸을 자격이 있다고, 나는 생각한다.

산티아고는 야고보 성인이 걸었던, 천 년 역사가 서려 있는 길이다. 그분의 체취가 배어있는 특별한 길이다. 많은 사람이 걸었던 길이고 지금도 수많은 사람이 걸어가고 있는 길이다. 왜 그토록 많은 사람이 그 길을 걷고 있을까.

그 길은 은총의 길이었다. 노란 화살표를 따라 31일 동안 걸었다. 비가 오면 비를 맞으며, 눈이 오면 눈보라를 뚫고. 쏟아지는 태양을 견디며, 뚜벅뚜벅 그 길을 걸어갔다. 그 길을 걸어가면서 그동안 의미 없이 스쳐 가던 것들이 새롭게 보이기 시작했다. 사람과 사물, 세상 모든 것들은 서로가 서로에게 버팀목이라는 사

4

실도 깨닫게 되었다. 은총이었다.

사람이 길을 만들지만, 길이 사람을 만들기도 한다. 그 길에서 많은 사람을 만났다. 내가 만났던 한 사람 한 사람이 모두 나의 거울이자 선생이었다. 그들의 생각과 행동에 나를 비추어 보면서 자신을 되돌아볼 수 있었다. 매일 새로운 선생님을 만났다. 그분들은 내가 어떤 길을 가야 하는지 가르침을 주었다. 은총이 아니고 무엇인가.

아내와 함께 갔지만, 각자의 길을 각자 걸었다. 그럴 수밖에 없었다. 그 길을 걸어가는 누구나 혼자서 온전히 그 길을 걸어내야 한다. 아무리 힘들고 고통스러워도 참아내며 끝까지 걸어가야 한다. 빠르고 늦고는 문제가 되지 않는다. 걸어서 산티아고에 도착하는 자는 누구나 승자가 된다. 아, 말기 암 환자 아내를 휠체어에 태워 함께 걷는 남편이 있었다. 그분, 끝까지 잘 마치셨는지 궁금하다.

그 길은 혼자이면서 함께 걷는 길이었다. 걸으면서 기억에 남아 있는 많은 사람을 불러내어 대화를 나누었다. 용서를 빌어야 할 사람에게는 용서를 구하고, 화해를 청해야 할 사람에게는 손을 내밀었다. 그러고 나니 한결 마음이 평온해졌다. 그 길은 상처를 치유하며 새로 일어서는 길이었다.

십 년쯤 지난 다음, 다시 산티아고를 가보고 싶다. 이번은 봄이었으니 그때는 가을을 택하여 가겠다. 봄이 주는 풍경과 가을이 보여주는 모습이 다르고, 그것들이 건네주는 의미 또한 많이 다를 성싶기 때문이다.

이 책이, 산티아고에 가고자 하는 분들께 작은 안내역할을 해 주
리라 믿는다.

그 길에서 큰 은총을 받으시길 빈다.

2015년 가을

미국, 오렌지카운티에서

정찬열 드림

the Way of St. James
Camino de Santiago

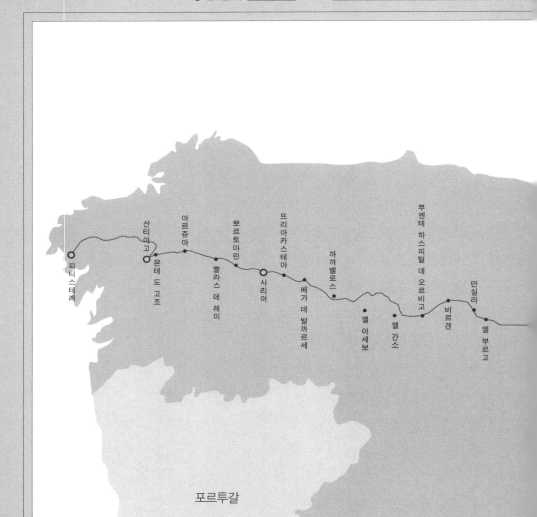

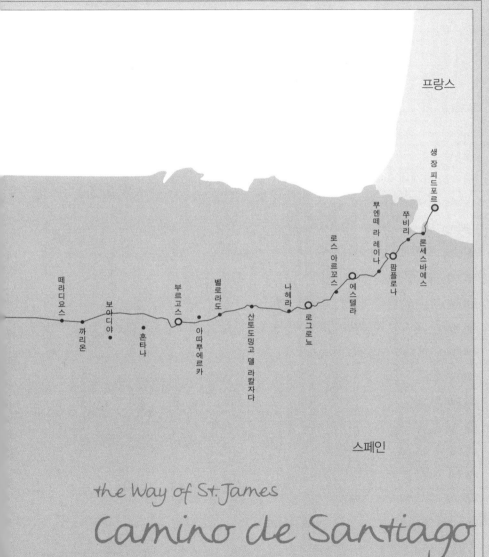

프랑스

생
장
피드포르

뿌엔떼라레이나
쭈비리
론세스바예스

로스·아르꼬스
팜플로나

나
헤
라
에스텔라

떼라디요스
벨로라도
부르고스
보아디야
까리온
로그로뇨
혼타나
아따뿌에르카
산토도밍고 델 라칼자다

스페인

the Way of St. James
Camino de Santiago

목차

4월 26일

생장 피드포르 St Jean Pied De Port 도착

프랑스 땅 생장 피드포르. 2천 리 산티아고 순례길이 시작되는 도시이다.

기차에서 내려 배낭을 짊어지고 아내와 함께 순례자 사무실로 향했다. 어둑어둑 땅거미가 지는데 부슬비가 내린다. 순례자 50여 명이 함께 걸어간다. 사무실에서 자원봉사자들이 순례자 증서 La Credencial를 발행해주고 있다. 증서가 있어야 순례자 숙소에 머물 수 있다.

사무실 앞에 길게 늘어선 줄에 한국인 몇 명이 보여서 반갑게 인사를 했다. 젊은이 서너 명과 서울에서 왔다는 한 부부다.

골목 여기저기 알베르게 간판이 걸려있다. 알베르게 Albergue. 순례자를 위한 숙소다. 출발하기 전 인터넷을 통해 정보를 얻어두었지만, 비가 오고 날이 저물었는데 여기저기 찾아다닐 형편이 아니다. 우선 사무실에서 가까운 알베르게 문을 두드리니 마침 방이 있다고 한다. 아침 식사 포함 1인당 20유로란다. 환율을 계산해보니 30달러 정도다.

산티아고_순례길따라_2000리

생장 피드포르 도착하던 날, 사무실 앞에 줄 선 모습

한 방에 여섯 명씩 잔다고 안내하는데 2층 침대 3개가 놓여있다. 아내가 아래 칸을 차지하고, 나는 위 칸에서 자기로 했다.

배낭을 내려놓고 저녁을 먹으러 시내로 나갔다. 술집은 젊은이들이 어울려 와자지껄 하는데 음식점은 벌써 문을 닫았다. 다행히 후미진 골목 피자집에 불이 켜 있어 들어갔다. 손님이 아무도 없다. 냅킨을 달라고 했는데 무슨 말인지 몰라 어리둥절 한다. 파리 몽파르나스역에서도 역무원하고 영어가 통하지 않아 애를 먹었는데, 이 집도 냅킨이라는 영어가 통하지 않는다. 조그만 피자 하나에 12유로, 작은 맥주 한 병에 2유로를 받는다. 문 닫을 시간이 가까워 서두는 성싶어 우리도 서둘러 먹었다.

순례자 사무실에 들어가 날씨를 물어보았다. 그렇잖아도 날씨 안내를 하려고 이렇게 저녁 시간에 앉아 있다며 봉사자가 인터넷 일기예보를 보여준다. 내일 눈이 많이 내릴 것이란다. 피레네 산맥을 넘어가는 건 위험하니 골짜기를 따라 아래쪽 길을 택하라고 당부한다. 한 달 전 산을 넘던 순례자 한 명이 눈보라 속에 길을 헤매다 목숨을 잃었다고 덧붙인다.

산티아고로 가는 길은 프랑스길Camino Frances, 남쪽 길Camino Moxarabe, 북쪽 길Camino del Norte 등 여러 개다. 수많은 강이 제각기 흘러 바다로 향하듯, 사람들은 생장피드포르, 팜플로나, 부르고스, 레온, 아스토르가 등 곳곳에서 출발해 산티아고를 향해 걷는다.

첫날 피레네 산맥을 넘어가는 프랑스길이 산티아고 길 중에 가장 아름답다고 했다. 대여섯 개의 산티아고길 중에 이 길을 택한 것은 피레네를 넘고 싶다는 아내의 의견을 따랐기 때문이었다. 아내의 얼굴에 실망의 빛이 역력하다.

빗소리와 함께 밤이 깊어간다.

순례자 증서(La Credencial). 이 증서가 있어야만 순례자 숙소에 머물 수가 있다.

순례길 첫 날(4월 27일)

생 장 피드포르 St Jean Pied De Port 출발,
피레네산 넘어, 론센스바예스 Roncesvalles 도착

St Jean Pied De Port

Roncesvalles

27KM

양떼들이 한가롭게 풀을 뜯고 있다

로마·예루살렘 길과 더불어 세계 3대 순례길
'투르 드 프랑스', 암스트롱과 울리히 떠올라
갈림길마다 노란 화살표가 방향 알려주고

사람들이 웅성거리는 소리에 잠을 깼다. 아직 어둡다. 빗방울이 창문을 때린다. 어제저녁은 2층 침대에 가로막이 없어 아래로 굴러 떨어질까 봐 신경이 쓰여 잠을 좀 설쳤다.

식당에 아침이 준비되어 있다. 식사래야 빵 몇 조각과 우유 한 잔이다. 순례자 몇 명이 벌써 식탁에 앉아있다. 긴 의자에 마주보고 앉아 아침을 먹으면서도 날씨가 화제다. 영어가 공통어다. 영어가 되지 않는 사람하고는 소통이 되지 않는다.

스틱을 기내에 반입할 수 없다고 하여 가지고 오지 않았으니 구입해야 한다. 마침 바로 건너편이 스포츠용품점이다. 가게를 지키던 중년쯤 보이는 주인남자에게 "날씨가 좋지 않아 피레네 산을 넘기가 어렵다" 한다고 운을 떼자, "이정도 날씨면 괜찮을 거라며 한 번 넘어가 보라"고 한다. 옆에 서 있던 아내가 "그렇지요." 반갑게 한마디 거든다.

알베르게로 돌아와 주인에게 스포츠용품점 주인의 얘기를 전했더니, "그 사람 참 무책임한 사람이네, 사고 나면 책임진다고 합디까? 목숨이 하나니까 알아서 하세요” 하며 말문을 닫는다. 뚱뚱한 주인 아주머니가 거침이 없다. 집에서 가져왔던 “산티아고길 안내책”을 이곳에 들르게 될 한국인이 읽을 수 있도록 놓고 가겠다고 하니 주인이 흔쾌히 받아준다.

아침 7시 30분, 배낭을 둘러맸다. 침낭과 간단한 옷가지, 꼭 필요한 물건만 넣었지만 만만찮게 무겁다. 5백 마일, 800㎞ 여정, 그 첫걸음을 내딛기 시작한다. 이 길은 예수 열두 제자 중의 한 명인 야고보 성인의 행적을 기리는 길이다. 산티아고Santiago는 성Saint 야고보Diego의 합성어다. 천 년이 넘는 오래된 길로 로마길, 예루살렘 길과 더불어 세계 3대 순례길로 불린다. 중세시대에는 대부분 순례자가 구원을 얻기 위한 신앙심으로 걸었지만, 형벌의 수단이나 마을을 대표한 서원을 하고 걷는 이들도 있었다. 요즈음은 매년 17만여 명이 걷거나 자전거를 타고 산티아고를 향하는데 종교와 관계없이 개인적인 목적으로 가는 사람이 더 많다고 한다.

세진 학생이 함께 가자며 따라붙는다. 어제 기차에서 만났던 젊은이다. 대학생인데 올해 7월에 입대를 하게 되어 있어 그 전에 산티아고길을 걷고 싶어 왔다고 했다.

부슬부슬 내리는 비를 맞으며 순례객들이 골목길을 내려가고 있다. 오래된 이 층 돌집들 사이로 벽돌을 박아 만든 길이 나 있다. 이 거리는 몇백 년이나 되었을까. 길이 반질반질 닳았다. 제법 가파른 골목길이 빗물을 받아 번들거린다. 미끄러지지 않으려고 조심조심 걷는다. 순례길을 나서는 낯선 얼굴들끼리 나누는 “굿모닝” 아침 인사가 경쾌하다.

우장을 둘러쓴 사람, 비옷을 입은 사람, 그리고 작은 수레를 끌고 가는 사람도 보인다. 우장을 둘러쓴 사람은 배낭이 불쑥 튀어나와 곱추 같은 모습으로 뒤뚱거리며 걸어간다.

오늘은 피레네 산맥을 넘어 스페인 땅 론센스바예스Roncesvalles 까지 걸어갈 예정이다. 어제저녁 순례자 사무실에서 들었던 얘기가 머리를 떠나지 않는다. 시내를 벗어나자 삼거리가 나왔다. 윗길과 아랫길이 갈라지는 곳이다.

순례자들이 골짜기길을 택하고 있다. 어느 길로 가야하나. 아내가 "피레네 산맥을 넘고 싶지만 당신이 결정한 대로 따르겠다"고 한다. 세진이도 고개를 끄덕인다. "눈 속에 길을 헤매다 목숨을 잃었다"는 얘기가 떠오른다. "하나뿐인 목숨"이라는 알베르게 주인의 말도 생각난다. 목이 탄다. 생사의 갈림길이 될 수 있다는 생각이 들었다. 물병을 꺼내 물 한 모금을 마셨다. 레테의 강물이었을까. 조금 전 떠올랐던 얘기들을 까마득히 잊었다. 두 사람이 내 입을 바라보고 있다. 잠깐, 외롭다는 생각이 스쳐 간다. 결단을 내렸다. "그래, 피레네 산맥을 넘자"

셋이 비를 맞으며 걷기 시작했다. 바람이 거세게 분다. 고개를 바로 들 수가 없다. 병사를 몰아 눈보라 속에 이 길을 넘었던 나폴레옹처럼, 산초 판자를 대동하고 준마 로시난테를 채근하여 풍차를 향해 돌진하던 돈키호테처럼, 두 사람을 앞세우고 피레네 산을 향해 걷기 시작한다.

한 시간쯤 걸었을까. 비가 주춤한다. 산 중턱에서 숨을 돌렸다. 산 아래 풍경이 한 눈에 들어온다. 골짜기는 골짜기대로 등성이는 등성이대로 푸르다. 능선을 따라 산이 넘실댄다. 골짜기에 안개가 피어오른다. 산꼭대기까지 조성된 풀밭에서 소와 양들이 한가롭게 풀을 뜯고 있다. 평화롭다.

다시 걷기 시작한다. 길이 가파르다. 빗줄기가 굵어진다. 비가 눈으로 바뀐다. 앞뒤를 살펴보아도 걷는 사람은 우리 셋뿐이다. 눈보라가 몰아친다. 두 시간 남짓 걸었을까. 길가에 카페가 보였다.

들어가 차 한 잔 마시며 앉아있는데 세 사람이 눈을 털면서 카페로 들어온다. 우리보다 두 시간 먼저 출발한 분들인데 눈바람 때문에 앞이 보이지 않아 되돌아온다고 했다. 얼마 후 다른 그룹 3명이 들어왔다. 오늘 피레네 산을 넘는 것은 불가능하다는 얘기였다.

같은 처지에 놓인 아홉 사람이 의논을 했다. 택시를 불러 타고 아랫길로 내려가, 거기서 론센스바예스를 향해 걷기로 했다. 카페주인에게 부탁하여 택시를 불렀다. 작은 승합차여서 뒤쪽 짐칸에 네 사람이 쭈그려 앉았다. 20여분 차를 타고 골짜기 길로 내려왔다.

우리를 길가에 내려놓은 운전사가 택시비를 받지 않으려한다. 돈을 주어도 괜찮다며 손사래를 친다. 그렇다면 이름이나 알자며 이름을 물었지만 "부엔 까미노(좋은 순례길 되세요)"라고 인사를 던지더니 수줍게 웃으며 도망치듯 떠나 버린다.

세상에 이럴 수가! 지나가는 택시를 손들어 세운 것도 아니고, 전화를 받고 산중턱까지 손님을 태우러 온 영업용 택시가 돈을 받지 않다니. 이름 남기는 것조차 거절하다니. 길가에 선 우리들 아홉 명은 그가 사라진 쪽을 한동안 멍하니 바라보았다. 그는 아마도 '천사'일 거라며 누군가 혼자 중얼거렸다.

해맑게 웃던 40대 중반 쯤의 운전사 모습이 생생하다. 나뿐만 아니라, 택시를 타고 갔던 아홉 사람에게 그 운전사는 산티아고 길과 함께 오래오래 기억될 성 싶다.

길을 걸어가면 발자국이 남는다. 우리가 살아온 길도 되돌아보면 제각기 걸어온 삶의 흔적이 남아있다. 지우개로 박박 지워버리고 싶은 기억도 있고, 생각하면 할수록 흐뭇한 미소가 떠오르는 아름다운 추억도 있다.

개가 달려가면 매화꽃이 떨어지고(拘走梅花落), 닭이 걸어가니 댓잎이 돋아난다(鷄行竹葉生). 눈 덮인 마당 위에 생겨난 개의 발자국을 매화꽃이라 부르고, 닭의 발자국을 댓잎이라 표현한 옛 시 구절이다.

개가 달려가면 매화꽃잎 떨어지듯, 산티아고길 운전사처럼 살아온 길목에 꽃을 피워내는 사람은 누구일까. 나는 어떤 발자국을 남겼을까. 그리고 어떤 무늬를 남길 수 있을까, 궁금하다.

가랑비가 내린다. 이정표를 보니 론세스바에스까지 19㎞다. 차에서 내린 아홉 명이 배낭을 지고 길게 늘어서 찻길을 따라 걸어간다. 오른쪽은 절벽, 왼쪽은 낭떠러지 아래로 강이 흐른다. 숲이 울창하다. 찻길을 걸을 때는 차가 오는 쪽을 마주 보고 걸어야 한다. 안전을 위해서다.

한참 걸어가다가 뒤를 돌아본다. 택시 운전사의 체취가 남아있을 것 같은 그 장소를 다시 바라본다. 어쩌면 조금 전 그 젊은 운전사가 남긴 메시지를 가슴에 담아 가도록 등성이가 아닌 골짜기 길을 가게 한 지도 모르겠다는 생각마저 든다.

캐나다에서 왔다는 메리 아주머니가 큰 배낭을 짊어지고 뒤뚱뒤뚱 힘겹게 따라온다. 올해 예순여덟 살인데 은퇴하고 나서 이제야 벼르던 길을 걷게 됐다며 좀 들뜬 분위기이다. 배낭이 무겁지 않느냐는 물음에 가볍게 웃는다. 힘겨워하는 모습이 역력하지만, 아무도 도와줄 수가 없다. 자기 몫은 자기가 짊어지고 갈 수 밖에. 함께 온 그녀의 친구 아이린과 얘기하며 걷다가 뒤돌아보니 메리는 보이지도 않는다.

비가 그쳤다. 자전거를 탄 젊은이 서너 명이 가파른 길을 힘차게 올라간다. 그러고 보니 이 길이 TV에서 보았던 길인 성 싶기도 하다. 해마다 수백 명 자전거 선수들이 앞서거니 뒤서거니 20여 일 동안 장장 4000여km를 질주하는 '투르 드 프랑스' 경기 장면. 100년 역사를 자랑하는 세계 최고의 사이클 경기가 바로 이 길을 통과했었다.

'투르 드 프랑스' 경기를 생각하면 1999년부터 일곱 번이나 챔피언을 했던 미국의 랜스 암스트롱 선수가 생각난다. 고환암을 이겨낸 의지의 인물이다. 그와 함께 우리의 가슴 속에 각인된 또 한 명의 선수, 독일의 얀 울리히 선수를 떠올리게 된다.

그는 암스트롱이 처음 우승할 때부터 줄곧 2위에 머물렀다. 얀 울리히는 암스트롱의 숙적이었다. 2003년 대회 때, 울리히와 암스트롱은 다섯 번째 대결을 벌였다. 그런데 앞서 달리던 암스트롱이 구경꾼의 가방에 걸려 넘어지고 말았다. 암스트롱에게는 절망의 순간, 얀 울리히에게는 절호의 기회였다. 그러나 뜻밖에도 울리히는 넘어진 암스트롱 곁에 사이클을 세우고 그가 일어나기를 묵묵히 기다렸다. 잠시 뒤 암스트롱이 일어나 달리기 시작하자 얀 울리히는 그제야 페달을 밟고 그의 뒤를 따랐다.

그 대회에서 울리히는 또 암스트롱에게 우승컵을 내주고 말았다. 넘어진 라이벌이 다시 일어서기를 기다려 준 울리히의 행동을 세계는 '위대한 멈춤'이라고 극찬했다.

암스트롱은 빨리 달렸고 울리히는 바르게 달렸다. 2012년 국제사이클연맹UCI은 암스트롱이 지속적으로 금지 약물을 복용해 온 사실을 밝혀냈다. 암스트롱의 모든 수상 실적은 취소되었다. 2003년의 진정한 챔피언은 암스트롱이 아니라 당시 2위였던 독일의 얀 울리히라는 사실이 뒤늦게 공인받게 된 것이다.

당당한 삶이란 게 무엇인지 이 길을 걸어가면서 다시 생각하게 된다. 울리히를 통해 느꼈을 독일인의 자부심을 짐작해본다. 개개인의 인격人格이 모여 국격國格을 이룬다. 그의 선택은 독일국민의 수준을 세계에 과시한 사건이었다. 잘못된 역사를 참회하는 오늘의 독일은 그런 국민의 수준으로부터 비롯된 것은 아닐까. 그래서 역사를 속이는 일본과 극명하게 대비가 되는 게 아닐까.

나는 이 글을 쓰면서 울리히가 있던 자리에 한국 선수가 있었다면, 그도 울리히 같은 행동을 했을까, 엉뚱한 상상을 해본다. 그랬을까…? 모를 일이다.

수백 명 자전거 선수들이 달려갔던 길을 천천히 걸어간다. 노랑색 화살표가 골짜기 쪽을 가르킨다. 저 화살표를 따라가야 한다. 화살표는 길가 표지판에 그려졌거나 표지석에 새겨져 있고, 때로는 나무둥치나 집 담벼락에 그려져 있기도 한다. 저 노오란 화살표를 놓치면 길을 잃게 된다.

비 개인 피레네산 골짜기에 봄기운이 가득하다. 상큼하게 와 닿는 숲 냄새. 동물이 새끼를 낳을 때 산고를 치루는 것처럼 나무들도 제 몸을 쥐어짜 새 잎을 틔워낸다. 동물은 젖비린내를 피우며 태어나지만 나무는 저렇게 향긋한 냄새를 풍기며 어린 싹이 돋아난다.

봄 산에 들어서 조용히 귀를 기울이면 새싹들이 내 지르는 소리 온 산에 가득하다. 아기를 세상으로 밀어내는 산모의 숨넘어가는 몸짓인 양, 바람이 불 때마다 나무들이 흐느적거린다. 아이가 머리를 내밀 듯

새순이 뾰쪽이 돋는다. 새싹들이 터트리는 상큼한 냄새 온 산에 넘쳐
난다.

계곡을 따라 물이 흐르고 물 따라 길이 나있다. 길은 오솔길, 사람들
이 한 줄로 나란히 걷고 있다. 길은 골짜기를 건너 마을을 지나, 다시
차도로 이어진다.

우장을 벗고 길가 돌 위에 앉아 잠깐 휴식을 취한다. 배가 고프다.
집에서 가져온 생식을 한 봉지 꺼내 물병에 타서 마셨다. 비상식량이
다. 잠깐 쉬는 동안 한국인을 만났다. 두 청년과 60대로 보이는 아주머
니다. 대학생인데 어머니가 오래전부터 원하던 길이라 모시고 왔다고
한다. 또 한 청년은 친구라 했다. 아들 이름이 원대한. 이름도 좋다. 어
머니를 앞세워 걸어가는 모습이 아름답다. 저래서 '사람이 꽃보다 아
름답다'는 노래가 생겨났는지도 모르겠다.

론세스바예스 8.5㎞. 시멘트로 만들어진 조형물에 노랑색 화살표와
산티아고길을 상징하는 조개무늬 표시가 길을 안내한다. 작은 돌멩이
들이 이정표 위에 수북이 쌓여있다. 돌을 쌓아 하늘에 기원하는 것은
세계 공통의 풍습이 아닌가 싶다. 우리나라 문경새재를 올라가면서,
미국의 트레일을 걸으면서도 저렇게 길가에 돌멩이를 쌓아놓은 모습
을 많이 보았으니까.

빗줄기가 굵어진다. 오늘 산등성이로 못간 게 아쉽지만 생각해보면
아름답지 않은 자연이 어디 있겠는가. 피레네산의 속살을 만져보라고
이 길을 택하게 하지 않았을까. 흙길이 진창이 된다. 질퍽거리고 미끄
러지면서 언덕길을 올라간다.

비가 눈으로 바뀌었다. 잎은 잎대로 피어나고 눈은 눈대로 내린다.
잠깐 숨을 돌려 먼 산을 바라보니 봉우리에 하얗게 눈이 쌓여있다. 어,

그러고 보니 어느새 프랑스 국경을 넘어 스페인에 들어서 버렸다. 국경에는 군인이 지키고 신분증을 검사하는 줄만 알았는데, 그게 아니다. 한반도에서는 휴전선을 가로질러 철조망이 있고, 미국은 같은 나라 안에서도 네바다주에서 캘리포니아로 넘어올 때 식물검역을 받아야 하지 않던가.

눈보라를 뚫고 론세스바예스 성당에 도착했다. 오늘 27km를 걸었다. 고색창연한 성당 건물을 지나 눈을 털고 사무실로 들어갔다. 순례자들이 여권을 들고 줄을 서 있다. 정부에서 운영하는 숙소인 알베르게는 지역에 따라 5유로부터 10유로를 받는다고 한다. 이곳은 10유로, 15달러 정도다.

등록을 마치고 배정된 알베르게에 도착해 보니 커다란 창고 모양의 건물이다. 11세기에 세워진 건물인데 순례자 병원으로 쓰던 건물을 개조했다고 한다. 천 년 전에 세운 건물이다. 천년 세월이 녹아 있는 건물에서 잠을 자게 되었다.

이층 침대가 줄지어 놓여있는데 100여개는 될 성싶다. 침대를 두 개씩 붙여 놓았다. 종이로 된 침대커버를 제공해준다. 관리인에게 물어보니 150명을 수용할 수 있다고 한다. 화장실이 깨끗하고 샤워시설도 잘 되어 있다.

배낭을 벗어 놓고 6시부터 시작되는 순례자를 위한 미사에 참석했다. 자리가 없어 뒤쪽에 섰다. 신부님이 스페인어로 미사를 집전한다. 순례길 첫날 유서 깊은 성당에서 감사기도를 드리게 되었다. 미사 중 순례자들의 국적이 호명된다.

미사가 끝나고 순례자를 위한 저녁식사 시간. 예약이 필요한데 한 사람당 10유로다. 70여 명이 식당에 자리를 잡았다. 독일, 프랑스, 네

덜란드, 영국 등, 세계 각국에서 온 사람들이다. 빵이 바구니에 담겨 나왔다. 구수한 빵 냄새가 입맛을 돋우더니 항아리에 담긴 수프를 내왔다. 그리고 와인이 나왔다. 푸짐하다. 술이 한 잔씩 돌아가자 장내가 소란해지기 시작한다. 갖가지 언어가 섞여 들려온다.

잠자리에 든다. 침낭 속에 웅크리고 누웠다. 어머니 자궁 속처럼 편하고 아늑하다. 밤 10시, 등을 끄자 여기저기서 코 고는 소리가 들려온다.

내 목침에 때를 묻히고 간 사람, 천 년 동안 이 건물을 거쳐 간 수많은 사람을 생각해 본다. 천 년이란 얼마나 긴 세월일까. 기껏 몇십 년 희로애락을 각축하다가 한 줌 먼지로 돌아가는 인간이란 존재는 또 무엇인가. 순례길 첫날밤이 깊어간다.

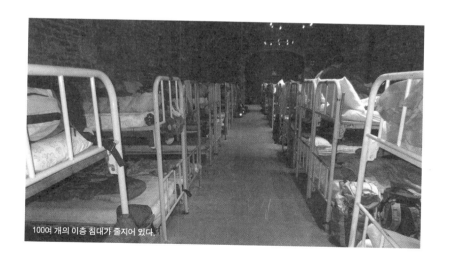
100여 개의 이층 침대가 줄지어 있다.

둘째날(4월28일)

론세스바예스^{Roncesvalles} 에서 쭈비리^{Zubiri}까지

웅성거리는 소리에 잠이 깼다. 사람들이 어둠 속에서 주섬주섬 배낭을 챙기고 있다. 옆 사람에 방해되지 않도록 조심하지만 소곤거리는 소리, 지퍼 올리는 소리 등이 들려오기 마련이다. 150명이 한 장소에서 잤으니 밤새 화장실 드나드는 소리 하며 코를 고는 소리는 또 얼마나 요란했을까. 누군가 불을 확 켠다. 5시 30분. 일어나야 할 시간인 모양이다.

밖에 나오니 바람이 차다. 어둠이 채 가시지 않은 새벽이다. 오늘은 쭈비리^{Zubiri}까지 갈 예정이다. 22km다.

차도를 따라 순례자용 좁은 길이 나 있다. 숲길로 이어진다. 숲 속 공기가 싱그럽다. 오래지 않아 마을이 나온다. 단층과 이층집이 섞인 반듯한 마을이다. 아스팔트길 왼쪽으로 성당이 보인다. 성당 시계탑이 7시 50분을 가리키고 있다. 돌로 지은 성당에 푸른 이끼가 끼어있다. 저 성당은 또 몇백 년이나 되었을까.

Roncesvalles

21.8km

Zubiri

둘씩 셋씩 걸어가는 순례자.

야고보 시신 실은 배 상징 조개, 배낭에 달고 순례

길가에 길게 이어진 돌담, 알고 보니 공동묘지

걸어보니 알겠다. 각자의 길을 각자 걸어간다는 것을

마을을 지나자 들판이 시작된다. 울타리를 둘러친 넓은 목초지에 말 대여섯 마리가 풀을 뜯고 있다.

맑던 하늘에 구름이 낀다. 혼자서, 둘이서, 혹은 끼리끼리 길 따라 사람들이 걸어가고 있다. 걸어가면서 서로 대화를 나누고 각자의 걸음 속도에 따라 또 새로운 사람과 섞여 걷기도 한다. 각국에서 온 각양각색의 사람들과 얘기를 주고받으며 걸어간다.

모두 배낭 뒤에 조개껍데기를 하나씩 매달았다. 예수님의 열두 제자 중 한 사람인 야고보 성인은 스페인에서 전도여행을 마치고 예루살렘으로 돌아와 서기 44년에 순교 당했다. 그의 제자들이 몰래 시신을 수습하여 돌로 만든 배에 실어 강에 띄웠는데, 그 배가 산티아고 부근에 도착하게 된다. 배낭의 조개는 그때 성인을 태우고 온 배를 상징한다.

야고보 성인의 유해는 근처 야산에 매장되었다. 800년이 지난 9세기 초, 한 수도사가 별빛의 인도를 받아 무덤을 발견했고, 교황청의 고증을 거쳐 야고보의 무덤으로 인증된다. 그때는 이슬람 세력이 이베리아 반도를 지배하던 시기였기에, 유럽 기독교 국가들이 가톨릭 부흥을 위해 산티아고 성지 순례를 장려한다. 그로부터 '산티아고 데 콤포스텔라Santiago de Compstela', 성 야고보의 무덤이 있는 산티아고 대성당을 향한 순례길이 시작되었다.

이 길은 20세기 초 가톨릭부흥운동의 하나인 '꾸르실료 운동'이 시작된 길이기도 하다. 개신교에서 이 제도를 차용하여 '트레스디아스' 운동을 시작했다. 꾸르실료 교육을 받고 꾸르실리스타가 되던 날의 감격이 새롭다. '데 꼴로레스De Colores' 노래를 부르며 '끼리 끼리, 까라 까라, 삐오 삐오' 손벽 치던 날의 기억을 떠올리며 그 현장을 걸어간다.

자전거를 탄 젊은이 대여섯 명이 지나간다. 산티아고 대성당에 도착한 사람에게는 증서를 발행한다. 걸어 온 사람, 자전거를 타고 온 사람, 말을 타고 온 사람. 세 종류의 사람들에게 산티아고 길을 걸었다는 확인 증서를 준다고 했다.

앞서 가던 아내가 보이지 않는다. 어제처럼 오늘도, 나는 나대로 아내는 아내대로 걷고 있다. 처음엔 이 길을 혼자 오려고 했다. 여행의 진정한 목적은 자유가 아니던가. 마음껏 생각하고, 느끼고, 행동할 수 있는 완벽한 자유. 혼자 사색할 수 있는 나만의 시간을 위해 훌쩍 떠나고 싶었다.

그런데 아내가 함께 가겠다고 했다. 직장에서 어렵게 휴가를 받아냈다. 이렇게 걸어보니 알겠다. 둘이서, 혹은 여럿이 오더라도 결국 혼자 걷게 된다는 것을. 각자의 길을 각자 걸어가는 것이다. 그 날의 목적지만 정해놓으면 된다.

천 년 전, 어떤 분이 걸어갔던 길을 걸어간다. 길가에 싸리꽃이 화사하다. 연초록 새순들이 뾰쪽뾰쪽 돋아난다. 한 줄기 햇살이 숲을 헤치고 물웅덩이에 내려와, 빛으로 반사되어 나를 비춘다. 눈이 부시다. 바람이 불 때마다 봄 숲이 가지를 흔들어 길손을 환영한다.

새들이 저마다의 목소리로 노래를 부른다. 저렇게 각기 다른 음색을 통해 순례자에게 제각각 메시지를 전달하고 있다. 소리를 길게 뽑아 '쑤우 꾹, 쑤우욱 꾹' 말을 걸어오는 놈이 있는가 하면, '삐비 삐이삐비' 자지러지게 목소리를 몰아치는 녀석도 있다. 천 년 전에도 저렇게 똑같은 소리로 길손을 불러 세우지 않았을까

작은 산 하나를 넘자 또 마을이 나온다. 70~80여 호가 되어 보이는 시골마을이다. 마을과 마을로 이어진 길을 걷다보면 산티아고에 이를 것이다. 마을이란 길들이 모여 사는 곳, 사람들이 흘러 들어오고 나가

는 곳. 그들을 위한 주막이 있는 곳, 그곳이 곧 마을이다.

길은 핏줄이며 동맥이다. 사람이 사는 곳을 서로 이어준다. 로마가 제국을 건설하고 통치할 수 있었던 것은 길을 잘 만들어 활용했기 때문이다. 이곳 스페인이 한때 세계를 호령했던 것도 바닷길을 지배했기 때문이다. 그런데 우리 역사를 보면, 조선 숙종 때 평안도 관찰사가 길을 닦아야 한다고 했더니, 숙종은 '치도병가지대기治道兵家之大忌' 곧 '길 닦는 것은 병법에서 피하는 일'이라 답하여 결국 길을 닦지 못했다는 기록이 보인다. 대륙과 섬나라의 잦은 침공 때문에 길이 없는 편이 안전하다고 생각했는지 모르지만 그래서 나라가 번영할 수 있겠는가. 대원군의 쇄국정책도 결국 길을 열지 않겠다는 잘못된 판단이었다. 길이 열리면 나라가 흥하고, 길을 막으면 나라가 망한다.

나라의 흥망성쇠가 길에 달려있다. 나는 내 조국에 미래를 내다볼 줄 아는 지도자가 나오길 고대한다. 막혀있는 한반도 북녘땅을 열어갈 수 있는 지도자, 그 길을 타고 대륙으로 힘차게 기운을 펼쳐나갈 혜안을 가진 리더. 아흔아홉을 양보하더라도 길 하나를 얻어내면, 바로 그 하나가 아흔아홉을 넘치게 채워줄 것을 아는 선구자를 기다리고 있다. 그것만이 우리 민족이 융성하는 길이므로.

마을을 지나며 담 너머로 보니 닭장 안의 닭이 우리 시골 토종닭을 닮았다. 그런데 닭이 왜 한 마리뿐일까. 애완용일까. 장작을 패서 가지런히 처마 밑에 쌓아놓았다. 국토 횡단 때 강원도 지방을 걸어가면서도 집안 마루나 처마 밑에 저렇게 장작을 쌓아놓은 모습을 많이 보았다. 사람 사는 모습이 어디나 저렇게 비슷하다.

이정표가 세워져있다. 아래쪽에 Navarra라는 큰 글씨가 보인다. 행정구역을 구분하는 지역 이름이다. 스페인은 지방색이 강하다고 했다. 역사적으로 서로 싸움도 많이 했던 모양이다. 이곳 나바라 지역은 바스크인들이 많이 사는 고장이다. 그래서 도시 이름도 바스크어를 포함하여 두 가지로 표기하고 있다고 한다.

매스컴을 통해 스페인 동북부 지방, 피레네 산맥에서 바르셀로나를 거쳐 발렌시아로 이어지는 400㎞ 길이의 인간사슬 시위에 주민 수십만이 참여했다는 보도를 보았다. 독자적 문화를 갖고 있는 스페인에서 가장 부유한 지역이지만 마드리드 중앙정부로부터 받는 것은 적고 빼앗기는 것이 많다며 분리 독립을 추진하고 있다는 얘기였다.

산등성이에 오르자 론세스바예스 성모상에 부조로 조각된 비석이 세워져 있다. 아기 예수를 안고 계시는 성모상 아래 "이곳에서 우리 론세스바예스 성모님께 구원을 기도하라"라는 말이 새겨져있다. 스페인어로 적혀 있어 지나가는 사람에게 물어서 그 뜻을 알았다.

산길에서 한국인을 만났다. 무거운 배낭을 힘들게 메고 가기에 말을 걸었더니 다리가 쥐가 나 천천히 걸어가고 있다고 한다. 부부가 함께 걷는 중이라 했다.

Biscarreta 마을을 지난다. 몇백 년 전에 지었는지 모를 정도로 오래된 건물, 그리고 말끔하게 단장된 집들이 섞여 있다. 돌로 된 건물은 창고로 쓰는 걸까. 문짝이 삭아 색이 바래고 떨어져 나간 채 그대로 방치되어있다. 그 곁에 신형 세단이 세워져 있다. 고대와 현대가 세월을 건너뛰어 나란히 서 있다.

모퉁이를 돌아서니 'Bar'가 보인다. 한국에 주막이 있듯이, 이곳에는 '바'라고 부르는 곳에서 간단한 먹거리를 판다. 웬만큼 큰 마을에는 알베르게도 있어서 순례자들이 자신의 상황에 맞게 쉬어갈 수 있게 되어 있다. 만약 어느 마을에서 잠자리를 찾지 못하면 다음 마을까지 십리

정도를 더 가면 된다. 한국도 대략 십리 간격에 마을이 하나씩 있었다. 동 서양의 살아가는 모습이 그런 면에서도 닮았다.

순례자들이 밖에 앉아서 쉬고 있다. 배낭을 내렸다. 어깨가 뻐근하다. Zubiri까지 가는 동안 마을이 하나 있지만, 상점도 알베르게도 없다고 한다. 10㎞가 넘게 남았으니 먹거리가 필요하면 여기서 마련해야 한다고 순례자들이 얘기해준다. 저들은 누구를 도와주지 못해 안달하는 사람들 같다.

마을 길이 콘크리트로 잘 포장되어 있다. 길가에 집들이 잘 정리되어 있고 페인트칠도 깔끔하게 되어있다. 전에는 비가 오면 이 부근이 진흙탕 길이었는데, 1993년 유네스코 세계 유산으로 지정된 다음 순례자 코스를 정비하는 과정에서 손보았다고 한다.

하지만 나는 이 깨끗하게 단장된 마을 풍경에서 불길한 징조를 발견

한다. 편리함을 위해 천 년 순례길의 원형이 파괴되는 것쯤이야 개의
치 않겠다는 의미일까. 그렇다면 단견이다.

　김수영 시인의 시, 「거대한 뿌리」가 생각난다.

> …전통은 아무리 더러운 전통이라도 좋다 / 나는 광화문 네거리
> 에서 기구문의 진창을 연상하고 인환네 / 처갓집 옆의 지금은 매
> 립한 개울에서 아낙네들이 / 양잿물 솥에 불을 지피며 빨래하던
> 시절을 생각하고 / 이 우울한 시대를 파라다이스처럼 생각한다
> / 버드 비숍 여사를 안 뒤부터는 썩어 빠진 대한민국이 / 괴롭지
> 않다 오히려 황송하다 역사는 아무리 / 더러운 역사라도 좋다 /
> 진창은 아무리 더러운 진창이라도 좋다…

　길가로 돌담이 길게 이어진다. 아치형 철문 하나가 붙어있기에 빈틈
으로 보았더니 공동묘지다. 오래된 비석들이 옹기종기 모여있다. 동
네에서 함께 살다가 죽어서도 저렇게 오순도순 모여 고향을 지키는
모양이다.

　빗물에 씻겨간 길에 자갈이 드러나 있다. 숲은 햇빛이 제대로 들지
못할 만큼 울창하다. 길은 두 사람이 겨우 비켜갈 수 있을 정도로 좁
다. 앞서 가는 여자의 차림이 좀 독특하다. 50대로 보이는데 수건으로
머리를 싸매고 제법 큰 가방을 앞뒤로 둘러맸다. 이름은 마리아. 홀랜
드에서 왔다고 한다. 불교에 심취해 인도와 일본에서 꽤 오랫동안 살
았다고 했다. 성악을 전공했다기에 노래를 잘하느냐고 했더니 빙
긋이 웃는다. 순례길에서 성악가의 노래를 한 번 들어보는 것도
좋은 추억이 아니겠냐고 운을 떼우니, 내 말이 끝나기도 전

성악가 마리아.

33

에 노래를 시작한다. "마리아 마리아…." 청아한 목소리가 뜬금없이 산천에 울려 퍼진다. 자기 나라 민요라고 했다. 앞서가던 순례자 몇이 뒤를 돌아본다.

소나무 그늘 아래 아내가 한국인 아주머니와 함께 앉아있다. 아까 만났던 김 선생의 부인이란다. 반갑게 인사를 나누었다. 서울 강남구 청담동에 산다고 했다. 점심을 먹고 있는 동안 김 선생이 도착했다. 배낭이 무거워 보인다.

오르막길을 걸으면 내리막길이 나오기 마련이다. Zubiri 3.4㎞ 표지판이 보인다. 숲길을 따라 내려가는 데 오래된 집터가 나온다. 순례자들을 위한 여관이었단다. Venta del Perto. 제법 규모를 갖춘 건물이었다는 것을 돌로 쌓은 넓은 집터가 말해주고 있다. 썩은 나무판자와 기둥들이 여기저기 널브러져 있다. 저만치 떨어진 곳에 철로 만든 욕조 하나가 나뒹굴고 있다. 벌겋게 녹이 슬었다. 세월은 저렇게 야금야금 모든 것을 원래의 모습으로 되돌려 가고 있다. 나무도 바위도 쇳덩이도 모두 결국은 한 줌 가루가 된다. 저기 피어나는 꽃송이도, 나는 새도, 그리고 인간도.

"Welcome to Sport Hall…. 6-9".

식당 안내문이 나무에 걸려있다. 마을이 멀지 않았나 보다. 숲을 벗어나자 아담한 도시가 눈에 들어왔다.

Zubiri다. 청담동 아주머니와 아내가 입구에서 기다리고 있다. 농가 뜰에 핀 튤립의 빨간색과 이파리의 초록색이 눈길을 확 끈다. 꽃도 물도 나무도 공해가 없어 저렇게 제 모습을 뽐낼 수 있는지 모르겠다. 다리를 건넛마을에 들어선다.

알베르게를 찾아갔다. 한 사람당 8유로다. 건물이 꽤 넓어 보여 몇 사람이나 수용할 수 있느냐 물으니 150 침대라고 했다. 방마다 크기가 달라 우리는 2층에 있는 12인용 방을 배정받았다. 옆방은 네 명을 수용한다고 했다. 오후 2시 30분이다.

짐을 내려놓은 다음 아내와 함께 시내를 둘러보았다. 일요일 이어서일까. 한적한 시골 이어서일까? 마을에 사람이 보이지 않는다. 바 한 군데가 문을 열었는데 젊은이 몇이 한담을 나누고 있다. 인적 없는 길을 따라 걷다 보니 식당이 보인다.

음식을 주문해 먹고 있는데 청담동 김 선생 내외가 들어온다. 다리는 괜찮으냐고 물으니 견딜 만하다고 한다. 그러면서 카미노 길은 원래 천천히 걷는 길이 아니더냐고 한 마디 덧붙인다. 젊은이들이 뛰다시피 빠른 걸음으로 걸어가는 모습을 보면서 느낀 이야기가 아닌가 싶어진다.

맥주 한 잔을 나누면서 얘기를 하고 있는데. 한국인 부부가 들어온다. 오랫동안 공무원 생활을 하다가 은퇴한 후 생각을 정리하고 싶어 이 길을 걷고 있다고 한다. 이 길에서 만난 두 번째 한국인 부부다. 이재홍 씨라 했다.

알베르게로 돌아와 한참을 쉬었는데도 아직 해가 남아있다. 마당에서 한국 젊은이 몇이 얘기를 나누고 있다. 반가웠다. 맥주나 한잔 하자며 식당으로 데리고 갔다. 여정을 마치는 동안 앞서거니 뒤서거니 함께 걸어갈 길동무들이다.

원가희, 정지은, 김나연, 그리고 파리에서 와인 공부를 하고 있다는 중국인 알렉스다. 가희는 대학 졸업 후 신문사에 근무했는데 이 길을 걸으며 진로를 생각해 보겠다 했고, 지은이와 나연이는 학생인데 무엇을 하며 살아가는 게 좋을지 이 길 위에서 결정하고 싶다고 한다. 기호승씨는 건축회사에 근무하고 있으며 이 길을 걷기 위해 휴가를 받아 왔다고 했다. 이 길은 종교적 이유로 걷는 사람들도 많지만, 이젠 더 많은 사람들이 자기를 발견하고, 상처를 치유하고, 새로운 삶을 살 수 있도록 안내하는 길이 되고 있다.

숙소 마당에서 원대한과 그의 어머니를 만났다. 늦게 도착했더니 빈방이 없다며 강당에 메트리스를 깔아주었다고 한다. 찬바람 도는 넓은 강당 한쪽 바닥에 메트리스가 너댓 장 깔려있다. 우리 방에서 담요를 가져다주었다. 알베르게에 따라 침구를 주는 곳과 주지 않는 곳, 침대 시트를 주는 곳과 주지 않는 곳으로 구분되고, 그에 따라 값도 오르락내리락 한다.

내 방에 들어가 보니 침대 한 칸이 아직 비어있다. 관리 착오인지 확인하려고 사무실에 가 보니 아무도 없다. 대한이 어머니를 모시고 왔다. 어머니라도 침대에서 주무시게 되어 다행이라고 아들이 좋아한다.

순례길 세 번째 밤이다. 어렴풋 잠결에 들어보니 누군가 가만히 일어나 밖으로 나간다. 대한이 어머님이다. 아들이 잘 자나 살피고 오신다고 했다. 시간이 꽤 지나 잠결에 얼핏 들으니 또 나가시는 모양이다. 두 번씩 일어나 아들 잠자리를 살펴보고 오시는 어머니. 다 큰 아들이지만 어미의 눈에는 보살펴 줘야할 어린아이일 뿐이다.

어머니. 소리 없이 내려 밤새 가만가만 대지에 스며들어 싹을 틔우고 꽃을 피워내는 이슬. 새벽하늘을 흠뻑 적시고도 해 뜨면 흔적 없이 몸을 감추는 한 방울 이슬 같은 존재. 그런 분이 어머니가 아닐까. 밤이 깊어간다.

셋째 날 (4월 29일)

쭈비리^{Zubiri}에서 팜플로나^{Pamplona}까지

험한 오솔길 지나 언덕 오르니 온통 금작화…

공중에서 붙어버린 팜플리나의 가로수 눈길

하몽 한 점에 와인 한 잔 '찰떡궁합'

새벽이 나를 깨웠다. 배낭을 둘러멘다. 무겁다. 생존에 필요한 것들을 내 등에 지고 다녀야 한다. 짐을 지지 않고 걸어간다면 얼마나 좋을까 중얼거리다가 마음을 고쳐먹는다. 배가 풍랑에 뒤집히지 않도록 밑짐을 싣듯이, 배낭은 길을 걷는 자에게 밑짐이 아닐까. 물살 빠른 강을 맨몸으로는 건널 수 없어도 짐을 지면 거뜬히 건너가지 않던가, 라고 생각하자 배낭이 훨씬 가볍다. 인간이 이렇게 간사스럽다.

아침 햇살이 산등성이를 비춘다. 순례자들이 띄엄띄엄 걷고 있다. 마르지 않은 옷가지나 양말을 줄레줄레 배낭에 걸어 말리면서 가는 사람도 보인다.

노란 꽃이 온 산을 덮었다. 금작화다. 봄이면 우리 산천에 진달래 피어나듯 이 땅은 금작화가 만발한다. 색깔만 다를 뿐 크기나 생김새가 진달래와 많이 닮았다. 심심산천에 진달래가 지천이듯 이 골 저 골 온통 금작화다.

우리 시인이 "…영변 약산 진달래꽃 / 아름따다 가실길에 뿌리오리다 / 가시는 걸음걸음 놓인 그꽃을 / 사뿐히 즈려밟고 가시옵소서…" 라고 진달래를 노래한 것처럼, 이곳 시인들은 금작화를 노래했다. 열여섯 살에 빛나는 시편을 써서 천재시인으로 불렸던 랭보는 '어린 시절'이란 시에서, "…오솔길은 험하다 / 언덕은 금작화로 덮여 있다 / 바람도 없다 / 새들과 샘은 얼마나 멀리 있는가!…" 라고 읊었다.

랭보를 생각하면, 열네 살에 동요 '고향의 봄' 노랫말을 지었다는 이원수선생이 떠오른다. 선생은 랭보 보다 두 살이나 어린나이에 유명한 시를 쓴 셈이다.

'고향의 봄' 노래는 한때 국민애창곡 중 하나였다. 그런데 선생의 친일 전력이 알려지면서 그 빛을 많이 잃었다. 랭보는 열아홉에 시 쓰기를 그만두었다. 그리고 '바람구두를 신은 사나이'라는 별명이 붙을 만큼, 전 세계를 유랑했다. 그는 프랑스 상징주의 대표 시인으로 이름을 남겼다. 그래서 이원수 선생은 시대 상황을 피해갈 수는 없었을까, 하는 생각을 하면서 안타까움을 금할 수 없다. 그리고 역사가 무섭다는 사실을 깨닫게 되고, 동시에 역사는 무서워야 한다는 것을 상기하게 된다.

길가에 길게 지어진 돼지막사 같은 건물이 보여 가 보았더니 돼지는 한 마리도 보이지 않고 먼지만 쌓여있다. 공터엔 풀이 수북수북 허리 높이로 자라있다. 농가에 들어가 보았는데 헛간에 마른 풀 몇 덩이가 쌓여있고 농기구가 여기저기 나뒹굴고 마당에는 풀이 자라고 있다. 사람이 사는 집인가 의심스럽다. 스페인의 경제가 어렵다는 소문을 들었지만 농촌 풍경만으로도 이 나라의 경제사정을 짐작할 수 있다.

울타리 너머로 목장이 보인다. 농부가 갓 태어난 새끼 말을 돌보고 있다. 말은 낳은 후 30분이면 걷는다. 인간은 1년이 걸린다. 원숭이도 태어나 혼자서 젖을 먹는다. 그러나 인간은 어떤가. 혼자 일어서고, 스스로 완전하게 걷고 자립할 때까지 도대체 몇 년이라는 세월이 걸리는가.

목장 넘어 양떼들이 나를 가만히 쳐다보고 있다. 손을 흔들어 주었더니 '흠메에 흠메에' 말을 걸어온다. 멀리서 오신 손님을 환영한다는 의미렷다. 다시 손을 흔들어주자 '흠메에에~~' 길게 대답해 준다. 저들은 저들의 언어로, 나는 나의 언어로 말을 한다. 각 나라에서 온 사람들이 제각기의 언어로 말을 걸어오듯, 말이 통하지 않으면 웃음이나 표정으로 생각을 표현하며 소통하듯, 인간과 양떼 사이도 이렇게 소리와 몸짓을 통해 교감하는 것이다.

동물뿐이겠는가. 저렇게 바람이 불때마다 이파리를 흔들어 환영해 주는 나무들은 또 어떤가. 이 우주에 존재하는 살아있는 모든 것들은 각자의 생각을 다양한 방법으로 표현하여 서로 소통하며 살아가는 게 아닐까.

오솔길이 험하다. 언덕은 금작화로 덮여 있다. 바람도 없다. 랭보가 노래했던 바로 그 언덕을 나이든 부부가 손을 잡고 다정히 걸어가고 있다. 몇 살쯤이나 될까. "깎아 만든 저 나무 닭이 울거든/ 그제야 임은 늙으소서" 라고 읊었던 고려때 사람 우탁의 시처럼, 그렇게 금슬이 좋아 보이는 부부다. 푸르다. 산이 푸르고 들판이 푸르고, 푸른 산천을 걸어가는 사람들도 푸르다. 공중을 나는 새들도 푸르다.

푸른 숲 속으로 난 길을 따라 빨간 배낭을 끌고 가는 사람이 보인다. 배낭을 짊어지지 않고 수레에 메어 끌고 가는 저 여인. 아하, 이 길을 저렇게도 갈 수가 있는 모양이다. 조심 조심 언덕을 내려가는 모습을 바라보는 내가 더 조심스럽고 애가 탄다.

산모퉁이를 돌아서니 마을이 나오고, 강 하나를 건너자 동네가 보인다. 다시 야트막한 언덕을 넘자 도시가 나타난다. 팜플로나Pamplona다.

팜플로나는 스페인의 17개 자치주 중 하나인 나바라주의 주도州都다. 인구 20만 정도인 이 도시는 '산 페르민' 축제로 유명하다. 매년 7월 6일부터 일 주일간 열리는데 축제의 백미는 '엔시에로Encierro' 라 불리는 소몰이 행사다. 행사 기간 중 매일 아침 8시에 투우경기에 쓰일 소들을 사육장에서 풀어놓으면 팜플로나의 시가지 골목길 825m를 사람들과 함께 달려서 투우장에 골인한다. 1924년 이래 15명이 죽고 200여 명이 부상당했다는 기록이 있을 만큼 위험한 행사다. 금년 행사에서도 두 명이 사망했다는 기사를 보았다.

축제는 어니스트 헤밍웨이의 소설『태양은 다시 뜬다』에 '엔시에로'가 소개된 후부터 유명세를 타기 시작했고, 지금은 행사 기간 동안 백만 명 이상의 관광객이 몰리는 세계적인 축제가 되었다.

시내를 걸어가는데 가로수가 독특하다. 플라타나스 나무가 길 양쪽으로 심어져 있는데, 나무들이 공중에서 붙어버렸다. 신기하다. 나무 가지를 끌어당겨 접붙이기를 해놓은 모양이다. 꽤 긴 구간 그런 모습의 가로수가 계속된다. 나무를 학대하고 있다는 느낌이 든다.

무너진 돌담 일부를 시멘트 블록으로 보수해 놓았다. 이끼 긴 고풍스러운 돌담 허물어진 사이를 회색 시멘트 블록으로 보수해 놓았다. 영 어울리지 않는다. 비단 옷에 무명 헝겊을 덧대어 기워 놓은 형상이다. 돌담이니 돌을 쌓아 보수를 했으면 좋지 않았을까.

1시 45분, 시립 알베르게에 도착했다. 성당을 개조해 순례자 숙소로 만들었다고 한다. 3층 석조 건물이다. 1782년 개축했다고 돌에 새겨져있다. 천정이 높고 웅장하고 화려하다. 114명 수용 가능한 곳인데 숙소는 물론 화장실이며 부엌 등 시설이 잘 되어 있다.

어제 만났던 한국 청년들을 모두 만났다. 각자 걸어오지만 물이 웅덩이로 모이듯 이렇게 다

시 만나게 된다. 장을 보아다가 한국음식을 함께 만들어 먹기로 했다.

시내로 나와 식품점을 찾아갔다. 고깃집에 돼지 뒷다리가 주르르 걸려있다. '하몽'이라고 한다. 스페인에서만 볼 수 있는 특별한 고기다. 통째로 걸려있는 고기를 필요한 만큼 칼로 잘라 팔고 있다. 도토리가 많은 고산지대에서 돼지를 길러 특별한 가공 방식으로 만들어낸 고기다. 짭쪼름하고 씹히는 맛이 좋다. 역사적으로 바다와 가깝게 지냈던 사람들이라 오랫동안 바다에서 생활하는 뱃사람들이 고기를 먹을 수 있도록 개발된 저장방식이라고 했다.

무적함대가 영국에 패망할 때까지 세계를 지배했던 이 나라, 바다를 종횡무진 누비던 해적선의 본거지였던 이 땅. 그래서 뱃사람들에게 없어서는 안 될 음식인 하몽이 개발되었던 모양이다.

돼지 뒷다리를 저렇게 특별한 방법으로 갈무리하여 먹고 있듯이, 우리도 산간 지방인 안동에서 생선을 오랫동안 먹을 수 있도록 만들어낸 '안동 고등어'가 있다. 어느 나라나 그 지방 특유의 고유한 음식이 있기 마련인 모양이다.

생각해보면, 하몽이나 안동고등어나 오랜 시간 '숙성'의 기간을 거쳤기에 보통이 아닌 특별한 고기가 되었다. 사람을 숙성 시키는 것은 고독이다. 혼자일 때, 절대 고독 속에 잠길 때, 비로소 내면의 소리가 들리기 시작한다. 보이지 않았던 것이 보이기 시작한다. 벌거벗은 자신의 모습을 밑바닥까지 볼 수 있게 되는 것이다. 소중한 것은 바닥에 있다. 바닥을 모르고서는, 바닥을 딛지 않고서는 일어설 수가 없다. 한 발짝도 앞으로 나아갈 수가 없다. 이 길은 바닥을 볼 수 있도록 인도하는 길이라고 들었다. 정말 그럴까.

그 지역의 특별한 음식을 먹는 것은 빼놓을 수 없는 여행의 재미다. 하몽 한 덩어리, 스페인산 와인, 쌀 등 바구니 가득 사왔다. 여럿이 부엌에서 지지고, 볶고, 끓이고, 삶아 금방 한 상 잘 차려놓았다.

잔을 들고 건배를 한다. "번집시다". 10년 전쯤 중국 연변을 방문했을 때 조선족 친구들이 했던 건배사다. 술잔과 술잔으로 번지고, 마음과 마음으로 번져가자는 뜻이라 했다.

다 함께 술잔을 높이 들었다. "번집시다" 스페인 팜플로나에 한국 사람들의 목소리가 울려 퍼진다. 스페인산 와인 맛이 일품이다. 하몽과 와인이 찰떡 궁합이다.

순례자들이 바에서 아침을 먹고 있다.

용서의 언덕에 세워진 청동으로 만든 순례자들의 행렬

Pamplona

넷째 날 (4월 30일)

팜플로나^{Pamplona}에서
뿌엔떼 라 레이나^{Puente la Reina} 까지

Puente la Reina

24km

'용서의 언덕' 페르돈, 문득 떠오르는 얼굴들...
꼭대기에 올라오니 순례자 모습 청동으로 조각
숙소에서 부른 아리랑, 어느새 순례객들 하나로

비가 내린다. 아침 7시, 우장을 둘러쓰고 출발한다. 나바라 대학 입구 안내판에 "환영합니다"라는 말이 한국어와 함께 영어, 중국어, 독일어 등 각국 말로 적혀있다. 순례길 여정에 있는 학생이 대학에 들러 확인을 받아 이 길을 끝까지 마치면 학점으로 인정해 준단다. 어제 만났던 한국 아이들도 이 대학에 들러갈 예정이라 했다.

비가 멈췄다. 팜플로나 시내를 벗어나자 끝없는 밀밭이다. 초록 벌판에 노란색 유채밭이 군데군데 박혀있다. 야트막한 언덕을 따라 밀밭 가운데로 가르마처럼 길이 나있다. 그 길을 따라 순례자들이 삼삼오오 걸어가고 있다.

배가 살살 아파온다. 아내는 저만치 앞서 가고 있다. 웬만하면 참고 휴게소까지 걸어가고 싶은데 뱃속이 심상치가 않다. 설사가 날 모양이다. 배낭을 길가에 벗어 놓고 밀밭 속으로 들어갔다. 허리근처까지 자란 밀밭에 앉았다. 아늑하다. 세상에, 스페인까지 와서 밀밭에 앉게 될 줄을 누가 알았나. 이렇게 자연에 하초를 대고 앉아있으면 대지의

기가 전해 옴을 느낄 수 있다. 어릴 적, 월출산에 산나무를 하러 갔다가 배가 아파 깊은 산중에 바지를 내리고 앉아있을 때도 비슷한 경험을 한 적이 있다.

다시 언덕을 오른다. '페르돈 언덕'이다. Peredon, 스페인어로 '용서'라는 말이다. 이 언덕은 용서의 은총을 얻을 수 있는 길이다. 사소한 오해로 인해, 혹은 피치 못할 사연 때문에 가슴에 피멍이 드는 상처를 줄 수가 있고, 받을 수도 있다. 도저히 용서할 수 없는 사람, 생각만으로도 가슴이 떨리는 사람이지만 용서하도록 도와달라고 기도하면서 이 길을 걸어가면 응답 받을 수 있는 언덕이라 했다. 누구에게 용서받을 수 없는 짓을 했더라도 이 언덕에서 용서를 구하면, 용서의 은총을 받을 수 있는 길이라고도 했다.

길이 질척거리기 시작한다. 신발에 흙이 달라붙는다. 절대로 용서하지 말라고 땅이 발을 붙잡아 끄는 모양이다. 진흙길에 미끄러지는 사람이 보인다. 길이 너무 험하다며 포기하고 되돌아가는 사람도 있다.

용서를 구하는 사람들의 마음에 저렇게 흙이 달라붙어, 용서하려다 다시 미끄러지는 모양이다. 그리고 도무지 용서할 수가 없어 다음 기회로 미루는지도 모르겠다. 사람들은 말한다. 용서하는 것이 자신을 구하는 길이라고. 그것을 몰라서가 아닌데, 미움이나 상처를 끌어안고 평생을 살아간다. 긴 세월이 흐른 후에야 용서하지 못한 지난날을 후회한다.

길을 따라 올라가면서 내가 용서를 빌어야 할 사람을 차근차근 기억해낸다. 고향 산자락에 누워계신 우리 아버지. 또래들이 학교를 가는데 지게질하며 농사를 짓던 어린 시절, 가난이 모두 아버지의 탓인 양

많이도 원망했었다. 우리 어머니. 나는 왜 그렇게 어머니에게 따뜻한 아들이 되어드리지 못했을까. 내 동생, 친구, 그리고 또….

오래 전의 일들이 하나씩 눈앞에 펼쳐진다. 그 때를 생각하면 가슴이 저려온다. 그리고 눈물이 쏟아진다. 그들 앞에 무릎 꿇고 진정으로 용서를 구하며 무거운 발걸음을 옮겨간다.

내 가슴에 맺혀 있던, 생각하기조차 싫은 얼굴을 떠올린다. 한 사람씩 불러내어 그 때 왜 그랬냐고 따져 묻고, 멱살을 잡아 뺨을 한 대씩 후려치고 나니 가슴이 다 후련하다. 신발에 붙어있던 진흙덩이가 떨어져나간다. 아, 그래도 그 중 몇은 도저히 용서 할 수가 없다. 어떻게 나에게 그런 말을, 그런 짓을 할 수가 있단 말인가. 아무래도 기도가 부족한 모양이다. 이 순례길이 끝나기 전에 그들을 용서하는 은총을 달라고 기도할 수밖에.

페르돈 언덕, 790m 높이의 꼭대기에 다달았다. 순례자들의 모습이 청동으로 만들어 주욱 세워져있다. 말 타고 가는 사람, 걸어가는 사람, 어린아이, 강아지 모습까지. 이 기념물은 1996년 '나바라 까미노 친구들 연합'에서 세웠다. 기념비에 "별들이 바람에 따라 흐르는 길"이란 글이 적혀있다. 바람을 맞으며 이 길을 걸어가면 누구라도 별이 되는 모양이다.

언덕을 내려간다. 저만치 앞서 걸어가던 아내가 갑자기 다리를 절 뚝거린다. 무릎이 아프단다. 진흙구덩이를 올라오느라 무리했던 탓일까. 조심조심 옆걸음으로 내려간다. 출발하면서 "나는 문제가 없는데 당신이 걱정"이라고 큰소리치던 사람이 저렇게 문제가 생겼다. 남은 일정이 창창한데 끝까지 마칠 수 있을 런지나 모르겠다. 산 아래서 대한이 엄마 일행을 만났다. 무릎이 아프냐고 묻더니 무릎 붕대를 꺼내 주신다. 붕대를 감고 나니 한 결 낫다고 한다.

개를 두 마리씩 데리고 일가족이 걸어가고 있다. 페르돈 언덕을 넘어오면서 마음에 쌓인 찌꺼기를 다 씻어버린 탓인지 강아지 얼굴까지 다 환하다. 잠은 어디서 자는가 물었더니 알베르게나 공공건물의 잔디에 텐트를 치고 잔다고 한다.

언덕 모퉁이를 돌아섰다. 노랗게 꽃이 핀, 끝이 보이지 않는 유채밭이 장관이다. 들판이 끝나면 마을이고, 마을을 지나면 다시 들판이다. 철로 만든 야고보 성인의 동상이 여러 가지 모습으로 세워져있다.

마을 좁은 골목 양쪽에 돌로 지은 오래된 집들이 늘어서 있다. 낡았지만 관록을 과시하고 있다. 문 앞 손잡이로 걸려있는 조각품 하나가 집 주인의 품격을 보여준다. 귀족들이 살던 마을이라 했다.

오바노스Obanos를 지난다. 이 마을은 '오바노스의 신비'라는 전설로 유명한 마을이다.

카미노에서 일어난 아키텐의 공주 펠리시아Felicia와 그녀의 오빠 길레르모Gillermo 공작에 관한, 파울로 코엘류의 소설 『순례자』를 통해서도 널리 알려진 이야기다.

오랜 옛날 프랑스 남부에 있던 아키텐 왕국의 공주 펠리시아가 산티아고 순례를 마치고 돌아오는 길에 이곳에 사는 가난한 주민들과 순례자를 위해 자신의 삶을 바치기로 결심한다. 이 소식을 듣게 된 왕이 아들 길레르모에게 여동생을 데려오도록 명령한다. 오빠 길레르모가 동생을 만나 설득을 했지만 끝내 거절한다. 순간적으로 격분한 오빠가 동생을 살해하고 만다. 오빠는 순례길을 끝내고 돌아오면서 자신의 행동을 크게 뉘우치고 회개하여 동생이 하던 일을 계승하기로 결심한다. 길레르모는 이곳 오바노스에 정착해 성당을 세우고 가난한 이, 병든 이, 순례자를 위한 삶을 살았으며, 성인품에 오르게 되었다고 한다. 워낙 오랜 역사를 가진 길이라 마을 따라 길 따라 여러 가지 전설들이 전해오고 있다.

오늘의 목적지 Puente la Reina에 도착했다. Puente la Reina는 "왕비의 다리"라는 의미다. 강물에 휩쓸려 해마다 많은 순례자들이 죽어간다는 얘기를 전해 듣고 11세기에 '마요르 왕비'가 다리를 놓아주었다. 그 후 순례자들이 편하게 강을 건널 수 있게 되었고, 도시 이름이 그로부터 비롯되었단다.

개 두 마리와 함께 걷는 순례자.

마을 입구 알베르게가 만원이다. 다른 곳을 찾아 발걸음을 옮긴다. 큰 길을 따라가는데 고색창연한 건물과 성당이 세월의 무게를 전해주고 있다. 어, 가다 보니 다리입구에 다달았다. '왕비의 다리'다. 돌로 만든 튼튼하고 아름다운 다리다. 그 옛날 어떻게 이런 다리를 만들어 냈을까.

전에는 이 다리 위에 쵸리^{Txori}의 성모상이 있었다고 한다. 그 때 쵸리(바스크어로 '작은 새'라는 뜻)가 규칙적으로 날아와 부리로 성모상의 얼굴을 청소했다고 전해져오고 있다. 그 성모상이 지금은 이 마을 San Pedro 성당으로 옮겨 모셔있고, 오늘날 이 마을 축제의 기원이 되었다고 한다.

목이 마르다. 다리 밑으로 내려가 흐르는 저 물을 마음껏 마시면 딱 좋겠다. 그렇지만 물을 함부로 마시면 안 된다. 특히 이지역의 물은 그렇다. 12세기에 이 길을 걸었던 비코라는 사람의 증언에 의하면 이 곳에서 멀지 않은 살라도라는 강은 마시면 안 되는 물로 설명되어있다. 비코 일행이 그 강가에 도착했을 때, 나바로 사람 둘이 강둑에 앉아 칼을 갈고 있었단다. 말에게 물을 먹여도 좋은지를 그들에게 물었는데 괜찮다고 했다. 그런데 말에게 물을 먹이자 그 자리에서 말이 죽었다. 두 명의 나바로인들이 아무렇지도 않게 죽은 말들의 가죽을 벗겼다고 한다. 비코는 나바로 사람들이 동물과 성행위를 하더라는 내용도 기록해 놓았다고 한다. 오래 전에 쓴 기행문이 그 시대의 생활상을 알 수 있게 해준다. 기록이란 게 그렇게 소중하고도 무섭다. 앞서 언급한 김수영 시인의 시에 나오는 '버드 비숍 여사'가 1894년에 우리나라를 방문하여 남긴 기록 또한 그러하다. 영국 태생 이사벨라 버드 비숍여사가 남긴 기록을 통해 우리는 100여 년 전 한반도의 사정을 상세히 알 수가 있다.

살라도라는 이름은 '짠 맛이 나는'이라는 뜻으로 비코가 언급한 이후로 바뀌지 않고 있다. 후대의 일부 역사가는 비코의 주장에 이의를 제기한다. 말들이 살라도 강물을 마시고 죽지 않았을 거라고 주장한다. 강물이 짜고 맛이 없는 것은 사실이지만 그렇다고 말이 마시고 죽을 정도의 독물은 아니라는 얘기다.

다리 건너 언덕 위 알베르게에 배낭을 풀었다. 4시 30분 도착. 힘든 하루였다. 보통은 8유로인데 독방을 사용하면 10유로다. 저녁 식사는 순례자메뉴로 9유로다.

샤워를 마치고 식당에 나와 시원한 맥주 한 잔으로 목을 축인다. 꿀 맛이다. 건너편 테이블에 한국 여자 한 분이 앉아있어 반갑게 인사를 나누었다. 영국에 교환교수로 가 있는데, 남편에게 아이들 맡겨두고 혼자 이 길을 걷고 있다고 한다.

저녁 식사시간. 각국에서 온 100여 명이 한 자리에 앉았다. 옆 사람과 인사를 나누고 와인이 한 잔씩 돌아가자 분위기가 무르익어간다. 포도농장이 많아서인지 와인 인심이 좋다. 두어 잔을 마셨다. 한국인은 우리 부부와 청담동 김 선생 부부, 그리고 이교수, 다섯 명이다. 식사가 끝나갈 무렵, 마드리드에서 왔다는 토마스란 분이 일어나 자기소개를 하더니, 스페인 노래를 한곡 걸쭉하게 뽑아낸다. 노래솜씨가 웬만한 가수 뺨치는 수준이다. 여기저기서 휘파람을 불고 우레와 같은 박수가 쏟아진다.

분위기에 취한 탓이었을까. 이번엔 내가 벌떡 일어섰다. 내 소개를 한 다음, 진도아리랑을 한 곡조 불렀다. 박수가 쏟아졌다. 그런데 흥이 남았던 모양이다. 청중에게 한국의 전통 음악인 아리랑을 한 번 배워 보겠느냐고 물었더니 또 박수를 친다. 내가 선창을 하고 모두 따라 부르게 했다. 두어 번 반복했더니 금방 따라 부른다. 아리랑이 가사는 물론 곡도 외국인이 따라하기에 쉬운 노래인 성 싶다. 사람들이 노래를 부르고 나는 덩실덩실 춤을 췄다. 스페인 하늘에 우리 아리랑이 흥겹게 울려 퍼진다.

노래를 끝내고 좌석으로 돌아온 나에게 앞자리에 있던 이교수가 짤막하게 농을 건넨다. "정 선생님, 애국하신 겁니다."

끝없이 펼쳐지는 유채밭 전경.

다섯 째날(5월 1일)

뿌엔떼 라 레이나^{Puente la Reina}에서
에스텔라^{Estella}까지

성당건물, 세월의 흔적이 한눈에 보인다.

21.8km

Estella   Puente la Reina

천년 도시 에스텔라, 도시 전체가 유적

이 길을 걸으면서 저들의 거대한 뿌리를 본다.

어둑어둑한 새벽에 출발한다. 잔디밭에 텐트 2개가 세워져있다. 어제 만났던, 개를 데리고 온 가족이 자고 있는 모양이다. 바로 옆 주차장에 세워져있던 SUV 한 대가 창문을 열고 움직일 채비를 하고 있다. 자전거 두 대를 꺼내놓고 맨손체조를 하고 있는걸 보니, 자동차와 자전거를 함께 가지고 여행을 하고 있는 모양이다.

언덕을 내려오면서 아내가 다리를 절뚝거린다. 무릎이 좋지 않다는 말을 듣고 김사장이 압박붕대를 감아보자고 한다. 길가 의자에 앉아 붕대를 꺼내 감아주는데 솜씨가 보통이 아니다. 한국에서 응급처치 교육을 받았다고 한다. 붕대 한 세트를 꺼내 주며 필요할 때 쓰라고 한다. 김사장 배낭이 무거운 이유를 이제 알겠다. 붕대를 감고 나서 한결 낫다고 한다. 혼자 천천히 걸어가겠으니 앞서 가라고 한다. 그나저나 발님이 문제가 없어야 이 길을 무사히 마칠 수 있을텐데, 걱정이다.

'왕비의 다리'가 아침햇살에 빛난다. 석양에 보던 다리와 아침에 마주하는 다리가 달라 보인다.

돌로 지은 2층 건물, 빨랫줄에 널어놓은 옷들이 바람에 나부낀다. 장대를 세우고 빨래 줄을 길게 걸어 마당에 옷을 말리던 옛날 고향집 풍경이 떠오른다. 식구가 몇이나 되는지, 남자가 몇이고 여자가 몇인지 널린 빨래를 보면 짐작이 간다. 햇볕에 뽀송뽀송 빨래를 말리는 모습이 참 오랜만이다.

마을을 벗어나자 밀밭이 펼쳐진다. 밀이 동이 뱄다. 밀 하나를 뽑았다. 동이 밴 밀은 임신한 여인의 몸매처럼 둥그스름 매끈하다. 말랑말랑한 이놈이 나날이 배가 불러오고 단단해지면서, 어느 날 모가지가 삐쭉 머리를 내밀고 피어나기 시작한다. 그리고 머잖아 푸르디 푸른 벌판을 갈색 천지로 바꾸어놓을 것이다.

무덤을 지나간다. 주위는 담장으로 둘러 있고, 쇠로 만들어진 정문에 묵직한 자물쇠를 달아 놓았다. 저 문이 열리는 날, 한 사람의 주검이 들어가는 날이겠다.

연분홍 벚꽃이, 노랑색 배추꽃이 길목에 피어 순례자를 반긴다. 배추꽃들이 열병식장의 군인처럼 양 옆으로 길게 늘어서 환영의 박수를 보낸다.

농부가 닭을 몰고 있다. 토종닭이다. 닭도 우리네 것과 비슷하고 가느다란 나뭇가지를 들고 닭을 살살 몰아나가는 모습도 낯이 익다. 사람 사는 모습은 저렇게 어디나 비슷하다.

Cirauqui 마을 카페가 보인다. 먼저 온 사람들이 휴식을 취하고 있다. 카페옆 작은 입석이 눈길을 끈다. 1658년에 세워진 문양석이다. 마을의 길들이 폭이 5~7m쯤 되고 가운데가 약간 볼록하게 만들어 물이 잘 빠지도록 돌로 만들어져 있다. 프랑스 Bu rdeos에서 Astroga까지 연결되었던 로마시대 대로의 흔적이라고 한다. 로마가 제국을 통

한국의 토종닭과 똑같다. 나뭇가지로 살살 몰아가고 있다.

치하기 위해 길을 잘 만들었다는데 그 흔적이 여기까지 남아있다. 마을 옆을 지나가는 넓게 뚫린 시원한 현대식 고속도로와 비교가 된다.

마을들이 성처럼 높은 곳에 있다. 적으로부터 방어하기 쉬운 곳을 택했기 때문이리라. 길은 마을에서 마을로 이어진다. 사람이 다니면서 길이 생기고, 길을 따라 물자도 오고가 성안의 사람들을 먹여 살렸을 터이다.

마을을 벗어나는 언덕길에서 여학생 두 명을 만났다. 불가리아 출신인데 호주에서 유학중이라고 한다. 두 녀석이 자기나라 국기를 배낭에 걸고 순례길을 가고 있다. 수많은 젊은이들이 이 길을 걷고 있는데 자국 국기를 걸고 걸어가는 학생은 처음이다. 기특하다. 불가리아의 미래를 보는 듯싶다. 작년에 한국 청년 두 명이 자전거를 타고 미 대륙을 횡단 했었는데, 그들도 극기를 달고 달렸다.

농부가 포도밭에서 일을 하고 있다. 포도순을 따주는 모양이다. 순례길을 시작한 이후 농부가 일하는 모습을 처음 본다. 밭길을 따라 언덕을 넘어 길이 이어진다. 올리브 농장을 지난다. 저 늙은 올리브나무는 몇백 년이나 되었을까. 군데군데 올리브 농장이 보인다.

아내는 어디쯤 가는지 모르겠다. 관개수로가 잘 되어있다. 땅속으로 땅 위로 거미줄처럼 물이 흐르는 통로가 연결되어 있다.

미국에서 온 아주머니를 만났다. 쥬디, 캘리포니아 세크라멘토에 산다고 한다. 친구 중에 한국 사람이 몇 명 있다며 반가워한다. 그들과 함께 한국 미장원이랑 찜질방에도 가 보았다고 한다. 한국식당에 가서 불고기를 먹었던 경험이며, 특히 미국생활에서 체험할 수 없는 찜질방에서 보았던 재미있는 풍경 등, 이런저런 얘기를 하면서 한참동안 함께 걸었다.

프리웨이 밑 굴을 지나간다. 굴의 디자인이 예사롭지 않다. 주위환경에 맞춰 아치형으로 만들었다. 건물은 물론 다리 난간, 그리고 굴 밑으로 지나는 길까지도 신경을 쓴 흔적이 보인다. 이런 것들이 모여 국격을 이룬다.

마을에 사람들이 많이 보인다. 아이들이 나와서 놀고 있고, 부모들도 함께 거닐고 있다. 알고 보니 오늘이 메이데이 휴일이란다. 5월 1일. 2005년도 이 날은 내가 평양에 있었다. 그 날도 많은 평양 시민들이 시내에 쏟아져 나와 휴일을 즐기고 있었다. 메이데이는 세계적인 명절이 되고 있는가 보다.

카페 입구에 '어서오세요' 한글로 손님을 안내하고 있다. 이 길을 걷는 한인이 많다는 반증이다. 하지만 실제로 만난 한국인은 아직 별로 많지 않다.

오늘의 목적지 에스텔라Estella. 중년 부부들이 둘씩 셋씩 짝을 지어 산책을 하고 있다. 공원의자에 앉아 신문을 보며 담소를 나누는 노 부부가 정답다. 강이 흐른다. Ega강이라 했다. 강을 따라 로마시대 때 만들었다는 수로가 함께 흐른다. 수량이 꽤 많다.

이 도시는 1090년에 나바라 왕국의 왕이 늘어나는 순례객들을 위해 만들었다고 한다. 천 년 전쯤의 일이다. 프랑스 장인들이 오늘날 Pua de Curidores라 부르는 거리를 아름답게 만들어 놓아 까미노 중에서 가장 산티아고를 잘 느낄 수 있는 도시라고 했다. 15세기 순례자들이 '아름다운 별 Estella'이라고 불렀다는 곳이다.

도시 입구에 성당건물이 보인다. 지붕위에 풀이 수북이 자라있고, 벽은 낡아 세월의 흔적이 덕지덕지 붙어있다. 정문 양쪽에 돌로 만든 성인의 석상이 손도 코도 입도 사라지고 흐물흐물 형태도 알아보기 어려울 정도다. 저 위로 얼마나 오랜 세월이 흘러갔을까.

알베르게에 1시 30분 도착. 샤워를 끝내고 김사장 부부와 함께 도시 구경을 나갔다. 천년 전에 이렇게 멋진 도시를 만들었다는 게 믿기지 않는다. 건물들은 돌로 되어있고 2층, 3층으로 된 옆 건물 사이를 건너가는 작은 다리가 놓여있다. 거리도 돌을 박아 만들어 놓았다. 만년도 견디어 낼 수 있을 성 싶다.

역사적인 건물이 많다. 후기 로마네스크 양식으로 된 San Miguel 성당, 1259년 테오발도 2세가 세운 Santo Domingo 수도원, Palacio del los reyes 나바라 왕궁 등 도시 전체가 흥미진진한 유적이다. 성당이나 수도원 곳곳에 박힌 조각품 하나하나에 옛 장인들의 솜씨가 남아있다. 사람은 갔지만 아름다운 작품들은 고스란히 남아 후세에 조상들의 영광과 그 정신을 전해주고 있다. 나는 이 길을 걸으면서 저들의 거대한 뿌리를 본다. 부럽다.

길가 고서점에 오래된 성서가 진열되어있다. 1676년에 발행된 성서를 280유로에 판다고 나와 있다. 몇백 년 세월을 훌쩍 거슬러 올라가고 있는 느낌이다.

강이 도시를 가로지르고 있다. 에가강이다. 강과 관련된 전설이 있다. 당시 나바라 왕국의 가르시아 라미레스 왕의 딸, 레오파스가 이 지역 가스퉁 데 베아른 백작과 결혼했다. 1170년 백작이 후손을 남기지 못하고 죽은 뒤 레오파스가 임신했다는 사실이 밝혀졌다. 베아론 가문은 그 아이가 죽은 백작의 후손일거라며 기뻐했다. 그러나 레오파스는 얼마 후 유산을 했다. 의혹의 시선들이 쏟아졌고 마침내 고의로 낙태를 했다는 혐의로 레오파스를 물에 빠트려 죽이라는 선고를 내렸다. 레오파스는 손발이 묶인 채 에가강 위를 가로지르는 다리에서 강물에 던져졌다. 3천명이 넘는 사람이 강 주변에 모였었다. 레오파스는 자신의 결백을 밝혀달라고 성녀 로카마르도에게 큰 소리로 기도했다. 그녀의 몸은 강에 던져졌지만 강물에 빠지기는커녕 둥둥 떠내려가 근처 모래밭에 멈추었다. 군중들이 그녀를 어깨에 메고 의기양양하게 성으로 향했다.

저녁 준비를 하러 마켓에 갔는데 라면이 있다. 라면을 먹을 수 있다니! 반가운 마음에 몇 봉지 샀다. 라면의 매콤한 맛이 환상이다. 객지에서 고향음식을 맛보는 기분이다.

라면 하나에 이렇게 감동을 하다니.

내가 라면을 처음 먹었던 날의 풍경이 생생하다. 중학을 졸업하고 집에서 농사지을 때의 일이다. 보리타작 하던 날이었다. 그런 날은 아침부터 바빴다. 수북이 쌓아놓은 보리모가지를 마당 가득 널었다. 해가 중천에 올라 모가지가 바삭바삭 할 정도로 잘 마르면 타작을 시작했다.

초보 농사꾼인 나는 도리깨일이 서툴렀다. 그때마다 아재는 "도리깨질은 심으로 하는 것이 아니랑께, 나긋나긋 도리깨를 따라가는 것이여" 하고 나를 가르쳤다. 그랬다. 힘으로 하는 게 아니었다. 생각해보면 거기에 세상 살아가는 이치가 숨어 있었다.

보리타작은 품앗이를 해서 여러 사람이 함께 했다. 한 사람이 앞장서고, 남은 사람은 그를 따라가며 도리깨질을 했다. "여기, 저기, 어야, 디야." 도리깨가 춤을 추며 바짝 마른 모가지를 두드리면 까시락은 여지없이 문드러지고 토실토실한 보리알이 오지게 떨어져 허기진 마당

아름다운 '왕비의 다리' 전경

에 그득히 쌓여갔다.

　그렇게 한 바탕 두드린 다음, 마시는 막걸리 한 잔은 꿀맛이었다. 그 날, 아침 일찍 어머니가 영암장에 다녀오시더니 "아야, '라면'이란 것이 나왔더라 잉"하시며 새참거리로 끓여 내왔다. 그 꼬불꼬불하고 간간하고 매끈매끈한 국수를 닮은 음식, 라면을 그때 처음 먹어보았다.

　오늘 라면은 그 때의 맛을 떠오르게 한다.

　1963년에 처음으로 우리나라 사람들의 손으로 만들어진 라면이 나왔다니. 라면이 처음 소개된 지 50년이 되었다. 한국은 라면 소비에서 세계 7위지만 이것을 1인 라면 소비량으로 환산하면 세계 1위라고 한다. 그만큼 한국인의 입맛을 사로잡고 있다는 반증일 터이다.

　라면, 오랜만에 참으로 맛있게 먹었다.

여섯 째날 5월 2일(목)

에스텔라^{Estella}에서
로스 아르꼬스^{Los Arcos} 도착

행여 옆 사람에게 방해가 될까싶어 조심조심 배낭을 챙겨 나온다. 로비에 나와 보니 벌써 출발하는 사람도 있다. 6시 15분, 어둑어둑한 새벽 비가 내린다. 비옷을 챙겨 입고 우장까지 둘러쓰고 출발한다. 어둠 속에서 조가비 사인을 찾아가며 길을 걸어간다.

3㎞쯤 걸어가니 이레체^{Irache} 수도원이 보인다. 베네딕트 수도회에서 건립한 수도원이다. 수도원 도착하기 전에 이레체 와인공장이 나온다. 공장에서 운영하는 두 개의 수도꼭지가 길가에 마련되어 있다. 오른쪽을 틀면 물이 나오고, 왼쪽은 와인이 나온다. 옛날 이곳 순례자 병원에서 빵과 와인을 나누어주던 전통이 이렇게 이어지고 있다. 1891년부터 이 서비스를 해오고 있단다.

"18세 미만은 와인을 마시지 말라"는 문구가 붉은 안내판에 적혀있다. 나는 18세가 넘었으니 괜찮겠다고 농담을 하며 왼쪽 꼭지를 틀었 산티아고 여행, 결국 의지와 선택의 문제다.

나는 그 누구에게 아무것도 주지 못하고

무릎이 아파 언덕을 옆으로 걸어 내려가고 있다.

꼭지를 틀면 와인이 쏟아지는, 전 세계에 하나밖에 없는 수도꼭지다.

다. 레드 와인이 쏟아진다. 꼭지를 틀면 불그레한 와인이 나오는, 전 세계에 하나밖에 없는 수도꼭지다. 빈 병에 반쯤 채워 홀짝거리며 걸어간다. 새벽부터 와인을 마셨더니 좀 알딸딸하다.

비가 그쳤다. 길은 호젓한 숲 속으로 이어진다. 무지개가 앞산에 잠깐 떴다가 사라진다. 무지개를 보면 떠오르는 풍경이 있다.

시골에서 농사를 짓던 시절, 어느 소나기 오던 날이었다. 오랜 가뭄 끝에 단비가 왔다. 둘러쓴 비닐 우장 위로 삽자루 둘쳐 매고 논배미로 뛰어가는 중이었다. 장대비 내리꽂는 신작로를 토란 잎 하나 달랑 받쳐 들고 뛰어가는 한 처녀가 눈에 들어왔다. 거센 비바람에 쓸려가 버릴 것만 같아 뒤쫓아 가며 빗소리보다 크게 그녀를 불러 세웠다. 비에 젖어 굴곡이 드러난 그녀를 바로 볼 수가 없었다. 바람이 불자 치마가 다리를 감았다. 나는 우장을 벗어 다짜고짜 그녀에게 입혀주며, 언능,

언능 가세요! 재촉했다. 잠깐 머뭇대더니, 이내 우장을 여미고 온몸으로 고맙다는 말을 하듯, 그녀는 다시 빗속을 천천히 걸어갔다. 가다가 뒤돌아보기에 어여, 어여, 가라고 손짓하니 그녀도 수줍게 웃으며 젖은 손을 아주 멀리, 더 멀리 흔들었다. 금빛 왕골 우장을 입은 여인이 모퉁이를 돌아 소실점으로 사라진 뒤, 산 넘어 무지개 뜨는 것도 모르고 열다섯 소년이 거기 못 박혀 서 있었다. 감자밭에 감자꽃이 흐드러지고, 밭두룩에 쩍쩍 금이 가는 것이, 감자가 오지게도 여물어가는 모양이었다.

멀리 산등성이에 흰구름이 띠를 둘렀다. 저만치 앞서 자매님과 함께 언덕을 내려가는 아내가 다리를 절뚝거리며 옆으로 걷고 있다. 무릎이 여전히 시원치 않는가 보다. 노란색 금작화가 길가에 피어있다.

키가 작달막한 여인이 나를 앞질러 걸어간다. 작은 키에 어울리지 않게 큰 배낭을 짊어졌다. 또글또글 굴러가듯 잘도 걸어간다. 한참을 걸어가다 언덕받이에 배낭을 내려놓고 멈추어선다, 어디서 왔냐고 물으니 미국 플로리다에서 왔다고 한다. 큰 배낭이 무겁지 않느냐고 물었더니 씩 웃는다. 이름이 마이클링, 올해 예순 일곱 살이라고 한다. 돌아가신 남편의 생일이 오는 6월인데 그 생일에 맞춰 산티아고 대성당에 도착할 예정이라고 한다. 산티아고 성당에서 생일 미사를 꼭 드리겠다는 얘기다. 이 길을 걷는 사람들의 사연이 이렇게 제각각이다.

수많은 사람이 이 길을 찾아오지만, 오고 싶어도 올 수 없는 사람이 많을 터이다. 내가 산티아고 길을 간다고 했을 때 한 후배가 말했다. 그렇게 긴 여행을 하려면 건강

마이클링

65

과 시간, 그리고 돈이 있어야 하는데 참 부럽습니다, 라고. 얼핏 생각하면 틀린 말이 아니지만, 곰곰 따지고 보면 꼭 그렇지만도 않다. 남들이 보기엔 어떨지 모르겠으나 나도 거기에 합당한 조건을 갖추지 못했다. 건강이 좀 좋지 않고 시간에 쪼들리는 사람도, 돈이 넉넉하지 않더라도 꼭 가야겠다는 의지만 있으면 갈 수 있는 게 아닐까. 결국 의지와 선택의 문제다. 이 길을 가면서 만났던 92세 할아버지, 말기 암을 앓고 있다는 아주머니, 없는 시간 쪼개어 나왔다는 영국 아가씨, 공장에 다닌다는 독일출신 남자. 이런 사람들이 좋은 예다.

산등성이에 포도밭이 계속된다. 농부가 포도밭을 돌보고 있다. 인사를 건넸더니 "부엔 까미노" 손을 흔들어 대답해준다.

마을을 벗어나니 아스라한 밀밭이 시작된다. 저 멀리 까막까막 사람들이 둘씩 셋씩 걸어가고 있는 모습이 보인다. 밀밭길이 30리라고 안내서에 적혀있다. 30리 밀밭길… 그런데 며칠 후면 이보다 훨씬 넓은 메세다 평원을 걷게 될 것이라고 한다. 좁은 땅덩어리 안에서 아귀다툼하며 살아가는 사람들에게는 부러울 수 밖에.

'Walk with Smile' 누군가 팻말에 글씨를 써 꽂아놓았다. 힘든 길이 시작된다는 의미인가 보다. 밀밭 한 가운데 헤이가 산더미처럼 쌓여있다. 헤이, 말먹이로 사용하는 마른 건초를 묶어놓은 뭉치다. 넓은 땅, 풍부한 물이 있으니 사람만 부지런하면 먹고 사는데 부족함이 없겠다.

밀밭이 끝나가는 지점 쉼터에서 김사장 부부와 우리 부부가 만났다. 저만치 멀리서 우스꽝스런 모자를 쓴 부부가 걸어오고 있다. 틀림없이 중국인일거라고 얘기했는데 가까이 와서 보니 한국인 부부다. 옷입는 모양이야 각자가 알아서 정하는 것이니 왈가왈부 할 필요는 없겠지만, 여하튼 좀 우스운 모습이 모두를 웃게 만들었다. 그러고 난 다음부터, 김사장은 저 부부를 만날 때마다 "아, 그놈의 모자를 좀 바꾸면 안 될까" 조크를 던지곤 했으니까.

1시 30분경 로스 아르꼬스Los Arcos 도착. 알베르게를 정해놓고 시내 산책을 나왔다. 자그마한 도시다. 이 도시는 15세기와 16세기에 번성했는데, 나바라 왕국과 가스티야 왕국 국경에 자리잡고 있어서 두 왕국 어디에도 세금을 내지 않는 특권을 누렸다고 한다.

Santa Maria 성당 앞 광장에 순례객들이 앉아 여유롭게 대화를 나누고 있다. 가게가 줄지어 있고 음식점 앞에는 한글로 된 안내가 어김없이 붙어있다. 김사장네 부부와 함께 그 중 한 식당에 들어가 저녁을 먹었다. 와인 한 잔을 곁들였다. 스페인 와인에 입맛이 길들여지고 있다. 집에서 가져 온 어댑터를 잃어버려 카메라 충전에 애먹었는데 잡화상을 찾아가서 구했다. 2유로다. 여행 중에 필요한 물건이 한 가지만 없어도 많이 불편하다. 그래서 짐이 늘어날 수밖에 없는지도 모르겠다.

6시에 시작하는 산타마리아 성당 저녁 미사에 참석했다. 바로크 스타일의 장식과 고딕 양식의 회랑, 그리고 1516년에 만들었다는 성가대의 좌석, 벽을 빙 둘러 설치된 섬세하고 살아 움직이는 듯한 조각품들, 청동작품에 금을 도금한 성당의 화려함에 입이 다물어지지 않는다. 16세기에 만들어진 르레상스 양식의 타워는 30년에 걸쳐 만들어졌다고 한다.

이 작은 도시의 한 성당을 장식하고 있는 작품들을 보면서, 이 나라 스페인이 세계를 지배했던 시절, 얼마나 많은 재물을 세상으로부터 빼앗아 왔을까, 얼마나 큰 영화를 누렸을까를 상상해 본다. 그리고 얼마나 많은 사람들이 피땀을 흘렸을까를 함께 생각해본다. 미사가 시작된다. 음악이 울려 퍼진다. 장엄하다.

알베르게에 돌아와 보니 엊그제 만났던 영국 이교수, 보스톤에서 왔다는 문성희 학생, 그리고 쭈비리에서 만났던 이재호 선생 부부가 주방에서 담소를 나누고 있다. 세진이는 버스로 도착했고, 가희는 부르고스로 가고 지은이는 에스텔랴에서 쉰다고 한다. 앞서거니 뒷서거니 이렇게 만나고 헤어지고 하면서 산티아고 대성당까지 함께 걸어간다.

침대에 누웠다. 목이 칼칼하여 수건을 물에 적셔 널었다. 잠을 잔다는 것은 잠시 죽음을 연습한다는 의미가 아닐까. 살아있는 동안 나는 무엇이었나. 나는 무엇이어야 하는가. 조금씩 말라가는 수건을 만져보면서, 정채봉 시인이 쓴 「수건」이라는 시를 생각한다.

눈 내리는 수도원의 밤 / 잠은 오지 않고 / 방안은 건조해서 / 흠뻑 물에 적셔 널어놓은 수건이 / 밤 사이에 바짝 말라버렸다 / 저 하잘것 없는 수건조차 / 자기 가진 물기를 아낌없이 주는데 / 나는 그 누구에게 / 아무것도 주지 못하고 / 켜켜이 나뭇가지에 쌓이는 / 눈송이도 되지 못하고

일곱 째날 (5월 3일)

로스 아르꼬스^{Los Arcos} 에서

로그로뇨^{Logrono} 까지

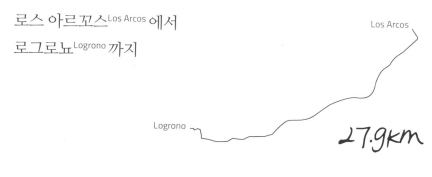

Los Arcos

Logrono

27.9km

확 트인 들판 걷는 길… 정결한 순례의 행로
순례자를 위한 무료 숙박소에서 자다
한국 사람이라 했더니 남쪽인가 북쪽인가 물어

6시 10분 출발. 어둠 속을 한참 걸었더니 먼동이 튼다. 아침 햇살에 그림자가 길게 드리워진다. 길가엔 배추꽃이 노랗게 피어, 밀밭의 녹색과 잘 어울린다. 멀리 동산 위에 마을에도 따뜻한 햇살이 비추인다. 산천이 평화롭다.

Sansol 마을이다. 식전 80리라 하더니 어느새 20리 정도를 걸었다. 밋밋한 산등성이에 포도밭과 밀밭이 이어지고 간간히 올리브 농장이 섞여있다. 순례자들이 앞서거니 뒤서거니 걸어간다. 걷기 대회도 아닌데 죽을 둥 살 둥 바쁘게 걸어가는 사람이 보인다. 좋은 술은 코와 혀로 음미하면서 천천히 마셔야 제 맛이 나는데, 이 길을 저렇게 걷는 건 비싼 양주를 막걸리 사발에 부어 꿀꺽꿀꺽 들이키는 격이 아닐까.

확 트인 넓은 길이다.

가벼운 마음으로 걸어가리, 저 넓은 길을 / 힘차고 자유롭게, 내 앞에 펼쳐진 세상 / 내 발길 가는 곳 어디든 길게 이어진 갈색의 길 // 떠나는 길에 나는 행운을 바라지 않으리 / 나 자신이 행운이니 /… 기꺼운 마음으로 씩씩하게 이 광활한 길을 떠나네

월트 휘트먼Walt Whitman의 'Song of the Open Road'의 한구절이다.

아내는 어디쯤 걷고 있는지 보이지도 않는다. 길가에 돌멩이들을 올려 탑을 만들어 놓았다. 무엇을 바라면서 저렇게 크고 작은 돌들을 쌓아 탑을 만들었을까. 백담사를 방문했을 때 냇가에 수많은 돌탑을 쌓아놓은 모습을 보았다. 큰 비가 내리면 쓸려가 버릴 걸 훤히 알면서도 탑을 쌓은 인간의 심리를 잠시 생각해 보았었다.

작은 마을 둘을 지나니 Viana라는 마을이 나온다. 옛날 탬플 기사단이 이곳에 머물러 화폐를 환전해주고 관세를 징수한 역사적인 도시라 했다. 언덕을 올라서니 장마당이다. 넓은 광장에 갖가지 물건을 팔고 있다. 토마토, 호박을 비롯한 먹거리부터 옷가게와 일용품 가게까지 제법 큰 장이다. 사람들이 붐빈다. 시장을 한 바퀴 둘러보고 다운타운으로 들어선다. 중년 남성이 리어카에 쓰레기통을 싣고 어디론가 가고 있다.

주택은 어디나 비슷하게 돌로 만든 3층집이다. 나무로 만든 둔중한 문이 마을의 역사를 말해주고 있다. 한 번 지어놓은 건물에 대를 이어 몇백 년씩 살아가고 있으니 주거지 걱정은 할 필요가 없겠다.

국보 1호 숭례문을 개축한 뒤 날림공사라며 말이 많았던 우리와 달리 처음부터 집을 튼튼하게 짓는지도 모르겠다. 바르셀로나에 있는 '사그라다 파밀리아 성당'은 1882년에 짓기 시작하여 130년이 넘는 지금까지 공사를 진행하고 있다 하지 않는가. 스페인이 낳은 세계적인

건축가 가우디가 설계 건축 감독을 맡은 그 성당을 보기위해 매년 수많은 사람이 찾아온다고 했다.

성당 앞에서 쉬고 있는 아내를 만났다. 그레고리 성당이다. 육중한 건물과 함께 정교한 돌조각으로 장식한 입구가 눈길을 끈다. 함께 안에 들어가 조배를 드렸다. 어제 저녁 들렀던 로스 아르코스 성당 비슷한 수준으로 내부가 화려하다.

아이들과 함께 어른들도 광장에 나와 산책을 하고 있다. 어린 아이를 안고 있는 동양인이 있어 인사를 했더니 빙긋이 웃는다. 중국인 2세쯤으로 보이는데 영어가 통하지 않아 도무지 대화가 되지 않는다. 이곳에 살게 된 특별한 사연이 있는 모양이다.

마을을 벗어나자 다시 포도밭 풍경이다. 어제 만났던 이선생 내외가 저만치 걸어가고, 김사장 부부도 보인다. 길 가운데 돌멩이를 모아 화살표를 만들어 놓았다. 하트 모습도 보인다. 갖가지 모양으로 순례자

소풍나온 어린이들.

들을 응원하고 있다.

소나무 숲길을 걸어간다. 한국 소나무와 같은 종류다. 오랜만에 솔바람 소리를 듣는다. 소나무 숲을 스치는 바람소리는 다르다. 꼿꼿하게 뻗은 솔잎을 바람이 스쳐갈 때면 떡갈나무나 버드나무 숲을 지날때와는 다른 소리가 들리기 마련이다. 소나무 숲이 꽤 오래 계속된다. 이곳이 한국 어디쯤이 아닌가 착각이 든다. 개 두 마리와 함께 가는 부부를 또 만났다. 반갑게 인사를 한다. 배낭이 여전히 무거워 보인다.

그나저나 그 동안 들렀던 성당들의 화려한 장식에 얼마나 많은 돈이 들었을까. 어제 보았던 아르코스의 산마리아 성당, 오늘 들렀던 그레고리 성당은 물론, 별로 크지도 않은 아스텔라에 그토록 여러 개의 성당이 그렇게 큰 규모로 화려하게 지어진 이유가 무엇일까. 그리고 수도원은 또… 하다가, 생각 하나가 스쳐 지나갔다.

제정일치祭政一致였던 시대에, 대사제가 왕을 임명하던 그 옛날, '하느

순례자들이 차례를 기다리고 있다. 방이 없으면 다른 알베르게를 찾아가야 한다.

님의 영광을 위하여' 라는 말 한마디를 누가 거역할 수 있었겠는가. '신의 집을 단장한다는데' 어떤 사람이 감히 토를 달 수 있겠는가 생각하니 의문이 순식간에 풀렸다. 내가 지금 걷고 있는 길이 천년이 넘은 역사를 지니고 있다는 사실을 잠시 망각했다.

로그로뇨 도시 입구에서 할머니가 기념품을 팔며 스탬프를 찍어주고 있다. 안내서에 나와 있는 까미노에서 유명한 집이다. 돈나 펠리사 부인이 수 십년간 이곳에 살면서 순례자에게 무화과와 시원한 물, 그리고 사랑을 전해주다가 92세 나이로 2002년에 돌아가셨다. 지금은 그녀의 딸 마리아가 어머니의 뜻을 이어받아 스탬프를 찍어주고 있다. 여기서 스탬프를 받지 않으면 순례길을 걷지 않은거나 마찬가지라고 적힌 안내책자도 있다고 한다. 먼저 온 순례자 세 명이 줄을 서서 기다리고 있다.

로그로뇨는 11세기에 벌써 주교관이 있던 큰 도시다. 버드나무가 줄지어 있는 넓직한 길이 시원하게 뚫려있다. Ebro강을 가로지른 다리를 건넌다. 이 다리는 중세에 지은 것인데 1884년에 증축했다고 한다. 알베르게를 찾아갔다. 먼저 온 순례객들이 줄을 서서 기다리고 있다. 순서에 따라 방을 배정받는데 하필이면 우리 앞에서 끝이 났다.

김사장 부부와 함께 터덜터덜 걸어서 다른 알베르게를 찾아간다. 잘 곳을 찾지 못하면 다음 도시까지 더 걸어가야 할지도 모른다. 성당에서 운영하는 알베르게를 찾았다. 침대는 동이 났으니 강당에 메트리스를 깔고 자라고 한다. 이렇게라도 하룻밤 자고 갈수 있으니 감사할 수밖에. 잠자리와 식사를 제공하지만 돈은 받지 않으니 나가면서 도네이션 함에 형편대로 넣고 가라고 한다. 순례자를 위한 무료 숙박소인 셈이다.

빨래와 샤워를 끝내고 시내 구경을 나갔다. 큰 도시라서 마켓도 갖가지 물건들로 가득하다. 아주머니들이 장을 보는 동안 뒷골목 술집 거리를 구경했다. 취객들이 한 잔하고 가겠냐고 팔을 끈다. 술집 풍경이 재미있다. 젊은 아가씨들이 환하게 웃으며 지나간다. 광장에 나왔더니 어린이들이 소풍을 나온 모양이다. 선생님 말씀에 귀 기울이는 표정이 재미있다. 새싹처럼 피어나는 저런 아이들을 보면 꼬옥 안아주고 싶다.

광장 곳곳에 청동으로 만든 동상이 서 있다. 꼬마가 울고 있는 모습이 재미있다. 한국에서 국토횡단을 하면서 강원도 화천읍을 지날 때 꼬마가 고추를 내놓고 오줌을 누고 있는 동상을 본 기억이 되살아난다.

저녁 식사시간이 8시30분이다. 아내는 피곤하다며 일찍 잠자리에 들고 나 혼자 참석했다. 20여명의 순례자들이 식탁에 앉았다. 식사가 간단하다. 샐러드가 나온 다음 빵이 나온다. 그리고 감자와 호박을 넣고 끓인 국이 차례로 나온다. 와인도 곁들인 썩 괜찮은 식사다.

돌아가며 자기소개를 한다. 한국 사람이라고 했더니 남쪽인가 북쪽인가 질문을 한다. 한반도의 사정을 간단히 설명하고 나서, 통일을 위한 기도를 해달라고 부탁했다.

매트리스에 누웠다. 메멘토 모리memento mori란 말이 생각난다. 죽음을 기억하라, 는 뜻을 지닌 라틴어다. 14~15세기 중세 유럽의 탁발 수도회가 소중하게 여긴 설교 주제였다고 한다. 삶과 죽음은 하나라고 했다.

몇 사람이 밤 늦도록 밖에서 고성방가를 하며 떠든 탓에 잠을 설쳤다. 술이란 게 사람을 저렇게 만든다.

여덟 째날 (5월 4일)

로그로뇨^{Logrono}에서 나헤라^{Najera}까지

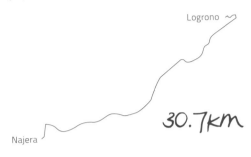

Logrono

Najera

30.7KM

배낭처럼, 각자의 운명을 각자가 짊어지고 간다.

순례자여! 누가 당신을 불렀는가

5시 기상. 좀 더 자면 안될까요, 라고 청담동 발레리라 자매님이 혼자말로 중얼거린다. 나도 혼자말로 대답해 드렸다. 집에 가시면 푹 주무세요.

옆 사람에게 방해가 되지 않도록 조심스럽게 배낭을 챙겨 나와 짐을 꾸린다. 식당 불을 켜니 빵과 우유가 놓여있고 커피를 끓여 마실 수 있도록 준비 되어있다. 도네이션 통에 돈을 넣는데, 김 선생이 그 장면을 찍어두어야 한다면서 카메라를 치켜든다.

전등불 아래 조가비 표지를 찾아가며 걷는다. 어둡다. 공원에 탁구대가 놓여 있다. 비가 오면 탁구대가 상할텐데 괜찮을까. '기아자동차' 전시관을 지난다. 창문 넘어로 전시해 놓은 차들이 보인다. 반갑다. 길을 따라 순례자들의 동상을 세워놓았다. 서서히 주위가 보이기 시작한다

담벼락에 낙서가 어지럽다. 낙서는 왜 저렇게 기승을 부릴까. 미국도 프랑스도 또 이곳도. 그런데 낙서야 말로 인간심리를 대변하는 흔적이 아닐까 생각되기도 한다. "요즈음 아이들은 버릇이 없다"는 피라밋 지하의 낙서를 통해 그 옛날의 모습을 유추해볼 수 있고. 화장실 낙서만큼 인간 심리를 적나라하게 표현한 곳이 또 어디에 있겠는가.

이정표가 독특하고 재미있다. 아름다움이 무언지 아는 사람들이 만든 작품이다. 배낭을 수레에 담아 끌고 가는 사람이 좌판 앞에 선다. 도사처럼 수염을 기른 할아버지가 좌판을 벌여 놓고 먹거리를 팔면서 순례자증서에 도장을 찍어주고 있다.

Grow is Walking in Storm. Februar 2013. 이라는 글이 노랑 표시판 위에 적혀 있다.

알베르게 선전판이 곳곳에 세워져 있고, 철망 울타리에 갖가지 모양의 십자가 형상을 만들어 꽂아 놓았다. 수 백 개는 되겠다. 옷가지로, 양말을 벗어서, 나뭇가지를 꺾어서…. 저것들을 꽂아 놓은 사람의 정성들이 모여 이 까미노가 유네스코 유산으로 지적되지 않았는지 모르겠다.

언덕을 넘어서자 철제로 만든 소 형상이 보인다. 이 지방이 목축 주산지임을 표시하는 것인가, 아니면 뿔이 매섭게 돋아있는 걸 보니 투우를 의미하는 것인가 싶기도 하다. 수소의 상징이 덜렁 매달린 걸로 보아 투우를 선전하는 게 맞을 것 같다.

길 양옆으로 포도밭이 계속 이어진다. 아침 이슬을 털면서 노 부부가 포도밭에서 작업을 하고 있다.

옛 병원 자리를 지난다. 병원은 스러져 없어졌지만 그 터가 남아 이곳에 병원이 있어 순례자를 치료했었다는 이야기를 전해주고 있다. 공터 잔디위에서 어제 개를 데리고 순례 하던 남자가 아침을 준비하고 있다. 텐트를 치고 이곳에서 밤을 세웠나보다.

저렇게 여러 가지 모습으로 사람들이 이 길을 걸어가고 있다. 혼자서 걷는 사람, 부부가 함께 걷는 사람. 친구와 함께 혹은 개를 데리고 걷는 사람, 자전거나 말을 타고 가는 사람. 어째서 사람들은 이 길을 그토록 걷고 싶어 할까.

커다란 와인 회사 선전판 위에 Santiago 576k가 남았다는 표지판이 서 있다. 나무를 베어낸 자리에 푸른 색 페인트를 칠해놓았다. 상처를 덧나지 않도록 하려는 것일까. 나무도 저렇게 옥도정기를 발라 치료

를 하는 것일까. 세탁소 간판이 보인다. 아직 문을 열지 않았다. 시간
표도 보이지 않는다. 몇 시쯤 영업을 시작할까. 낮잠 자는 시간을 빼면
이 사람들은 하루에 몇 시간쯤이나 일을 할까.

콘도를 짓고 있다. 한 동에 240,500 유로라는 간판이 걸려있다. 달러
로 30만불 정도다. 청동으로 만든 '도자기 만드는 남자'의 동상이 서 있
다. 이 길을 걸으면서 곳곳에 청동상을 많이 만나볼 수 있다. 도시나
시골마을에서도 어렵지 않게 조형물을 만나게 된다. 대부분이 아주
오래되어 보인다. 오래전부터 이 나라에 청동이 풍부했다는 반증이
며, 그 청동을 이용해 무기를 만들고 조형물을 만들어 사람들에게 그
들의 생각을 전하려 했던 모양이다. 조형물을 만든 솜씨가 놀라울만
큼 정교하고 아름답다. 예술에 대한 감각과 표현능력이 뛰어나다. 저
기 보이는 저 동상도 균형 잡힌 모습이 단순하면서도 매혹적이다. 이
지역이 도자기를 만들어 내는 곳임을 상징하는 모양이다.

아니나 다를까, 얼마 후 도자기 파는 곳이 보인다. 성당에 들어가 잠
깐 조배를 드리고 나왔다. 각 집의 문 앞에 붙어있는 문패가 독특하다.
이름 위에 문양이 새겨져 있다. 가문을 표시하는 문양이라고 한다.

공동묘지 바로 옆에서 쉬고 있는데 기호승씨와 알렉스를 만났다. 잠
시 쉬면서 얘기를 나누었다. 알렉스 아버지는 중국 어느 성의 꽤 높은
관료라고 한다. 프랑스에서 와인 공부를 마치면 중국에 돌아가 와인
관련 사업을 해보고 싶다고 한다. 날더러 중국에 오시면 꼭 연락을 하
라고 한다. 자기 고향 부근을 자세히 안내해주겠단다. 나도 미국에 올
기회가 있으면 연락하라고 전화번호를 적어주었다.

자갈밭에 포도나무가 자라고 있다. 자세히 보니 밭에 돌이 많다. 자
갈이 많아서 포도밖에 심을 게 없었는지도 모르겠다. 수레에 가방을

메어 끌고 가는 독일 할아버지가 "뭘 그리 보고 있냐"고 말을 건넨다. Waldenmar Rasche라고 본인을 소개한다. 독일에서 왔는데 올해 76세란다. 수레에 배낭을 싣고 걷는데 젊은이 뺨치게 잘 걷는다. 유럽인들의 걸음을 따라갈 수가 없다. 보폭이 크고 빠르다. 우리는 한 시간 평균 4km를 걷는데 저들은 평균 5km, 혹은 6km쯤 걷는다고 한다.

청담동 김 선생은 배낭이 무거워 힘든 모양이다. 등성이를 넘어 황토길을 간다. 제각기 힘으로 각자의 길을 걸어간다. 무거운 짐은 무거운 채로 짊어지고, 가벼운 짐은 또 가벼운 만큼 가벼운 걸음으로, 각자의 운명을 각자가 짊어지고 간다. 힘들어도 도와줄 방법이 없다. 각자의 몫이다.

오늘은 포도밭이 대부분이다. 밀밭이 간간히 보인다. 산등성이 굽이굽이 거의 모든 밭이 포도를 심었다. 관개 시설이 잘 되어있어 무엇을 심더라도 문제가 없을 성 싶다. 저 멀리 눈 덮힌 산이 병풍처럼 둘러있다. 아름답다. 조용필이 부른, '킬리만자로의 표범'이 생각난다. 노래를 흥얼거리며 걸어간다.

> 먹이를 찾아 산기슭을 어슬렁거리는 하이에나를 / 본 일이 있는가 / 짐승의 썩은 고기만을 찾아다니는 산기슭의 하이에나 / 나는 하이에나가 아니라 표범이고 싶다 / 산정 높이 올라가 굶어서 얼어죽는 눈 덮인 / 킬리만자로의 그 표범이고 싶다…

지팡이를 흔들면서 노래에 취해 걸어간다. 이렇게 노래를 부르면서, 좋아하는 시 몇 편을 읊조리며 가다보면 몇 km를 훌쩍 지나간다.

돌을 쌓아 만든 움막 같은 시설이 눈에 띈다. 나헤라 시 입구다. 아내와 미세스 김이 기다리고 있다. 한 젊은이가 산악 스쿠터를 몰고 가다가 멋진 포즈를 취한다.

밀가루 공장 담벼락에 시 한편이 10미터가 넘도록 길게 적혀있다. 근처 성당 에우제니오^{Eugenio} 수사님이 써놓은 것이라 한다. "순례자여! 누가 당신을 불렀는가. 어떤 감춰진 힘이 당신을 이곳으로 불렀는가?"로 시작되는 시다. 따지고 보면, 저 글도 낙서가 아닐까.

3시 15분 알베르게 도착. 이곳도 어제처럼 정해진 액수 없이 도네이션 함에 알아서 돈을 넣으면 된단다.

오늘 이 지방 축제가 있는 모양이다. 시내 구경을 나갔더니 광장에 많은 사람들이 왁자지껄하다. 중세 기사의 복장으로 검투를 연출하는 사람, 화살통에 활 집어넣기를 하는 아가씨들, 그리고 빵을 구워 팔고 있는 아주머니도 보인다. 빵이 엄청 크다. 병사들이 베개로 쓰고 뜯어먹기도 하면서 전쟁을 수행했다는 그 빵이다.

나중에 얘기를 듣고 보니 기선생이 그 빵집 아주머니에게서 빵을 샀는데, 스페인 돈에 익숙하지 않아 손에 잡힌 대로 주머니에서 동전을 꺼내 보이며 가져가라고 했더니 주인이 터무니없이 많은 돈을 집어가더란다. 그동안 만났던 주민들이 모두들 순례자를 도와주려고 애쓰던데 그 사람은 좀 다른 사람이었나 보다.

마켓에서 시장을 봐 왔다. 라면이 있어서 반가운 마음에 몇 개를 사 왔다. 한국 라면은 없고 일본산이지만 그거라도 어딘가. 주방이 꽤 붐빈다. 한 쪽 테이블에서 이 선생 내외, 우리 일행이 함께 저녁을 먹었다. 라면 맛이 환상(?)이다. 와인 한 잔에 피로가 다 풀린다.

아홉째 날(5월 5일)

나헤라^{Najera}에서
산토도밍고 델 라칼자다^{Santo Domingo de la Calzada}까지

산티아고_순례길따라_2000리

일본, 남아공, 프랑스… 세계 각지서 온 순례객들
아픈 다리 달래며 묵묵히 목적지 향해
"누구든 산티아고에 닿으면 그가 승자"

순례길 9일째다. 아침 7시 10분 출발. 작은 산을 넘으니 끝없이 넘실 대는 밀밭과 군데군데 노랗게 핀 유채밭이 한 눈에 펼쳐진다. 그 사이 로 가르마처럼 난 길을 따라 순례자가 배낭을 지고 걸어간다. 아침 해 가 떠오르자 멀리 눈 덮인 산이 이마를 드러낸다. 절경이다. 절경은 형 용을 불허한다.

580㎞ 사인이 보인다. 앞에 걸어가는 순례객의 배낭에 작은 베너가 펄럭인다. 'Camino de Santiego en Japan'이라는 글씨가 보이고, 일본 어로 무어라 적혀있다. 이 길에서 일본인은 처음 만난다. 요코하마에 살고 있다는 모도꼬 할머니다. 남편이 대학 교수고 미국에서도 몇 년 살았다고 한다. 영어가 되는 분이다. 은퇴한지 오래됐는데 혼자서 왔 단다. 며칠 전 불가리아 여학생 둘이 자기나라 국기를 달고 가는 건 귀 엽게 보였는데, 70이 넘은 할머니가 '일본을 나타내며' 걷는 모습은 일 제 군국주의의 흔적이 남아있는 성 싶어 좀 불편하다. 일본에도 유명 한 순례길이 있다면서 '시코쿠' 순례길을 소개한다. 1,400㎞란다. 한국 의 올레길도 소문을 들었다면서 언젠가 기회가 되면 한 번 가보고 싶 다고 한다.

할머니가 짊어진 배낭이 꽤 커 보인다. 걸음걸이가 무겁게 느껴지지 않아서, 평소에 걷는 연습을 많이 하셨는가보다고 생각했다. 그런데 며칠 후 '신이찌'라는 요코하마에서 온 일본 남자를 만나 차 한 잔 나누 며 그 비밀을 알게 되었다. '가라배낭'이라는 거였다. 속이 텅 빈 '가짜' 배낭을 지고 간다는 말을 듣고 우리는 배꼽을 쥐었다. 그렇지만 먹거 리와 음료수를 가볍게 챙겨 모텔이나 호텔에서 자면서 걷는 것은, 노 인들이 이 길을 걸을 수 있는 좋은 방법이 아닐까 싶다.

세진이 녀석이 오던 길을 되돌아가고 있다. 순례자 증서를 알베르게

놓고 왔다고 한다. 엊그제는 배낭에 매달아 빨래를 말리고 가다가 비싼 서츠를 잃어버렸다더니 오늘은 또 크리덴셜을 잊고 온 모양이다.

간밤에 비가 오더니 산에는 눈이 쌓였다. 멀리 눈 쌓인 높은 산이 병풍을 이뤘다. 갈색 포도밭과 푸른 밀밭, 흰 산이 절묘하게 조화를 이룬다. 밀밭 사이로 난 황토 길이 곧게 나있다. 이슬을 맞아 축축한 흙이 더욱 붉어 보인다. 황토에 맞는 포도나무를 심어 질 좋은 포도를 생산하기 때문에 이 지방의 포도주가 맛이 일품이라고 한다. 관개시설이 사방으로 수로를 따라 연결되어 곳곳으로 물을 보내고 있다. 포도 묘목 사이에 하얀 비닐통을 씌워 어린 싹을 기르고 있다. 모든 어린 것들은 마땅히 보호받아야 한다

한 순례객이 셔츠를 흔들면서 "혹시 네 것이 아니냐"며 묻는다. 오던 길에 주웠다고 한다. 남아공에서 왔다면서 이름이 '헤르민'이라고한다. 만델라를 아느냐고 묻기에 잘 안다고 대답했더니 환하게 웃는다. 나도 노벨 평화상을 받은 김대중을 아느냐고 물었다. 엄지를 내밀며 흔들며 지나간다. 세계 곳곳에서 온 사람들과 얘기를 나누며 걷는다.

달팽이가 신작로를 건너고 있다. 마른 황토길을 기어가는 달팽이가 힘들어 보여, 무엇보다 사람들의 발길에 밟힐까 싶어 집어서 풀 속으로 던져주었다. 그런데 2km쯤 걸어가다 길 위에서 달팽이 껍질을 발견했다. 아까 풀숲으로 던져준 달팽이가 생각났다. 그 녀석도 순례자가 아니었을까. 껍질로 남아있는 이 녀석은 순례길 도중 목이 말라 죽은 게 아닐까, 하는 생각이 들었다. 걷다가 길을 지나는 달팽이를 또 발견했지만 녀석의 순례길을 방해하는 것 같아 그냥 두었다.

치마를 입고 가방을 끌고 가는 아주머니가 보인다. 어떻게 저런 차림으로 이 길을 걸어갈 생각을 했을까. 함께 걷는 분은 남편인 모양인

데 그는 제대로 준비를 갖추었다. 불란서에서 왔다고 한다. 사람 살아가는 모습이 각양각색이다.

왼쪽으로 골프장이 보인다. Ciruena마을을 지나면서 길가 아이를 보듬고 있는 아주머니에게 눈 덮인 산의 이름을 물었다. 산 로렌토 마운틴이라고 한다. 친절하게도 연필을 달라고 하더니 스펠링을 적어준다. 모처럼 영어가 통하는 주민을 만났다.

저만치 앞서 걷는 아내가 뒷걸음으로 언덕을 내려가고 있다. 며칠 전부터 아프기 시작한 무릎이 아직도 낫지 않아 힘들어 한다. 무릎이 좋지 않으면 언덕길을 내려갈 때 저렇게 뒷걸음을 치면 통증을 덜 느낀다고 했다. 매일 오르막 내리막길을 걸어야 하기 때문에 물집이 잡히는 건 다반사이고 무릎이 고장나거나 발 관절이 아파 쉬었다가 걷는 사람들이 많다. 며칠씩 쉬어도 좋아지지 않는 경우에는 걷기를 포기하고 돌아가는 수밖에 없다. 함께 출발했던 한국 대학생 중에서도 발 때문에 우리보다 한참 늦게 걸어오는 아이들이 한둘이 아니다.

가파른 고개를 올라가는데 자전거 선수들이 지나가기 시작한다. 울퉁불퉁한 자갈길을 산악자전거를 몰아 씩씩거리며 달려가는 선수들의 등짝에 커다란 번호판이 붙어있다. 선수들이 많은 걸로 보아 꽤 큰 대회인 모양이다.

언덕을 넘으니 멀리 도시가 보인다. 오늘의 목적지 산토도밍고다. 성당의 종탑이 뾰쪽하게 솟아있다. 큰 도시는 물론 작은 마을도 대부분 성당이 있다. 옛날에는 성당을 중심으로 마을이 형성되고 운영되었던 모양이다.

도시 입구에 알베르게가 하나 보이는데 정문에 세운 상징물이 재미있다. 축구공 위에 닭이 올라서서 목청높이 우는 모습이다. 이 나라 사

치마입고 걷는 아주머니.

람들이 축구를 얼마나 좋아하는가, 이 도시가 얼마나 닭으로 유명한 지역인가를 상징적으로 보여주고 있다.

닭과 관련된 전설이 있다. 중세 때 독일에서 온 순례자 가족이 이 도시의 한 여관에서 묵게 되었다. 여관의 하녀가 그 부부의 아들이 마음에 들어 그를 유혹했지만 관심을 끄는데 실패했다. 그러자 앙심을 품은 하녀가 은쟁반을 청년의 행랑 속에 감춰 누명을 씌웠고, 청년은 사형을 선고받았다.

그의 부모가 슬픔에 잠긴 채 순례를 마치고 돌아오는 길에 교수형을 받았던 아들이 밧줄에 매달려 아직 살아있는 것을 발견했다. 도밍고 성인이 그의 다리를 받치고 있었던 것이다. 부모는 곧바로 영주에게 이 사실을 알렸지만 영주는 믿지 않고 비웃으며, "네 아들이 살아있다면 내가 지금 먹고 있는 이 닭도 살아있겠구나"하고 말했다. 그러자 그의 식탁 위에 놓여있던 구워진 닭이 벌떡 일어나 홰를 치며 날아갔다고 한다.

'현대자동차' 배너가 건물에 걸려있다. 사무실이 비어있는 걸 보니 입주할 예정인가 보다. 우리 기업들이 저렇게 세계를 누비며 활동하는 모습을 보면 대견스럽고 어깨가 으쓱해진다. 그리 오래지 않았던 어느 해, 미국의 전자제품상에 들렀는데 삼성 TV가 SONY를 제치고 제일 좋은 자리에 제일 높은 가격표를 붙이고 놓여있었다. 그날 괜히 기분이 좋아 친구를 불러내어 막걸리 한 잔 나누었던 기억까지 떠오른다.

자전거 선수들이 좁은 골목길을 들어서고 있다. 시간차를 두고 선수가 들어올 때마다 골목을 지키는 경찰들이 길을 비켜달라고 호루라기를 분다.

1시 30분 알베르게 도착. 거리에 사람들이 북적거린다. 현대식으로 시설이 잘 되어있다. 부엌시설도 훌륭하다. 함성 소리가 들린다. 2층 창 너머로 광장이 보인다. 시상식을 하는지 쩌렁쩌렁한 마이크 소리와 관중들의 환호성이 들려온다. 행사장인 칼사다 광장이 멀지 않다고 한다.

그러고 보니 오늘이 일요일이다. 일요일은 마켓이 문을 열지 않는다고 했다. 그렇지만 혹시 순례자를 위해 문을 연 곳이 있을까 싶어 장도 찾아볼 겸 시내 구경을 나섰다. 노천카페에 순례자들이 앉아 맥주 한 잔을 앞에 놓고 목을 축이고 있다.

가로수에 지역대항 축구대회 벽보가 붙어있다. 공원에는 일요일이라 시민들이 나와서 노닐고 있다. 플라타너스 나무가 줄 지어 서 있다. 저렇게 나무와 나무가 가지를 이어 줄지어 서있는 모습은 이 지역 도시면 흔하게 볼 수 있는 풍경이다. 이쪽 나무와 저쪽 나무의 가지 끝을 묶어두면 자연스럽게 이어져 한 나무처럼 되는 모양이다. 신기한 풍경이다.

산토도밍고 게 하 칼사다 광장으로 갔다. 잔치는 끝나고 몇 사람이 골인 지점에 설치된 고무풍선으로 만든 개선문을 철거하고 있다. 취재를 마친 TV방송국 중개차가 행사장을 빠져 나간다. 휴지조각 몇 개가 바람에 뒹굴고 있다. 선수를 환영하던 관중들의 환호성도 자취를 감추었다.

광장을 나와 숙소를 향해 한참을 걸었다. 그 때, 멀리서 사이렌 소리가 들렸다. 아니, 자전거 선수가 아닌가! 마지막 선수가 들어오고 있다. 쓰러질 듯 쓰러질 듯 혼신의 힘을 다해 페달을 밟으며 달려오고 있다. 오가는 사람들이 발걸음을 멈추고 박수를 보낸다. 나도 뜨거운 박수를 보냈다.

선수는 있는 힘을 다해 휘청휘청 자전거를 몰아간다. 행사 진행차가 사이렌 소리를 울리며 그 뒤를 따라간다. 행사진행 트럭에 선수 두 명이 앉아 있다. 자전거에 문제가 생겼거나 몸이 아파 자동차를 타고 오는 모양이다. 차에 있는 선수들이 앞서 가는 선수를 바라본다. 동료 선수를 바라보는 눈에 안쓰러움과 부러움이 함께 들어있다.

몇 km를 달려왔을까. 기진맥진 비틀거리며 골인지점을 향해 자전거를 몰고 가는 선수의 뒷모습이 골목을 돌아 사라졌다. 선수를 맞이하는 환호성은 커녕 개선문 마져 철거해버린, 텅 빈 광장을 향해 그는 달려갔다.

일등 선수가 골인한 지 두세 시간이 지난 지금, 무슨 사연이 있었기에 이제야 도착했을까. 땀 범벅이 되어 숨을 헐떡거리며 달려가던 꼴찌 선수의 얼굴이, 포기하지 않고 끝내 결승점을 향해 당당히 돌진해 가던 모습이, 눈에 선하다.

숙소에 돌아와 순례자들에게 꼴찌 선수 얘기를 했다. 무릎이 고장나

마지막 주자.

이틀째 알베르게에서 쉬고 있다는 영국인 순례자가 말했다.

"산티아고 순례길은 누가 먼저 가는가를 겨루는 곳이 아니지요, 각자의 힘에 맞게 걸어서 산티아고에 도착하면 누구나 승자가 되는 길이지요. 우리 인생도 그렇지 않을까요. 내 길을 내가 걸어가는 겁니다. 그 선수처럼 포기하지 않고 결승점에 도착하면 결국 이기는 자가 되는 거지요."

산토도밍고를 생각하면 꼴찌 선수가 떠오른다. 손바닥이 아프도록 갈채를 보내던 사람들의 모습이 보인다.

산토도밍고 대성당에 들렀다. 정문의 아치가 "중세 기독교가 만들어낸 가장 훌륭한 로마네스크 양식의 출입구"라고 했던 말이 생각났다. 이 도시는 카미노 후원자였던 도밍고 데 칼자다가 다리를 놓고 성당과 병원을 지으면서 순례자를 맞이했다. 그리고 그들을 헌신적으로 돌보았다. 1109년 세상을 떠났는데, 시신이 성당 지하에 모셔져있다. 도시 이름도 그의 이름을 따라 산토도밍고라고 불리기 시작했다고 한다.

성당 앞 작은 건물로 발길을 옮긴다. 이 성당에 암탉 한 마리가 금으로 된 새장에 살고 있다는 이야기를 안내서에서 읽었기에 그쪽으로 발길을 옮겼다. 암탉 두 마리가 쇠창살 사이로 보인다. 모형 닭이다. 모형 닭 사이에 조개껍질이 하나 놓여있다. 야고보 성인을 떠올리게 하는 조개껍질이다. 살아있는 닭이 안쪽에 있는가 싶어 고개를 기웃거려 안을 눈여겨보았다. 닭이 몇 마리 보인다. 성당에서 닭을 기르고 있다. 전설이지만 사람들이 이를 전승하면서 도시의 일부분으로 자연스럽게 자리잡고 있다.

성당 문이 열리고 미사가 시작되는 모양이다. 사람들 틈에 섞여 성당 안으로 들어간다. 산토도밍고 동상이 마련되어 유치창 안에 보존되어있다. 그리고 도밍고 성인의 발 양옆으로 닭이 한 마리씩 서 있다.

미국에 있는 아이들이 궁금해 전화를 하고 싶어 사람들에게 물으니 사이버 카페에 가면 국제전화를 할 수 있다고 한다. 물어 물어 찾아갔다. 이 길을 걸으면서까지 셀폰을 가져와야하는가 싶어 전화를 가져오기 않았다. 한참동안 딸하고 통화를 했는데 요금이 2유로 정도 나왔다.

알베르게 쪽으로 나오는데 무슨 행사를 위한 것인지 아이들이 무대 위에서 깡충깡충 뛰는 연습을 하고 있다. 귀엽다. 언제나 어디서나 저렇게 아이들은 어른들의 기쁨이고 희망이다. 유모차에 실려 나온 아이와 어머니를 만났다. 아이가 방긋이 웃는다.

성당 부근에 사람들이 서성이고 경찰차도 한 대 부근에 서 있다. 경찰에게 오늘이 무슨 특별한 날이냐고 물어보아도 그냥 고개만 흔든다. 영어가 통하지 않는다.

중학생으로 보이는 여학생들 예일곱이 시멘트 구조물 위에 쪼르르 앉아 발을 흔들고 있다. 몇 살이냐고 어느 학교 다니느냐고 영어로 물어보니 아무도 대답을 하지 못한다. 스페인은 중학교에서 영어를 가르치지 않는가 보다.

아이들과 어울려 사진을 찍는데 장의차 한 대가 성당쪽으로 움직여 간다. 따라가 보았더니 성당 정문 앞에 관을 얹어놓을 장치가 놓여있다. 관이 내리자 곧이어 신부님이 나와서 축성을 하고 짧은 경을 읽었다. 그리고 나자 장정들이 관을 어깨에 메고 성당 안으로 들어간다. 그제서야 밖에서 서성거리던 사람들이 모두 성당 안으로 따라 들어간다. 장례식이 예정되어 있었던 모양이다. 마지막을 배웅하는 모습도 어디서나 저렇게 비슷비슷 하다.

마켓에서 와인 한 병과 식료품을 사왔다. 일요일이라도 순례자를 위한 작은 마켓은 늘 열린다는 사실을 다시 확인했다. 바나나를 올리브 기름에 튀기면 고구마 맛이 난다고 한다. 올리브 나무가 유난히 많은 곳으로 보아 올리브유 쓰임새가 많은가 보다.

이곳 알베르게도 순례자에게 돈을 직접 받지 않는다. 도네이션 통에 '알아서' 넣고 가라고 한다. 산토도밍고 성인을 생각하면서 산토도밍고의 밤이 깊어간다.

아이들과 함께

열흘째 (5월 6일)

산토도밍고^{Santo Domingo}에서
벨로라도^{Belorado}까지

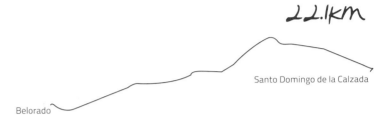

22.1km

Santo Domingo de la Calzada

Belorado

밀밭 풍경.

수탉은 주인을 배반하지 않고 어김없이 새벽을 알린다
멀고 먼 순례길, 물건 지고 갈지 말지는 선택의 문제
성당 뒤편 바위산 근처 많은 사람 전사했던 전쟁터

닭 울음소리에 잠을 깼다. 수탉이 인간 세상을 흔들어 깨운다. 닭 우는 소리는 새벽을 기다리는 사람을 기쁘게 한다. 새 날 펼쳐질 새로운 세계에 대한 기대에 들뜨게 한다.

수탉이 또 운다. 이불속에서 뭉기적거리는 사람들에게 어둠에서 일어나 새벽을 맞이하라고, 세상을 밝히는 저 햇살이 보이지 않느냐고 재촉하는 성 싶다.

수탉의 울음소리는 십 리 밖까지 들린다고 한다. 시골에서 살 때, 닭이 우는 모습을 가까이서 보았다. 닭은 숨을 깊이 들이 마신 다음 고개를 길게 늘이고 눈을 부릅뜨고 털을 곧추세우며 온 힘을 다해 운다. 저토록 작은 몸에서 저토록 큰 소리가 나올 수 있을까 믿을 수 없을 만큼 큰 소리가 나온다. 혼신의 힘을 다해 울기 때문이다. 수탉은 일찍 일어나 하루를 일찍 시작한다. 세상 어느 곳이건 수탉은 저렇게 어김없이 새벽을 알린다.

7시 15분 출발. 나오면서 돈 넣을 곳을 찾아보니 문 옆에 철가방이 걸려있다. 구리가방인데 가죽가방으로 착각할 만큼 정교하게 잘 만들어져 있다.

김 선생은 우체국에 가 짐을 좀 부치고 천천히 따라 오겠다고 한다. 그동안 무거운 배낭을 짊어지고 오느라 힘들었나 보다. 지금이라도 짐을 줄이겠다고 결정했다니 다행이다. 꼭 필요한 물건인 것 같지만 그것 없이도 걷는데 불편하지 않는 물건이 많다. 무거운 짐을 지고 힘들게 갈 것인가 짐을 줄여 가볍게 갈 것인가, 결국 선택의 문제다. 이 길을 걸어가면서 배우고 느끼는 게 한두 가지가 아니다.

그라농Granon 마을을 지난다. 여기서부터 리오하Rioja 지방을 벗어나 부르고스Burgos 지방이 시작된다. 우리식으로 말하면 전라도에서 경상도나 충청도 지역으로 건너간다는 의미다. 그렇지만 이곳은 지방을 지나면 행정구역이 명확히 갈린다. 그만큼 각 지방의 독립성이 강하다는 얘기다. 이제부터 평원지대인 까스띠야Castilla가 시작된다고 안내서에 적혀있다. 아니나 다를까, 얼마 가지 않았는데 끝이 보이지 않는 평원을 걷기 시작한다.

오늘은 1㎞마다 이정표가 세워져 있다. 각 지방 행정기관이 이 길에 쏟는 정성에 비례해서 까미노에 대한 관리가 잘 되고 안 되고 하는 것 같다. 마을 담벼락에 "종훈&루리는 사랑한다" "윤주야 파이팅", 등 한국어 낙서가 보인다. 나도 김사장이 우체국에서 짐을 보내고 혼자서 걸어오는 길이 힘들 성 싶어 "요한 형제님, 힘내세요!"라고 한 마디 써 놓았다.

한 청년이 커다란 배낭을 짊어지고 걸어간다. 텐트, 취사도구 등이 주렁주렁 매달려있다. 이름은 스반. 에스토니아 청년으로 서른두 살이라고 한다. 지난 해 10월부터 8개월 째 유럽 여러나라를 무전여행

중이란다. 잠은 텐트에서 자고 음식은 끓여 먹고, 최소한의 교통비로 움직이고 있단다. 젊은 시절 저런 여행은 돈 주고도 못 사는 경험이다. 스반은 이후로도 여러 번 만나고 헤어지고 하면서 함께 걸었다. 생각해보면 이 길은 단순한 순례길이 아니다. 중세에 유럽과 이베리아를 연결하는 굵은 동맥이었다고 역사에 기록되어 있듯이, 천 년 동안 이 순례길은 각 국에서 온 사람들이 만나고, 역사가 만나고, 문화가 교류되는 소통의 길이 되고 있다.

들판이 끝나자 작은 언덕이 나온다. 구릉을 따라 밀밭 사이로 길이 나있다. 길을 따라 순례객이 띄엄띄엄 걸어가고 있다. 산천도 사람도 평화롭다.

자전거를 타고 가는 분을 만났다. 프랑스에서 왔는데, 75세라고 한다. 프랑스 사람들은 일부러 영어를 배우지 않을까. 파리의 몽파르나스 역에서도 경험 했고, 벌써 여러 명의 프랑스 사람을 만났는데 의외로 영어가 통하지 않는다.

아까 만났던 스반이 길가에서 소변을 보고 있다. 화장실이 마련되어 있지 않으니 눈치껏 저렇게 볼일을 보아야만 한다. 천 년 전부터 내려오는 방법 그대로 순례객들이 이 길을 걸어가고 있는 셈이다.

용변해결.

산티아고_순례길따라_2000리

빌로리아^{Viloria} 마을에 오니 아내와 청담동 발레리나 자매님이 점심을 먹으며 기다리고 있다. 곁에 셰퍼드 한 마리가 앉아있다. 먹을 걸 주었더니 또 주기를 바라고 있다고 한다. 건너편에 새로 온 사람들이 점심 먹을 기미를 보이자 그쪽으로 건너간다. 짐승이건 사람이건 편한 삶에 길들이면 저렇게 헤어나기가 어렵다. 거기에 안주하다보면 그 너머에 있는 세계를 바라볼 수 없고, 그럴 필요도 느끼지 않게 된다. 개인이나 집단, 국가도 결국 내부의 적을 극복하지 못해 쓰러지는 경우가 대부분 아니던가.

길가 표지판에 누군가 덧그림을 그려 놓았다. 웃음을 자아내게 한다. 낙서는 사람 사는 곳이면 어디나 있는 풍경이다.

걸어가는 모습이 각양각색이다. 배낭도 가지각색, 바지도 가지각색이다. 그런데 지팡이는 모두 하나씩 가지고 있다. 지팡이는 언덕을 오르고 내릴 때, 제 기능을 다한다. 옛날부터 순례객이 지팡이와 표주박을 가지고 길을 걸었던 게 다 이유가 있다. 저 앞에 걸어가는 가운데 사람은 침낭이 보이는데 오른쪽 사람은 침낭을 배낭 속에 넣어버린 모양이다. 내 배낭도 침낭을 넣도록 되어 있으니까.

오늘의 목적지 벨로라도^{Belorado}에 도착. 마을 초입에 있는 알베르게에 짐을 풀었다. 알베르게에 태극기를 포함한 만국기가 펄럭인다. 김 선생이 도착하기를 기다려 식료품을 사러 광장 부근까지 걸어서 내려갔다.

성당 꼭대기에 새 둥지가 보인다. 백로가 사는 집이다. 네 귀퉁이에도 하나씩 집을 지었다. 하긴 안전하기로는 성당 꼭대기만한 곳이 없겠다. 백로 한 마리가 마을을 빙빙 돌고 있다. 순례자를 환영한다는 의사표시일까.

알베르게 입구

　성당 뒤편 바위 산 곳곳에 굴이 뚫려있다. 전쟁 때 천연 요새로 사용
했는지 모르겠다. 자세히 보니 동굴 입구에 창문이 달려있다. 사람이
살고 있는 성싶다.

　길가에 '전사자 기념비'가 세워져 있다. 프랑스 점령군에 맞서 싸운
스페인 의병들의 활약을 기록한 비이다. 이 지방에서 벌어진 전투에
서 전사한 400여 명의 의병을 기념하여 세웠다는 내용이다. 이곳이 전
략적으로 중요한 지역이었던 모양이다.

　한 때 세계를 제패했던 스페인. 그들은 많은 나라에 적지 않은 피해
를 주었다. 1492년 콜롬부스의 신대륙 발견으로 식민지 개척에 나선
스페인은 16세기에 브라질을 제외한 남미 대륙을 정복한다. 1532년
11월 16일, 프란시스코 피사로가 이끄는 168명의 스페인 군대는 남아
메리카의 카하마르카에서 8만 명의 잉카 군과 맞선다. 몇 시간 뒤, 이
스페인 군은 7,000명이나 되는 원주민을 학살하고 잉카의 황제 아타
우알파를 생포한다. 태어난 지 90년 밖에 안 된 제국의 싹을 싹둑 잘라

버린 스페인의 행적을 역사가 증언하고 있다. 그랬던 이 나라가 다른 나라의 침략을 받아 피해를 입은 흔적을 이곳에 기록해 놓았다. 물고 물리는 역사의 수레바퀴다.

장바구니를 들고 알베르게에 돌아오니 등에 짐을 실은 당나귀 한 마리가 막 도착한다. 당나귀 고삐를 움켜쥔 마부는 벙거지를 썼다. 어느 깊은 산골짜기에서 내려온 모양이다. 당나귀는 풀어서 마구간으로 옮기고, 마부는 숙소로 들어간다.

저 마부는 자기 마을에 돌아가서 할 말이 오죽이나 많을까. "촌놈 장에 갔다 오면 이웃까지 잠 못 들게 한다"는 속담이 있듯이 이웃들에 들려줄 말이 참 많을 것 같다. 내가 어릴 적 마을에서 서울 다녀온 사람을 빙 둘러싸고 신기한 얘기를 들을 때처럼, 동네 사람들이 마부를 둘러싸고 대처에서 보고 듣고 온 색다른 이야기를 밤 새워 들을 성싶다. 그나저나 이 나라에 자동차가 들어갈 수 없는 오지가 아직 남아있나 보다. 머잖아 저런 풍경도 사라져 갈 것이다. 날이 저문다.

노새에서 짐을 내리는 모습

열하루 째(5월 7일)

벨로라도^{Belorado}에서
오르테가^{Ortega}지나 아따뿌에르카^{Atapuerca}에 도착

Atapuerca

30.2km

Belorado

길가 한그루 나무가 순례자를 맞는다.

말이 주무시던 곳에서 하룻밤 묵다

알베르게가 만원이어서 시오리를 더 걷다

문화 인류학의 혁명적 장소라는 아따뿌에르까에서 자다

아침 7시 20분 출발. 어제 저녁에 먹고 남은 감자로 아침을 때웠다. 그리고 몇 개 남은 라면은 김사장과 내 배낭에 나누어 넣었다. 작은 도시의 웬만한 가게에서는 라면을 구경하기기가 어렵다. 벌써 열흘째 김사장 부부와 함께 걷고 있다.

한 시간여쯤 걸었을까. 멀리 보이는 바위산에 큰 구멍들이 여러 군데 뚫려있다. 종탑이 뚜렷이 보인다. 바위동굴을 이용해서 세운 성당이다. 천혜의 장소다.

바람이 만만치 않다. 어제 만났던 혜린 학생이 의자에 앉아 무언가 기록하고 있다. 우리보다 앞서 출발했는가 보다. 길가에 옛날 집이 쓰러져가는 그대로 방치되어있다. 저대로 관광자원이다.

좀 쉬었다가 다시 걸어가는데, 앞서가는 혜린이 걷는 모습이 좀 불안정하다. 가만히 보니 배낭을 잘못 맸다. 김사장이 불러 세워 어깨끈을 줄여주고 허리띠도 조정해 준다. 따로 놀던 배낭과 몸이 착 달라붙어 훨씬 편하게 느껴진다며 녀석이 환하게 웃는다. 배낭하나를 제대로 매면 필요 없는 고생을 그만큼 줄일 수 있다.

바람에 떠밀려 비야프랑까^{Villafranca} 마을까지 왔다. 중년 남자가 예초기로 풀을 베어내고 있다. 집에 잡초가 자라면 풀을 깎고, 청소를 하고 집안 단속을 하고…. 사람 살아가는 모습이 어디나 비슷하다. 강아지가 주인이 일하는 모습을 유심히 바라보고 있다.

여기서부터 산길로 접어든다. 오카^{Oca} 산이다. 옛날에는 숲이 빽빽해서 산 도적떼와 사나운 짐승들 때문에 순례자들이 두려워했던 곳이란다. 지도를 보니 다음 마을 오르데카^{Ortega}까지 12㎞가 넘는다. 중간에 마을이 없으니 물이랑 먹을 것을 점검할 필요가 있다.

노랑색 화살표가 길가 나무에 표시되어있다. 노랑색 화살표를 따라가면 산티아고에 이른다. 모두가 함께 가는 길, 우리는 에둘러 가든, 곧장 가든 죽음을 향해 앞서거니 뒤서거니 걸어가는 순례자들이다. 죽어가는 존재인지를 알지 못하는 사람은 어떻게 살아야 하는지도 모른다. 한 발을 떼면 한 걸음 산티아고에 가까워지듯이 하루가 지나면 그만큼 죽음에 가까워 온다는 사실을 깨닫고 살아가는 사람이 얼마나 될까.

떡갈나무 숲이 우거진 한적한 길을 두 시간쯤 오르락내리락 걸었다. 독일에서 왔다는 한 남자가 길가에 서 있다. 도와줄 일이 있느냐고 물었더니 먼저 가란다. 아내가 볼일 보러 갔는데 기다려야한다며 픽 웃는다.

산꼭대기에 십자가가 세워져있다. 유골 발굴 현장 사진을 포함하여 꽤 긴 설명을 해놓은 것으로 보아 전쟁이나 내란으로 희생된 사람들의 묘지인성 싶다. 안내문이 스페인어로만 되어있어 무슨 이야기인지 알 수가 없다. 이 길을 오가는 사람들을 위해 영어로 된 안내판도 함께 마련해 놓으면 더 좋을 것 같다.

마침 한 순례자가 비석을 자세히 바라보기에 무슨 얘기냐고 물었더니 설명을 해준다. 스페인어와 영어를 할 줄 아는 분이다. 스페인 내전 (1936~39년)으로 희생된 사람들을 기리기 위해 세워진 거란다. 비문은 '그들의 죽음은 헛되지 않았다. 하지만 그들의 살인행위는 헛된 짓이었다.' 라고 씌어 있다고 했다.

근처에 쉼터가 마련되어 있다. 쉼터래야 테이블 몇 개가 전부이지만, 앉아서 점심을 먹고 있는 순례자들의 모습이 행복하다. 우리도 테이블 한 개를 차지하고 앉았다. 아까 만났던 독일인 부부가 손을 들어 반갑게 인사를 한다. 이 길을 걷다가 만나면 이렇게 금방 친구가 된다.

다시 길을 떠난다. 길이 산 속에 깜박깜박 숨어있다. 아슬하다. 자전거 탄 사람들이 지나간다. 왼쪽으로 고속도로가 나 있다. 걸어서, 자전거를 타고, 혹은 버스를 타고, 모두들 길 따라 나란 나란히 가고 있다. 오늘 밤 머무는 곳은 저마다 다를 터이다. 저 산 넘고 넘어 보이지 않는 곳에 오늘의 목적지가 있다.

'PROHIBIDO HACER FUEGO DEBEKATUA SUA EGITEA…' 라는 긴 글이 간판 위에 써있다. 옆에 그림이 그려져 있다. 우리식으로 '산불조심' 정도의 내용일 터이다. 스페인어를 모르는 사람은 그림을 보고서야 간판에 적힌 의미를 이해할 것이다. 저 간단한 그림이 얼마나 쉽게 뜻을 전달하고 있는가.

나는 때로 그림 그리는 사람이 부럽다. 글은 그 문자를 아는 사람하고만 소통하지만 그림은 모든 사람과 통하는 만국 언어라 생각되기 때문이다.

한글로 쓴 내 글을 내 아들 딸이 읽어주지 않는 것이 아쉽다. 읽지 못

한다는 말이 더 정확할 성 싶다. 미국에서 태어나 영어에 익숙한 아이들이, 주말 학교에서 한글을 기본정도만 배운 저들이, 내가 쓴 글을 읽는 데는 한계가 있기 마련이다. 부모와 자식 사이에 말이 통하지 않는다는 것은 비극이다. 많은 이민 1세들이 겪어야하는 힘들고 아픈, 그리고 서러운 현실이다.

1984년, 미국에 처음 이민 와서 아파트에 살았는데 옆집 한국아이가 한국말을 못했다. 그 모습이 우리 아이의 미래라는 생각이 들어 한국어를 가르쳐야 한다는 생각이 들었다. 그렇게 주말 한국학교를 시작하게 되었다.

아이들에게 숙제를 내주었다. 존대말로 바꾸어 보자는 과제였다. 문제 가운데 하나가 "저 사람이 우리 아빠야"였는데, 한 학생이 "저 인간이 우리 아버지 입니다"로 풀어왔다. 사전을 찾아보니 '사람'의 다른 말로 '인간'이란 단어가 있기에, 존댓말로 알고 그렇게 답을 만들었다는 설명이었다. 그러면서 한국어가 너무 어렵다고 툴툴거렸다.

한국학교에 나오는 아이들을 보면, 마지못해 부모의 손에 끌려 나오는 경우가 많다. 싫은 모습이 역력히 보인다. 그런 아이들에게 한글을 신나고 재미있게 가르칠 수은 없을까 고심하던 중, 노래를 통해 한국어를 가르치면 좋겠다는 생각이 들었다. 한 주일에 한 곡목 이상, 가사의 뜻을 이해하고 읽고 쓰고 암기 하도록 했다. 선생님이 기타를 가져와 함께 노래를 불렀다. 즐겁게 노는 가운데 자연스럽게 한글을 익히게 했다. 아이들의 반응이나 학습효과가 예상외로 좋았다.

20년 넘게 한국학교 교장을 했다. 참으로 보람 있는 시간이었다.

오늘은 거리 표시가 거의 없다. 왜 그럴까. 지방정부의 행적구역에 따라 산티아고 길에 대한 관심의 농도가 달라지는 모양이다. 스페인 중앙정부의 시책이 지방에까지 제대로 시행되고 있지 않는다는 증거다.

유채꽃이 지기 시작한다. 꽃이 져야 열매가 맺힌다. 황토길 양쪽으로 소나무 숲이 울창하다. 조림사업을 해서 심어놓은 듯 줄이 반듯반듯하다.

오늘의 목적지 오르테가에 도착 했다. 오르테가 대성당은 산후안San Juan 성인이 1,100년대 지은 로마네스크식 건물이다. 아기를 낳지 못하던 여인도 이 성당을 찾아 기도를 올리면 아기를 잉태하게 된다는, 전설이 유명한 곳이다. 숲 속에 숨어 순례자를 헤치는 무리로부터 순례자를 보호하기 위해 이렇게 깊은 산골에 성당을 지었다고 한다.

알베르게가 만원이다. 성당을 둘러본 후, 다음 마을인 아헤스Ages를 향해 출발한다. 길가 나무가 독특하다. 마치 눈이 쌓인 것처럼 나무껍질에 희끗희끗한 것들이 붙어있다. 벌판 한 가운데 나무 한그루가 눈에 띈다. 길 옆에 서 있는 나무 한 그루가 나에게 많은 얘기를 들려주고 있다. 바로 근처에 둥그렇게 돌을 이어놓아 무슨 표지를 만들어 놓았다. 무슨 뜻일까.

3.7㎞를 더 걸어서 아헤스Ages 마을에 왔다. 이곳에도 빈 방이 없단다. 다음 마을까지 2.5㎞를 더 걸었다. 아따뿌에르까Atapuerca다. 이 마을에서 선사시대의 생태계 및 환경을 입증할 방대한 자료들이 출토되었다. 그래서 이곳이 문화 인류학의 혁명적인 장소가 되었다고 한다. 마을 입구에 상징적인 간판이 세워져있다.

알베르게를 찾았다. 5유로다. 성당 아래 위치한 아주 오래된 건물이다. 옛날에 마굿간으로 쓰던 건물인 성 싶다. 말 고삐를 메어 놓던 시설이 그대로 남아있다. 숙소 천정도 옛 그대로다. 아주 오래된 옛날 말이 주무시던 곳에서 하룻밤 묵게 되었다. 재미있고 의미 있는 추억이 될 듯싶다.

주방이랍시고 달랑 가스 곤로 하나 뿐이지만, 그나마 감지덕지다. 마켓에 들렀다. 유리창에 영업시간이 붙어있다. 아침7시부터 오후2시, 네시반 부터 일곱시반 까지다. 두시간반 동안 낮잠을 잔다는 의미다. 저렇게 낮잠을 자고도 먹고사는데 문제가 없는데, 어느 곳 어떤 사람들은 밤잠을 줄여가며 일해야 살아갈 수가 있다.

장을 봐 와서 저녁을 지었다. 와인 한 병(2.9유로), 계란 한줄, 빵, 우유, 주스, 참치캔, 과일을 사왔다. 예상대로 라면은 없다. 어제 산 라면을 끓이고 와인 한 잔을 곁들이니 성찬도 이런 성찬이 없다. 김사장 부부와 함께 잔디 위에 놓인 테이블에서 건배를 한다. 산티아고가 주는 호사다.

양치기가 양을 몰아가고 있다. 해가 설핏하니 집으로 돌아가는 길인 모양이다. 2백여 마리 되는 양떼를 양치기 한 사람이 셰퍼드 한 마리의 도움을 받아 일사불란하게 데리고 간다. 특이한 풍경이다.

이탈리아에서 온 페데리카를 만나 한참동안 얘기를 나누었다. 38살인데 남자친구와 함께 왔다고 한다. 조금 있으니 한국인이 들어온다. 덴마크에서 일하고 있다는 청년, 이종형씨다.

빗방울이 떨어진다. 잠자리도 정했고, 배불리 밥도 먹고, 어울려 얘기를 나눌 수 있는 사람이 있으니 천국이 따로 없다.

아따뿌에르카^{Atapuerca}에서 부르고스^{Burgos}까지

Atapuerca

Burgos

23.1KM

조가비 이정표

스페인의 영웅 엘시드의 고향 부르고스 입성

앞으로 2주일 동안 평원을 걸어야

부르고스 대성당의 위용과 아름다움에 놀라

아침 시간은 빨리도 간다. 7시 30분 출발. 마을을 벗어나자 길가 오른쪽으로 양떼가 보인다. 막 태어난 새끼 한 마리가 껑충거리며 위태위태 걷는다. 어린 시절 시골에서 염소를 길러본 경험이 있다. 염소새끼는 낳자마자 혼자서 선다. 그리고 어미젖을 찾아서 빤다.

오솔길로 접어드는데 어둑한 숲 속에 짐승 한 마리가 죽어있다. 털이 흩어져있고 몸뚱이가 많이 훼손되어 있다. 간밤에 야생동물이 힘센 짐승에게 공격을 당했던 모양이다. 자연계가 종족을 보존해가는, 약육강식의 생생한 현장이다.

돌산이 꽤 가파르다. 바위산이다. 아직 아침 이슬이 마르지 않아 미끄럽다. 순례자들이 띄엄띄엄 올라오고 있다. 산꼭대기에 나무 십자가가 세워져있다. 십자가 밑에 돌이 수북이 쌓여있다. 지나가는 순례자들이 하나씩 던져놓은 돌이다. 우리 한국에도 길가 애기무덤이나 처녀무덤에 저렇게 돌멩이나 솔개비를 꺾어 던져놓은 풍습이 있다. 시골 산길에서 볼 수 있고, 문경 새재를 넘을 때도 보았던 풍경이다. 돌 하나에 염원하나를 담아 던진다

지나가는 순례객들이 십자가 앞에서 잠시 멈춰 기도를 드린다. 무엇을 기도할까. 순례길이 안전하고 평안하기를 기원할까. 저리도 많은 사람들이 드리는 기도를 다 받아줄려면 하느님께서도 꽤나 힘드시겠다.

길가에 길게 돌을 쌓아 십자가 형태를 만들어 놓았다. 가까운 곳에 어제처럼 돌로 둥글둥글한 모형을 여러 겹 만들어 놓은 모습도 보인다. 종교적으로 무슨 의미가 있는 모양이다.

스페인어로 쓴, 제법 큰 간판이 걸려있다. 지나가는 순례자에게 물어보니 '이 산을 넘으면 앞으로 2주일이 지나야 산을 볼 수 있을 것이

다' 는 뜻이라 한다. 지루한 평원이 계속될 것이라는 얘기다. 그러고 보니 널따란 평원이 눈앞에 펼쳐진다.

밀밭 사이로 길이 나있다. 등성이를 넘으면 또 밀밭이다. 옛날 보리를 많이 심던 시절의 한국 농촌의 보리밭 풍경과 비슷하다. 바람 부는 날, 바람따라 보리밭이 출렁이며 언덕을 넘어가던 모습은 장관이었다.

길가 집 고물 버스 옆면에 알베르게 선전그림으로 만국기가 그려져 있다. 그 중에 태극기가 유난히 선명하다. 어떤 사람은 자기나라 국기가 더 선명하다고 할런지도 모르겠다.

기호승 씨하고 알렉스가 쫓아와 인사를 한다. 어제 아헤스 마을에서 잤다고 한다. 반갑다. 마을을 지나간다. 건물들이 대부분 돌로 지어졌다. 모든 나라의 건축물들은 그 지역에서 나는 재료가 기본 재료가 된다고 기선생이 설명한다. 재료에 따라 나라마다 독특한 형태의 건축술이 발달하고, 건축물이 생겨나기 마련이라고 했다. 우리나라 전통 가옥이 흙담집이 많고 흙을 발라 벽을 막은 것도 다 그런 이유 때문이라고 한다. 건설회사 직원답다.

들판을 건너 부르고스 초입에 도착했다. 부르고스Burgos는 스페인의 민족 영웅 엘 시드El Cid의 고향이다. 11세기 초 아랍인과 대치할 때 엘 시드는 종교와 자유를 지키기 위해 자신을 헌신했다. 그 용기와 절개로 적군에게까지 존경 받은, 전설의 주인공이 된 인물이다. '롤랑의 노래'로 유명한 불란서 롤랑Roland에 비유된다.

부르고스 성당까지 10㎞남았다는 사인이 보인다. 여기서 시가지를 따라 가는 길과 냇가를 따라가는 길, 두 갈래로 나누어진다.

시내 길을 택해 걸어가다가 버스정류소 앞에서 카트를 끌고 가는 독일 할아버지를 또 만났다. 어떤 여인이 무슨 딱지종류를 목에 걸고 행인들에게 팔고 있다. 복권종류 아니면 버스표가 아닐까 싶어 물어보았는데 말이 통하지 않는다. 우체통이 길가에 세워져있다. 노랑색이다. 한국은 빨강색이었는데, 나라마다 저렇게 색깔이 다른 모양이다.

아코디언 소리가 들린다. 돈 통을 앞에 놓고 중년 남자가 손풍금을 연주하고 있다. 여러 가지 모습의 청동 조각이 이곳저곳에 서 있다. 우산 쓴 소녀상도 있고, 아이의 손을 잡고 걷는 아버지상도 보인다. 도시마다 나름의 풍경이 있다. 사람도 조각품도 이를테면 도시 풍경의 하나다.

1시쯤, 알베르게에 도착했다. 성당을 개조해서 만들었다는데 시설이 현대식으로 잘 되어있다. 세진, 혜린, 케런, 등 한국 젊은이들을 만났다. 어제 오르테가Ortega에서 잤는데 시설이 아주 엉망이었다고 한다. 무엇보다 뜨거운 물이 나오지 않아 샤워를 제대로 할 수 없어 힘들었다고 불평들이다. 그러고 보면 좀 더 걸었지만 우리가 아따뿌에르까에 와서 잔 것이 잘 한 일이 되었다. 인간만사人間萬事 새옹지마塞翁之馬, 라고 했던가. 무엇이 좋은 일이 될지 그렇게 한 치 앞을 못 보고 살아간다. 그래서 인생이 재미있는지도 모른다.

부르고스 성당을 보러 나갔다. 알베르게를 나서면 바로 성당이다. 웅장하고 화려한 건물이 눈앞에 우뚝하다. 세비아 성당, 톨레도 성당에 이어 스페인의 3대 성당으로 알려진 이 성당에 앞서 언급했던 엘시드 장군이 묻혀있다. 13세기에 착공하여 300년에 걸쳐 완성된 고딕양식의 걸작으로 불리는 건물이다. 화려하고 웅장한 겉모습은 물론, 살아 움직이는 것 같은 벽조각의 섬세하고 아름다운 모양이 입을 다물지 못하게 한다. 뛰어난 건축 구조, 성화, 제단 장식 벽, 묘지, 스테인드글라스는 물론 독특한 소장품들을 지닌, 고딕 예술의 모든 역사가 집약된 성당이라고 한다. 몇백 년 전, 선인들의 숨결이 그대로 전해오고 있다.

1492년은 스페인에게 특별한 해이다. 콜럼버스가 신대륙에 도착한 해이다. 그리고 스페인에서 이슬람 정권이 완전히 무너진 해다. 700년 동안 이슬람국가였는데 기독교인들이 그라나다까지 함락시키고 이베리아 반도를 완전히 장악한 해이다. 이사벨 여왕 시대였다. 언급한 바와 같이 부르고스 대성당이 바로 이 시기에 착공하여 완성되었다. 이처럼 거대한 성당을 지어낼 수 있을 만큼 기독교인들의 힘과 열정이 이베리아 반도에 충만한 시대였던 것이다.

저토록 정교한 건축물을 만들어 낼 수 있는 우수한 인적자원은 물론, 남아메리카 등 해외에서 약탈해온 금은보화를 비롯한 물자가 풍부했기에 가능한 일이었을 터이다.

그런데 이사벨 여왕은 유태인 추방령을 내렸다. 이 추방령으로 스페인에 거주하던 유태인은 수난의 시대를 맞게된다.

저녁 미사를 보러 성당에 들어갔다. 순례자들이 앉아 기도를 드리고 있다. 경건한 음악이 흐른다. 역사적인 장소에서 미사를 봉헌하는 사람들의 표정이 엄숙하고 진지하다.

엘시드 장군 동상

미사를 마치고 시내 구경을 갔다. 엘시드의 도시답게 엘시드장군의 동상이 우뚝 서 있다. 황소 조각을 비롯하여 수많은 청동 조각품들이 시내 곳곳에 놓여있다. 음식점 앞에 놓인 주방장을 상징하는 조각품 하나도 상당한 예술적인 품위를 지니고 있다. 한 때 세계를 제패했던 이 나라의 저력을 유감없이 보여주고 있다.

시내 마켓에 들렀다. 집사람이 장을 보는 사이에 세수비누를 샀다. 그런데 한 개씩 팔지 않고 두 개가 들어있는 팩을 사야한단다. 오븐에 데워먹도록 포장된 밥도 몇 개 구입했다. 하몽과 와인도 사왔다.

와인 안주에 하몽이 그만이다. 이를테면 궁합이 잘 맞는다. 저녁 식사와 겸하여 와인을 한 잔씩 나누었다. 식당 여기저기서 여러 나라 사람들이 제각기 자기나라 말로 여독을 풀면서 저녁 한 때를 보내고 있다. 오늘도 별 탈 없이 잘 왔다.

영웅의 고향, 부르고스의 밤이 깊어간다.

부르고스^{Burgos}에서 혼타나^{Hontana}까지

29.4km

비바람 치는 벌판 진흙탕 길을 자전거 들쳐 메고 걷는 행렬…
빗속에서 아리랑 따라 배우는 이탈리아 아주머니들
촉촉한 기운에 씨앗은 싹이 트고, 새싹은 살이 찌고

새벽, 아직 어둑어둑한데 출발하는 사람들로 알베르게가 수런거리기 시작한다. 가만가만 한 사람씩 움직이지만 이곳처럼 50명 이상 수용하는 곳은 잠귀가 웬만큼 무디지 않으면 깨어날 수밖에 없다. 시간을 보니 6시가 넘었다.

화장실 앞에 줄이 길다. 10분이 넘게 기다렸는데 감감무소식이다. 두드려보니 빈 화장실이다. 무엇에 속은 기분이다.

7시 10분 출발. 스반이 성당 앞 잔디밭에서 음료수를 마시며 반갑게 아침인사를 한다. 잔디밭에 텐트를 치고 잠을 잤나보다. 저렇게 텐트에서 잠을 자고 최소 비용으로 먹을 걸 해결하며 여행하면 큰 비용은 들지 않겠다.

부르고스 시내에 가로등이 켜져 있다. 이 도시는 순례자에게 까미노에서 특별한 분기점이 되는 곳이다, 라고 안내서에 기록되어있다. 여기서 레온까지 메마르고 거친 돌투성이의 끝없는 평원인 메쎄따(고원)가 이어진다고 한다. 지루하고 힘든 코스로 순례자에게 고통스러운 길이 될거라 했다.

이 길을 걷기 전, 산티아고 길을 안내하는 책을 여러 권 읽었다. 그 중의 한 책은 부르고스에서 레온까지의 여정을 "부르고스에서 레온까지 버스를 타고 갔다"는 한 줄로 표현하고 있었다. 그런데 와서 보니 거리가 177㎞, 보통사람이 6일 동안 걸어야 할 여정이다. 이러이러한 길인데 여차여차한 사정으로 버스를 타고 가야 했다던가, 뭐 그 정도의 설명쯤은 해 주는 게 작가로서 독자에 대한 최소한의 도리가 아니었을까.

도시를 빠져나오자 들판이 나온다. 지금까지와는 좀 다른 풍경이다. 밀밭 대신 땅콩 밭이 많다. 신작로 옆에 죽은 나무 한 그루가 서 있다. 부지런한 순례자 몇이 한적한 길을 걸어가고 있다.

머리가 하얀 노인이 땅콩밭 고랑에서 이슬을 털며 무얼 잡고 있기에 "할아버지 지금 뭐하고 계세요~" 큰 소리로 물었더니, 다가와 플라스틱 통을 보여준다. 달팽이를 잡고 있었던 모양이다. 이걸로 무엇을 할 거냐고 물어도 말이 통하지 않는다. 그냥 웃기만 한다. 알아서 해석하라는 의미다.

10여 분쯤 걸어가다가 아주머니 두 분을 만났다. 우산을 쓰고 있는데 이분들도 달팽이를 잡았다. 비닐봉지에 달팽이가 담겨있다. 먹기 위한 것인지, 팔기 위한 것인지 물어도 손바닥에 달팽이를 내보이며 아까 할아버지처럼 그냥 웃는다.

간간이 빗방울이 떨어진다. 길가 철조망 건너편으로 말 두 마리가 어울려 놀고 있다. 두 녀석이 놀고 있는 모습을 한참 동안 바라보았다. 저렇게 갇혀있어도 그 안에서 나름의 즐거움을 찾아내는 것은 살아있는 것들의 본능인 모양이다.

빗방울이 굵어진다. 우장을 꺼내 둘러썼다. 우장을 둘러쓴 사람들이 골목길을 돌아 터벅터벅 걸어간다. 이탈리아에서 온 아주머니 두 분과 함께 걸어간다. 자기나라 노래를 부르며 걸어가기에 한국 노래를 한 번 배워보겠냐고 했더니 좋다고 한다. '아리랑'을 선창하면서 따라 부르라 하니 금방 따라서 배운다. 아리랑은 외국인이 따라 배우기 쉬운 노래다. 가사도 어렵지 않고 발음이 까다롭지 않고 반복이 많아 아주 즐겁게 배운다.

잠깐 비가 멈춘다. 비 맞은 풀잎이 고개를 숙이고 있다. 밭을 갈아 씨를 뿌려놓은 곳은 촉촉한 기운에 촉이 나고, 새싹들은 이 비에 살이 찌겠다. 길은 질퍽하여 신발에 흙이 달라붙지만 그래도 견딜만 하다.

그렇게 한 시간쯤 갔을까. 멈췄던 비가 다시 내린다.

호밀로스Homillos 마을을 지난다. 호밀로스는 물이 지나는 파이프의 홈을 의미한다고 했다. 아까 아리랑을 배웠던 아주머니들은 이 마을에서 머물겠다고 했다. 비를 맞으며 논둑 밭둑 사이를 한 시간 남짓 걸었더니 산솔San Sol 마을이 나온다.

이 마을은 까미노 중에서 가장 궁금증을 일으키는 수수께끼 같은 마을이라고 한다. 산바디요San Baudillo라는 마을이 바로 옆에 있었는데 1503년에 주민들이 일제히 사라졌기 때문이다. 전염병 때문이라고 하는 사람도 있고 유대인 추방과 관련이 있다고 하는 사람도 있다고 한다. 후자가 더 옳을지 모르겠다.

1492년 이사벨 여왕이 이베리아 반도에서 이슬람세력을 완전히 축출하고 기독교 국가를 세웠는데, 여왕은 유대인 추방령을 동시에 내렸다. 1503년이라면, 쫓기던 유대인이 이곳 시골 마을로 들어와 은신하며 살다가 급히 집단으로 피신했다는 설이 설득력이 있다. 그나저나 유대인들은 왜 그렇게 미움을 샀을까. 후일 나찌 독일로부터는 더할 나위 없는 박해를 당하게 되는 데 그 이유가 무엇일까. 정처 없이 떠도는 사람들이라 필요하면 언제라도 떠날 수 있도록 금융업에 종사하는 사람이 많았기 때문이라는 얘기를 들은 적이 있다. 정말 그랬을까. 비가 계속 내린다. 최소한 이 마을에서 멈췄더라면 좋았을 뻔했다. 하지만 아내와 오늘 목적지를 미리 정해놓았기 때문에 그럴 수가 없다.

벌판이 나타난다. 진흙탕 길을 걷는데 한 발을 옮겨놓기가 힘이 든다. 우장을 둘렀지만 비바람 치는 벌판에서는 별 도움이 되지 않는다. 우장이 바람에 찢겨 나가고 방수가 되지 않은 신발은 물이 질컥거린다. 춥고 배가 고파도 끝이 보이지 않는 비오는 들판에서 어찌할 도리가 없다.

그래도 걷는 사람은 자전거를 들쳐 메고 가는 사람들에 비하면 한결 낫다. 진흙으로 범벅이된 자전거를 메고 흙탕길을 빠져나가는 모습은 보기에도 안쓰럽다. 쏟아지는 빗속을 뚫고 말없이 한 발 한 발 걸어가는 인간의 행렬은 한 편의 장엄한 서사시다. 무엇 때문에 사람들은 저 고생을 하며 이 길을 걷고 있을까. 나는 또 무엇을 위해 이 길을 가고 있는가. 사진을 찍어 놓으면 좋겠다는 생각이 들었지만 카메라를 꺼낼 엄두가 나지 않았다.

3시경 목적지 혼타나Hontanas에 도착. Hontana는 샘이라는 뜻이다. 이 지방에 물이 흔한 모양인데 오늘 같은 날은 물이 너무 많아 탈이다.

먼저 온 아내와 미세스 김이 방을 잡아놓았다. 6인용 방이다. 칙칙한 냄새가 알베르게에 가득하다. 더운물로 샤워를 했더니 몸이 풀린다. 김사장이 늦게 도착한다. 함께 그리고 따로, 그렇게 걸어가기 마련이다. 주방이 좁지만 불평할 처지가 아니다. 음식을 조리해 먹을 수 있어 다행이다.

신발을 말리기 위해 신발 속에 신문지를 넣어 두고 잠을 청한다. 모두들 힘이 들었던지 이내 코고는 소리가 들린다

열나흘 째 (5월 10일)

혼타나스^{Hontanas}에서 보아디야^{Boadilla}까지

새벽에 잠이 깼다. 가만히 일어나 방문을 열고 나갔다. 춥다. 들어가 두꺼운 옷을 껴입고 나올까 하다가 문을 팔랑거리면 다른 사람의 잠을 깨울 성 싶어 그만뒀다. 만물이 잠든 시간, 천지가 고요하다.

깜박이는 별을 쳐다보다가 나는 어떻게 이 길을 걷게 되었을까, 를 생각한다. 그리고 인간은 어디서 와서 어디로 가는가, 로 생각이 이어진다.

> 떠돌이 빗방울들 연잎을 만나 / 진주가 되었다 // 나의 연잎은 어디 계신가. // 나는 누구의 연잎일 수 있을까.

김영우 시인이 쓴, 「연잎」이라는 시다. 이 시를 떠올리면서 만남의 신비를 묵상한다. 인연이 빚어내는 생의 오묘함에 대하여 생각한다. 나는 누구에게 연잎이 되고나 있는가.

한 시간쯤 지났을까. 성당 종소리가 5번 울린다. 종소리에 놀랐는지

Boadilla

28.6km

Hontanas

메쎄타 평원, 아득한 지평선에 점 하나 굴러간다

신발이 젖어 양말 위에 비닐봉투를 덮어 신고

오리가 꽥꽥거리고, 새 소리, 닭이 홰를 치는 소리가 연이어 들린다. 세상이 눈을 뜨고 있다. 가만히 숨 죽이고 세상이 깨어나는 소리를 듣고 있다.

돌아와 침대에 누웠다. 잠깐 사이에 잠이 들었나 보다. 아내가 흔들어 깨운다. 배낭을 꾸린다. 그제 부르고스에서 샀던, 여분의 세숫비누 한 개가 보인다. 인스탄트 밥도 들어있다. 어제 저녁에 먹어야 했는데 이 집에 오븐이 설치되어 있지 않아 먹을 수가 없었다. 이놈들을 어제 짊어지고 왔는데 오늘도 짊어지고 가야하다니. 이런 미련한 짓이 따로 없다. 비누는 필요한 사람에게 주고, 인스턴트 음식은 오븐이 설치되어 있는 옆집 알베르게에 놓고 왔다.

신발이 아직 축축하다. 그 상태로 걸으면 발이 부르틀 것이니, 양말 위에 비닐봉투를 덧신은 다음 신발을 신어보라고 김 선생이 조언을 한다. 프로미스타Fromista까지 걷기엔 무리라는 생각이 들어, 오늘은 보아디야Boadialla까지 걷기로 약속했다.

날씨가 쌀쌀하다. 바람결이 만만치 않다. 밭둑을 타고 고랑을 건너 굽이굽이 길이 이어진다. 질퍽질퍽한 밀밭 고랑을 한동안 걷다가 큰 길로 빠져나왔다.

바람에 나뭇가지들이 흔들린다. 봄이 되면 어디서나 바람이 많아지기 마련인데, 다 이유가 있단다. 나무는 가지 끝마다 싹을 틔워야하는데, 물을 그곳까지 올려야한다. 바람이 가지를 흔들어 물이 쉽게 올라가도록 도와준다. 자연의 신비다.

사람도 마찬가지다. 나무처럼 흔들리며 성장한다. 고통이 나를 뒤흔들 때는 인생의 깊은 곳을 되새겨보라고 운명이 흔드는 것이다. 그래서 시인은 "흔들리지 않고 피는 게 어디 있느냐"고 노래했는지 모른다. 바람이 멈추기를 바라는 것은 허망한 짓이다. 크건 작건 바람이 불지 않는 날은 없으니까.

한길로 나와 조금 걸었더니 돌로 지어진 아치형태의 제법 웅장한 건물이 나타난다. San Anton 수도원이다. 아치형 건물 밑으로 길이 나있다. 1095년에 프랑스에서 설립된 수도회기사단이 당시 유럽을 휩쓸던 전염병으로부터 사람들을 구하기 위해 지은 건물 가운데 하나다. 아치형 통로 왼쪽으로 선반이 보이는데 밤늦게 도착하거나 밖에서 자는 순례자들을 위해 음식을 준비해 두던 곳이라 했다.

1492년까지 장장 700년에 걸쳐 이슬람 세력과 기독교 세력이 이 땅에서 주도권을 쟁탈하기 위해 싸워온 흔적이 저렇게 또렷하게 남아있다.

아치형 건물을 지나자 2km남짓 빤히 바라보이는 곳에 마을이 보인다. 까스트로에리즈Castrojeriz다. 마을 뒷산에 자그마한 성이 보인다. 저 성을 차지하기 위해 오랜 세월 이슬람과 기독교가 싸웠다는 말이 안내서에 나와 있다. 걸어서 국토횡단을 하던 중, 강원도 철원군 민통선 안을 방문했을 때 보았던 아이스크림고지가 생각난다. 작은 산을 서로 차지하기 위해 하도 많은 포탄을 쏘아댔기 때문에 산이 흐물흐물 녹아내려서 붙인 이름이라고 했다. 저 성도 그만큼 전략적으로 중요한 지점이었나보다.

종교 간의 화해와 공존이 그리도 어려운 문제일까.

이 글을 쓰기 전, 초파일을 앞두고 오현 스님을 인터뷰한 기사를 어떤 신문에서 읽었다.

— 부처님이 바라는 세상은 어떻게 이뤄질 수 있습니까?

"남편을, 아내를, 직장 상사를, 동료를 부처님이다 이렇게 여기면 되지. 꼭 절에 가서 절하고 보시하고 이래야 하는 게 아니야. 바로 옆에 있는 사람들을 부처님으로 생각하고 공들이고 눈물 나지 않게 하면 되는 거지. 이게 사람들이 태어난 목적 아니겠나. 이걸 잊으면 안 돼. 또 경전은 여행을 위한 일종의 안내서나 가이드북이야. 깨달음 자체와 경전 자구에 집착하면 사람이 구속돼. 강을 건넜으면 뗏목은 버려야지."

스님의 말씀이 신부님이나 목사님의 말씀과 본질에 있어 다를 게 없다. 네 이웃을 하느님으로 알고 섬기라는 기독교의 가르침과 남편이나 아내 직장 상사와 옆에 있는 사람들을 부처님으로 여기고 돌보라는 불교의 얘기가 일맥 상통한다. 읽어볼수록 그렇다.

결국, 인간이다. 인간을 위로하고 쓰다듬어 주어야 할 종교가 오히려 증오의 대상이 되고 싸워 무너뜨려야 할 적이 되어버린 현실을 어떻게 설명해야 되는가. 나만 옳고, 내가 믿는 종교만이 인간과 세상을 구원할 수 있다는 아집 때문이 아닐까. 일부 뜻있는 종교인들이 종교 간의 화해와 평화를 위해 노력하고 있는 소식이 들려오고 있으니 그나마 다행이다.

오른쪽 산등성이 곳곳에 하얀 비닐 통이 세워져있다. 무얼까 궁금해서 가 보았더니 안에 어린 나무가 자라고 있다. 추위를 막아 주고 짐승들이 어린 싹을 뜯어먹는 것을 방지하기 위해 투명한 비닐 통을 씌워놓은 모양이다.

이 마을의 저택들은 1520년경에 지어졌다고 한다. 500년 전쯤의 건물이다. 집을 대대로 물려받아 살고 있으니 이곳 사람들은 집 걱정할 필요가 없겠다. 마을을 관통하는 잘 정리된 길을 따라 1㎞정도 걸어가니 마요르 광장Plaza Mayor이 나온다. 스페인의 큰 마을에는 대부분 광장이 있는데 마요르 광장이라고 부른다. 돌로 만들어진 길은 오랜 세월 빗물에 씻겼을 터인데 말짱하다. 광장근처 가게에서 아내를 만났다. 나를 보더니 가만히 웃는다. 반갑다. 아프지 않고 씩씩하게 잘 걸어가 주는 게 고맙다. 아침에 출발하면 목적지에 도착할 때까지 한 번 만날까 말까다.

다시 걷는다. 마을을 벗어나니 작은 들판이 나오고, 넘어야 할 야트막한 산이 보인다. 걸어보니 만만찮은 언덕이다. 꼭대기에 오르니 경치가 발아래 보인다.

언덕을 넘자 다시 평원이다. 밀밭 사이로 가르마처럼 길이 나있다. 사망한 사람의 비가 길가에 세워져 있다.

'Manuel Picasso Lopez / 1964년 11월–2008년 9월'.

마흔네 살 젊디젊은 나이에 어쩌다 길에서 세상을 떠났을까.

낮은 지대는 아직 길이 질퍽하다. 어제 비를 맞으며 이 길을 지나간 사람들도 꽤나 힘들었겠다. 비 온 뒤의 들판은 더욱 싱그럽다. 코끝에 묻어오는 밀밭 냄새에서 푸른 물이 뚝뚝 떨어진다.

언덕을 올라가는데 길가 도랑에 부들이 자라고 있다. 부들, 우리네 시골 방죽 얕은 곳에 많이 자라던 식물인데 아이스케키를 닮았다. 어릴 적엔 부들을 꺾어 아이스케키 인양 입에 물고 다녔었다. 그게 스페인에도 있는 줄은 몰랐다.

언덕이 끝나는 곳에서 바나나, 맥주 등을 팔고 있다. 파는 게 아니라

1 걸어온 길이 아슬하디. 신발이 젖어 양말 위에 비닐봉지를 포개 신었더니 한결 편했다. **2** 밀밭에 건초를 쌓아놓았다.
3 옷을 벗고 걷는 순례자. **4** 휴식을 취하다·

도네이션을 받는다고 했다. 1유로씩이다.

다시 평원이다. 밀밭 가운데 건초를 쌓아놓았다. 풀을 말려 놓았다가 겨울철에 사료로 사용하는 모양이다. 평원에 나무 한 그루가 외롭게 서 있다.

이테로Itero 마을을 지나니 더워지기 시작한다. 신작로를 걷는 순례자의 발길이 무겁다. 이곳 사람들이 낮잠을 자야하는 이유를 이제 알겠다. 수로를 따라 흐르는 물이 시원하다. 부러울 정도로 농업용수로가 잘 되어 있다. 아예 웃옷을 벗고 걸어가는 사람도 보인다.

지평선, 끝이 보이지 않는다. 푸른 하늘 아래 낮게 뜬 구름이 손에 잡힐 것 같다. 밀밭 사이로 사람들이 점이 되어 걸어간다. 메쎄다 평원을 걷는다는 실감이 난다.

3시 30분경 목적지 보아디야Boadilla에 도착. 먼저 도착한 아내가 잠자리를 예약해 놓았다. 60여 명이 함께 자는 방이다.

샤워를 하고 나니 개운하다. 옷가지를 빨아 빨랫줄에 널고, 침낭도 내다가 햇볕에 말린다. 순례자들이 햇살 따스한 잔디위에서 휴식을 취하고 있다. 웃통을 훌러덩 벗어 던지고 일광욕들을 하는 사람도 보인다. 젖은 빨래와 마음까지 말리고 있는 풍경이 평화롭다.

마을을 한 바퀴 둘러보았다. 인구가 150명 정도라고 하는데, 마켓이 없다. 6km떨어진 곳에 도시가 있으니 그럴 만도 하겠다. 당연히 부엌 설비도 되어있지 않다. 저녁은 알베르게에서 제공하는 음식을 먹어야 한다. 9유로다. 순례자들이 머물 곳을 정할 때 고려해야 할 사항이다.

파라솔 아래 한국인으로 보이는 중년 남자와 젊은 여인이 맥주를 마시고 있다. 지나치면서 간단히 눈인사를 나눴다. 전직 국회의원 모씨라고 미세스 김이 넌지시 일러준다. 한국에서는 꽤 알려진 유명인사인가 싶다.

목감기가 걸렸는지 낮부터 목이 아프고 간혹 기침이 나온다. 약을 먹었지만 잘 듣지 않는다. 아마 오늘 새벽 찬 바람을 쏘이고 너무 오래 밖에 나와 있었던 탓인가 보다.

저녁은 알베르게에서 준비해 준 순례자 메뉴를 먹었다. 와인이 나오고 다들 즐겁게 식사를 하는데, 몸이 불편하니 만사가 귀찮다. 자고나면 나아져야 할텐데 은근히 걱정 된다. 가져온 감기약을 먹고 일찍 잠자리에 들었다.

보름째 (5월11일)

보아디아^{Boadilla}에서
까리온^{Carrion de los Condes}까지

Carrion de los Condes

25.1km

Boadilla

강가 물풀 속에서 개구리 울음 소리가 들린다. 평화롭다.

이 길은 상처를 치유하며 새로 일어서는 길

부끄러운 역사라도 괜찮다

넘어진 자리에서만 일어설 수 있는 법

6시 30분 출발. 코 고는 독일인 때문에 잠을 이루지 못했다고 아내가 투덜거린다. 나는 감기약을 먹고 잔 덕택에 세상모르고 잠에 떨어진 모양이다.

물안개 낀 강둑을 걷는다. 강둑 가득 물이 흐른다. 들판을 따라 흐르는 물줄기를 보는 것만으로도 배가 부르다. 강가 물풀 속에서 개구리 울음 소리가 들린다. 평화롭다. 해가 떠오른다. 산천이 밝아지더니 그림자가 앞장서 걷기 시작한다.

프로미스타Fromista 입구다. 안내서에 나와 있는 '까스띠아 수로'인 모양이다. 내륙인 이지역의 물산을 항구까지 나르기 위해 17세기 후반에 207㎞의 수로를 만들었다고 한다. 낮은 곳에서 높은 곳으로 배를 들어 올리는 갑문식 수로의 흔적이 남아있다. 한국 어느 정부에서 계획했던 4대강 사업 비슷한 개념이다.

인간의 상상력은 끝이 없다. 바다에 떠 있는 배를 육지까지 움직이게 할 수는 없을까,를 생각하던 인간들이 저렇게 배가 산을 넘어오도록 뱃길을 만들어냈다. 운하를 뚫고 갑문식 장치로 배를 들어올려 산을 넘어 육지 깊숙히 배가 드나들도록 했다. 인간들의 끝없는 호기심과 도전정신이 만들어낸 결과다. 컴퓨터 하나가 감당해내는 역할을 생각해보면 호기심의 끝이 어디일까 짐작조차 할 수가 없다. 그래서 때론 무섭기까지 하다.

이렇게 넓은 벌에 수로를 따라 물을 공급하고 곡물을 옮기도록 했다니 역사적으로 이 지역이 농업의 중심이 될 수밖에 없었겠다.

프로미스타 시내 아담한 식당에 들러 아침을 먹었다. 마침 옆자리에 앉은 백인 할아버지가 한국인이냐며 반가워한다. 미군으로 평택에서 근무했다고 한다. 벌써 2주일을 김상교 선생 내외와 함께 걷고 있다. 아침에 출발하여 각자 걷다가 저녁에 약속한 장소에서 만나는 형식이다. 이곳에 San Martin 성당이 유명하다고 하지만 들르지 못하고 지나간다.

'까스띠아 수로'

마을을 벗어나자 지평선을 향해 국도가 뻗어있고 그 길을 따라 순례자 길이 나있다. 밀밭이 끝없이 펼쳐진다. 시원하게 뚫린 국도에 자동차가 띄엄띄엄 지나간다. 요즈음 스페인 경제가 좋지 않다는 말을 들었다. 도로를 달리는 교통량을 보면 경제현황을 가늠할 수 있다. 2005년에 평통방문단으로 북한을 방문한 적이 있는데 평양에서 개성까지 가는 도로에 자동차가 많지 않은걸 보면서 사정을 짐작할 수 있었다.

앞서거니 뒤서거니 순례자들이 걷고 있다. 혼자 걷는 한국 여자를 만났다. 서른쯤 됐을까. 이름이 조미정이라 했다. 공기업에서 4년 근무하다가 다른 일을 하고 싶어 까미노를 걷고 있다고 한다. 어려운 경쟁을 뚫고 취직을 했지만 직장생활에 말 할 수 없는 어려움이 있었나 보다. 이 길은 이렇게 새로운 길을 찾는 사람에게 영감을 주는 길이 되고 있다. 야고보 성인이 함께하기 때문인가 보다.

날씨가 더워지기 시작한다. 청담동 김 선생과 나란히 걷는다. 아버지가 육군 장교였다고 한다. 군인 아버지를 따라 강원도에서 살았던 이야기. 지금은 은퇴했지만, 모 신문사 기자로 일했던 인연으로 퇴직 후에 선박업을 하며 일본을 드나들었던 이야기 등을 나누며 걸어간다. 그 중에서도 장교인 아버지와 외갓집과 관련된 얘기, 좌우익으로 갈린 그 시대의 아픔이 진하게 배어있는 가족사를 들려주는데 한 편의 소설이다. 사연이 절절하다. 개인이 살아온 흔적이 바로 역사다. 일제와 6.25사변을 거치면서 우리 민족에게 남겨진 상처가 지울 수없는 흉터로 각자의 가슴 속에 남아있다.

비야까자르 데 시르가Villacazar de Sirga 마을이다. 산타마리아 템플기사단 성당에 도착했다. 산티아고 까미노에서 템플기사단 성당이 세 곳 있다는데 그 중 하나다. 천 년 역사의 흔적을 따라 까미노가 이어진다.

역사로부터 자유로운 사람은 없다,

벽돌 하나가 쌓여 건물을 이루듯 개인의 삶이 모여 역사를 이룬다. 부끄러운 역사라도 괜찮다. 진창의 역사라도 또 어쩌겠는가. 사람도 국가도 마찬가지다. 넘어졌다는 자각이 없으면, 일어서려는 마음을 가질 수 없다. 진창과도 같은 더러운 역사를 긍정하고 받아들이는 것은 절망의 선언이 아니다. 그것은 과거에 대한 냉혹한 진단이자, 현실을 넘어서겠다는 의지의 선언이다. 우리는 부끄러운 역사에서, 그리고 더러운 진창으로부터 일어나야만 한다. 넘어진 자리에서만 일어날 수 있다, 고 지눌 스님도 이야기 하지 않았던가.

오늘 만난, 조미정이라는 젊은이도, 함께 걷는 김 선생도, 어제 만났던 독일인도 또 아무개도, 그리고 나도. 넘어지고 찢긴 상처를 치유하고 새로 일어서기 위해 이 길을 걷고 있는지 모른다.

스반을 만났다. 이렇게 앞서거니 뒤서거니 만나고 헤어지면서 이 길을 걸어간다. 엄청 무거워 보이는 짐을 지고 잘도 걸어간다. 서른두 살이라더니, 그 나이엔 저럴 수 있는 걸까.

바람이 분다. 바람 따라 밀밭이 출렁거린다. 푸르디푸른 파도가 언덕을 따라 아스라이 여울져간다. 장관이다. 일렁이는 푸른 물결 속으로 저만치 아내가 혼자서 걸어가고 있다. 저 여인을 만나 부부의 인연을 맺어 살아온 지 30년이 넘었다. 살아온 날들이 스쳐 지나간다. 비가 오면 비를 맞고, 눈보라 치면 눈보라를 견디며 살아온 세월이었다.

> 산이 좋아, 나는 / 길 따라 올라가는데 / 물은 / 산을 버리고 / 떠나는구나 // 한 세월 / 더불어 살다보면 / 싫증날 때도 있겠지 //

버리고 떠나는 저 길이 / 그리움의 시작인 줄을 / 세상 내려가 살다보면 / 산 만한 친구도 없다는 것을 // 졸랑거리며 흐르는 / 저 물이 / 알기나 할까 // 산이 좋아 오늘도 / 나는 / 산길을 올라가는데

「산길을 오르며」라는 이 졸시를 오래 전, 어느 신문에 발표했다. 신문에서 시를 읽은 아내가 물었다. "당신, 나 보라고 이 시 지었지요?" 나는 대답 대신 가만히 웃었다. 그리고 속으로 말했다. "알았으면 됐네 이 사람아, 그렇지만 뭐 꼭 당신한테만 하는 얘기겠어…."

내 말에 화답이라도 하듯 시가 발표된 며칠 후 어떤 여인으로부터 전화가 걸려왔다. 남편과 이혼을 결심했는데 시를 읽고 나서 마음을 바꾸게 되었고, 감사의 뜻을 전하고 싶다는 이야기였다. 전혀 모르는 사람이었다. 글 한 편이 이렇게 누구에게 영향을 줄 수도 있는가 싶어 놀랐다.

그랬다. 힘든 시절이었다. 꿈을 안고 태평양을 건너왔지만 낯선 땅에 뿌리 내리는 일은 생각보다 어려웠다. 한국에서 공부했던 것들은 먹고 사는 일에 별 도움이 되지 않았다. 새로 시작해야만 했다. 싹뚝 베어다 접을 붙여놓은 나뭇가지가 몸살을 앓으며 겨우 싹을 틔워내는 형국이었다.

두 아이가 초등학생인 그 때, 아내는 새벽에 직장에 나갔다가 오후 늦게 들어왔다. 아이들을 깨워 학교에 보내고 끝난 다음 데려오는 것은 내 몫이었다. 경기가 좋지 않았다. 세금보고 수입 난에 땡전 땡푼을 기록했던 것이 그 무렵이었다.

학교에서 아이들을 데려오는 길에 맥도널드나 아이스크림 가게 앞

을 지나갈 때면 녀석들이 눈길을 그쪽으로 돌렸다. 그리고 나서 운전 중인 아빠를 쳐다보았다. 군것질을 하고 싶다는 신호인줄을 빤히 알면서도 모른 척 그냥 지나쳐야만 했다.

형편이 어려우면 방법을 찾아보아야 했다. 주말에 스왑밑에 나가 좌판을 펴고 돈벌이를 하던 어떤 분이 장사가 쏠쏠하니 한 번 해보겠냐고 물었다. 허지만 주말에 한국학교에 나가 아이들을 가르치던 터라 갑자기 그만두겠다고 할 수가 없었다. 먹고 사는 일이 급한데 남의 아이들 가르치느라 시간을 낼 수 없다니. 아내의 말대로 나는 돈 안 되는 일에만 열성을 보이는 한심한 가장이었다.

경제가 어려우면 별거 아닌 일로 부부사이에 티격태격 하는 일이 많아지기 마련이다. 쌀쌀한 집안 분위기는 아이들이 먼저 눈치를 챈다. 녀석들이 보기에 심각한 정도에 이르렀다고 생각 했는지 모르겠다.

어느 날 초등학교 2학년 아들이 나에게 쪽지를 내밀었다. "아빠, 내가 잘못했어요. 엄마와 헤어지지 말아주세요." 라는 글이었다. 가슴이 철렁했다. 아이를 바라보았다. 눈물 글썽한 눈에 근심이 가득했다. 미안하고 부끄러웠다. 아들을 꼬옥 껴안아 주었다. 저 어린 녀석이 얼마나 불안했으면 이런 편지를 썼을까. 이 글을 쓰기까지 얼마나 많이 망설였을까. 아빠가 잘못했다. 나는 아들에게, 그리고 자신에게 약속을 했다. 어떤 일이 있더라도 헤어지지 않을 테니 걱정하지 말아라. 그리고 나서 이 시 한 편을 썼다.

세월이 무심히 흘러갔다. 쪽지를 건네던 아들이 대학을 졸업하고 이제 어엿한 청년이 되었다. 그 때, 아빠를 바라보던 녀석의 눈빛을 나는 지금도 기억한다. 그 편지를 아직 간직하고 있다.

초등학교 2학년 아이가 성인이 되는 동안 많은 일들을 겪었다. 젊음은 설익음의 다른 이름인지도 모른다. 대추 한 톨을 익히기 위해 햇볕이 쪼이고 비바람이 불고 태풍이 몰아친다. 부부사이도 마찬가지다. 세월과 함께 익어간다. 굽이굽이 고개를 넘어야한다. 힘들면 쉬어갈 줄 알고, 언덕이 가파르면 손을 잡아 끌어줄 줄도 알아야 한다. 누구나 알고 있는 그 일이 생각처럼 쉬운 일이 아니다. 그 작은 일을 못해 파국에 이르기도 한다.

하마터면 아내와 헤어질 뻔한 경우도 있었다. 그럴 때면 내가 나에게 한 약속이 떠올랐다. 사실 세상에서 제일 무섭고 두려운 것은 나 자신이 아니던가.

괴로웠던 일도 힘들었던 순간도 지나고 보면 다 아름다운 추억이 된다. 나도 이제 철이 좀 들었을까. 지난날을 되새겨보던 어느 날, 「아내」라는 시 한 편을 썼다.

대숲이 / 바람에 쓸린다 // 속 빈 대나무를 저리 / 높이 키워 올린 것은 / 큰 바람에 낭창 휘어지다가 / 버팅기며 끝내 일어서는 것은 / 짱짱하게 받쳐 준 / 마디 / 때문이다

시 두 편 사이를 걸어온 세월이 아슴하다. 내가 만들어 걸어온 길이다. 돌아보면 아슬하고 아득한, 그리고 아늑한 추억이다. 내 앞에 남아 있는 길은 어떤 길일까. 궁금하다.

1시 쯤 오늘의 목적지 까리온Carrion에 도착했다. 인구 2,500명 정도의 도시다. 알베르게에 도착하니 수녀님이 접수를 받고 있다. 아내가 바쁜 수녀님의 비위에 맞게 뭐라고 고분고분 말대답을 잘한 성싶더니,

그래 그랬나? 4인실을 배정받았다. 오늘은 특실에서 자게 되었다.

카메라 칩이 얼마 남지 않았다. 지금까지 1,800장을 찍었다. 참 많이도 찍었다. 종이필름 시대라면 상상도 못할 일이다. 마을 상점에 나가 10기가짜리 칩을 17유로에 샀다. 그나마 살 수 있어서 다행이다. 작은 마을이라 행여 살 수 없을까 싶어 마음 졸였다. 미국에서 충분하게 준비해 올걸 그랬다. 길에서 어제 잠깐 눈인사를 했던 전직 국회의원이란 분을 만났다. 한국사람인 것만도 반가워 서로 인사를 나누었다. 다른 알베르게에 머물고 있는 모양이다.

광장 복판에 서 있는 성모님상이 독특한 모습이다. 광장에 놓인 돌의자 위에 나무를 덧붙여 놓았다. 저런 의자는 처음 본다. 돌집, 돌담. 돌길, 돌로 만든 의자. 그만큼 돌이 많다는 의미일까. 아내가 광장 플라타너스 나무 근처 의자에 앉아 쉬고 있다. 걷고, 쉬고, 걷고, 쉬면서 탈 없이 까미노를 마쳐야 한다.

스파게티를 해 먹었다. 먼 길을 걸어왔으니 무엇이든 맛이 없으랴만, 맛있다. 식사 후 마켓을 다녀왔다. 꽤 큰 상점이다. 걷다가 지치면 쉬어야 하겠지만, 알베르게, 마켓 등을 고려한다면 큰 도시에 머무는 것이 좋다. 그러나 작은 마을도 나름 좋은 점이 없지 않으니 결국 선택의 문제가 아닐까 싶다.

장을 보고 오는 길에 박물관에 들렀다. 성당의 역사가 한 곳에 모여 있다. 제의, 제기, 악보, 성상 등이 시대별로 잘 정리되어있다.

문어와 하몽, 와인을 사왔다. 와인 한 잔이 지친 몸을 위로해준다. 그러고 보니 거의 매일 와인을 마시고 있다. 세진, 기호승, 알렉스, 조윤주 등, 한국 젊은이들도 저희끼리 식사를 하고 있다. 길에서 국회의원이란 사람을 만났다고 말을 꺼내자 누군가, 그 사람 어제 저녁에 동

행하는 젊은 여자 애하고 격에 맞지 않게 희희덕 거리더라며 핀잔을
준다. 하늘 아래 드러나지 않는 게 없다.

　저녁식사가 끝나자 종이 울린다. 이곳 알베르게에 머무는 순례자들
이 함께 모였다. 각자의 소개가 끝나자 수녀님이 기타를 치면서 노래
를 리드한다. 각 나라 사람이 제 나라 노래를 부르는 순서다. 코리언
차례가 왔기에 내가 지난번처럼 아리랑을 불렀다. 그리고 나서 아리
랑을 배워보자며 따라 부르라고 했더니 잘도 따라한다. 이러다가 이
번 순례길에서 아리랑 전도사가 되는 게 아닌지 모르겠다.

　순례자를 위한 미사에 다녀왔다. 성당이 웅장하고 화려하다. 이 도
시에 16세기까지 열두 개 성당이 있었다는 데 지금은 여섯 개로 줄었
단다. 이 지방 사람들이 지난 시대에 살아왔던 모습을 짐작할 수 있을
것 같다. 오늘 저녁은 4인실에서 제법 오붓한 잠을 잘 것 같다. 까미노
를 어느새 절반 정도 지나고 있다.

열엿새 째 (5월12일)

까리온 Carrion de los Condes 에서

떼라디요스 Terradillos de Tampleions 까지

아지랑이 일렁이는 들판, 초록 불길이 번지고 있다

작년에 왔다는 일본인, 명년에 또 오겠다고

오묘하고 불가해한 인간 존재를 생각한다

Terradillos de Tampleions

26.7km

Carrion de los Condes

개가 순례자 행렬에 끼어 함께 걷기 시작한다. 저 개도 순례중인지 모르겠다.

음악이 울려 퍼진다. 모닝콜이다. 여섯 시다. 음악을 울려 순례자들을 일시에 깨우는 알베르게는 처음 경험한다. 새벽 여섯 시면 마을 확성기를 통해 새마을 노래로 온 동네 사람들의 잠을 깨우던 시절이 떠오른다. 언젠가 미국인 친구에게 전 국민이 같은 시간에 기상했다는 얘기를 했더니, 어떻게 그럴 수가 있느냐며 믿어주지를 않았다. 그러나 어쩌랴. 우리에게 그런 시대가 있었던 것을.

6시 50분 출발. 오늘은 17㎞를 가는 동안 마을도 휴게소도 없으니 물을 충분히 준비해야 한다고 안내책자가 말해주고 있다.

마을이 끝나는 지점에 예전에 순례자를 돌보아주었다는 병원 건물이 있다. 이제 허허 벌판이 시작된다. 저렇게 순례자가 걸어가는 길목에 병원을 세워 병을 고쳐주고 먹을 것도 나눠주던 시절이 있었다. 힘들고 어려운 상황을 온몸으로 겪으면서 이 길을 뚜벅뚜벅 걸어갔던 순례자가 끊임없이 있어왔다는 증거다. 도대체 인간에게 종교란 무엇일까.

자기가 믿는 신을 위해 목숨까지도 기꺼이 내 던지는 인간. 볼테르는 "신이 없다면 하나 만들어라"고 했다. 마음에 드는 신이 없으면 만들어서라도 신을 믿으려 하는 인간. 그 오묘하고 불가해한 인간, 정말 이해하기 힘든 존재다.

순례자들이 둘씩 셋씩 무리를 지어 걸어가고 있다. 해가 떠오른다. 길가에 플라타나스 나무가 줄지어 서 있다. 이슬이 마르지 않은 나무 그늘 에서 개 한 마리가 툭 뛰어나온다. 깜짝 놀랐다. 뭘 씹어 먹고 있다. 들쥐를 잡아먹었는지 입가에 피가 묻어 있다. 민가가 보이지 않는 이 벌판에 떠돌이 야생견인 모양이다. 개가 순례자 행렬에 끼어 함께 걷기 시작한다. 저 개도 순례중인지 모르겠다.

검불처럼 가벼워 보이는 노인이 작은 배낭을 메고 걷고 있다. 몇 살이나 되었을까. 말없이 조용조용 발걸음을 떼어놓는 모습이 바람이 불면 훅, 날아가 버릴 것만 같다. 노인을 뒤로 하고 한참을 걸어가다, 이번에는 절뚝거리며 걷는 사람을 만났다. 성한 사람도 힘든 이 길을 불편한 몸을 끌고 걸어가고 있다. 그 사람을 앞질러 성큼성큼 걸어가기가 좀 미안하고 송구스럽다.

앞뒤 좌우를 둘러보아도 온통 초록 벌판이다. 멀리 아지랑이가 일렁인다. 초록에 불이 붙었다. 봄비가 다녀 가신 들판에 기름을 부은 듯 초록 불길이 번지고 있다. 바람 한 줄기 건들 불자 들판이 출렁거리기 시작한다. 초록 물결이 멀리멀리 여울져 간다. 장관이다.

밀이 패고 있다. 고개를 내밀고 있는 밀 모가지를 보드라운 털이 감싸고 있다. 저 보드라운 털 끄트머리에 알갱이가 달려있다. 붓처럼 휘어지던 털이 빳빳해지면서 밀이 익기 시작하고, 들판은 푸른색에서 갈색으로 조금씩 조금씩 바뀌어간다. 나락은 익으면 고개를 숙이지만 밀은 머리를 숙이는 일이 없다. 쏟아지는 햇살을 온몸으로 견디며 꼿꼿이 고개를 세우고 익어갈 뿐이다.

밀이 익으면 트랙터가 밀밭을 지나면서 수확을 할 것이다. 내가 농사를 짓던 시절 우리 농촌에는 트랙터가 없었다. 밀 타작을 하던 날이 생각난다. 보리는 베어다가 홀태로 모가지를 따서 말린 다음, 도리깨로 두드려 타작했다. 그렇지만 밀은 모가지 따는 작업과정을 거치지 않고 베어온 밀단을 나란히 높여놓은 채 말린 다음, 도리깨로 두드려서 알곡식을 챙겼다. 참 오래전의 일이 되었다.

40리 길을 걷는 동안 마을이 없다더니 걸어도 걸어도 들판이다. 저 멀리 나무 한 그루가 길가에 서 있다. 혼자 있어 외로워 보인다. 멀리 보이던 나무가 점점 가까워진다. 나무위에 새 한 마리 앉아 있다. 가지 사이를 포릉 포르릉 날아다니며 기다렸다는 듯이 무어라 말을 걸어온 다. 반갑다. "사막을 걷다가 너무 외로워 뒤로 돌아서 내 발자국을 보 며 걸었다"는 시가 생각난다. 새 한 마리가 이렇게 반가울 수가 없다.

들판 가운데 창고로 보이는 꽤 큰 건물 한 채가 덩그러니 서 있다. 담 장을 둘러친 넓은 뜰에 퇴비가 가득 쌓여있는데 개 한 마리 철창 틈으 로 사람을 바라보며 짖는다. 녀석도 많이 외로운가 보다. 두 마리를 기 르면 좋을 텐데, 하는 생각이 스쳐 간다. 새도, 개도 혼자서는 외로워 저렇게 말을 걸어온다. 하긴, 여럿이면 외롭지 않다는 주장이 언제나 옳은 것은 아니다. 그나저나 저 놈, 아침밥이나 먹었는지 모르겠다.

혼자서 걷는다. 터벅터벅 걸어가면서 아까 짖어대던 녀석이 옛날 우 리 집에서 기르던 진돌이를 닮았다는 생각이 든다. 진도에서 살 때, 우 리집 진돌이는 눈 내리는 밤에도 밤새 토방 앞에 꿈쩍하지 않고 앉아 집을 지켰다. 아침이면 머리 위에 쌓인 눈을 부르르 털면서 꼬리를 흔 들던 녀석이 눈에 선하다.

중년부부가 자전거를 타고 지나가다가 멈춘다. 남편의 자전거에 개 집을 매달아 데려가는 중인데 녀석이 볼일을 보고 싶어 끙끙댔던 모양 이다. 개를 자전거에 태워 세 가족이 이 길을 가고 있다. 풀어놓은 개 가 껑충거리며 좋아라고 밀밭을 뛰어다닌다.

끝이 보이지 않는 평원을 걷는 것은 단조롭다. 저 끝이 어디쯤일까. 가도가도 끝나지 않을 성 싶던 길을 얼마쯤이나 갔을까. 갑자기 움푹 패인 지대가 나타나더니 아담한 마을이 눈 앞에 보인다.

깔사디아^{Calzadilla} 마을이다. 움푹 패인 분지에 있어서 멀리서는 보이지 않았나보다. 마을 입구 흙담이 한국의 어느 시골에 온 것처럼 눈에 익다. 흙담은 물론 담 위에 덮어 씌운 낡은 볏짚까지도 정겹다. 그러고 보니 이 마을은 흙벽을 발라 지은 집들이 제법 많다. 사방이 들판이어서 다른 지방에 비해 돌을 구하기가 힘이 들었는지 모르겠다.

까페에 들러 음식을 주문하려는데 동양사람이 보인다. 일본인 아닐까 생각했는데 마침 우리 뒤에 도착한 모도꼬 상이 그를 소개한다. 요꼬하마, 자기와 같은 지방 출신이라고 한다. 이름은 신이찌, 48년생이란다. 작년에 이 길을 걸었는데 올해 또 왔다고 한다. 왜 또 왔냐고 물어도 그냥 웃기만 한다. 영어를 거의 못한다. 모도꼬가 중간에서 통역을 해 준다. 이 길이 좋아서 명년에도 또 올 예정이란다.

다시 걷기 시작한다. 고속도로와 나란히 길이 나 있다. 좀 떨어진 곳에 토굴집이 보인다. 저렇게 토굴처럼 산을 파서 땅 속에 주거지를 만들면 여름에 시원하고 겨울에 따뜻하겠다. 지붕을 이을 필요도 없고, 비가 샐 걱정도 없을 게 아닌가.

길 가운데 돌멩이를 늘어놓아 글을 만들어 놓았다. 무슨 뜻일까. 레디고스Ledigos 마을 입구에 대형 트랙터가 세워져있다. 밭에 돌이 많아 저렇게 큰 트랙터로 자갈밭을 갈아엎어야 하는가 보다.

밭 가운데로 난 신작로를 걸어간다. 이 길도 비가 오면 꽤나 질척거리겠다. 오늘은 맑은 날, 구름이 일렁이는 푸르디 푸른 날. 길섶에 핀 꽃이 곱다 했더니, 노랑나비 한 마리가 어디선가 날아와 팔랑거리며 앞장서 길을 안내 한다.

1시 50분 떼라디요스Teradillos에 도착. 마을에 들어서자 학을 닮은 큰 새 한 마리가 이 마을에 온 것을 환영한다는 듯 머리 위를 빙빙 돌면서 끼욱거린다.

알베르게를 찾아가는 길목에 성당이 보인다. 아까 우리를 환영하던 큰 새가 성당 지붕위에 둥지를 틀고 앉아 가만히 내려다보고 있다. 순례자를 지켜보면서 환영하는 일을 대대로 해오고 있는지도 모르겠다. 어떤 메시지를 전해주고 싶어 저 새는 사람들을 저렇게도 뚫어지게 바라보고 있을까.

알베르게에 도착했다. 독립 템플기사단에 속한 마을이라더니 알베르게 간판이 재미있다. 일찍 도착한 순례객들이 손을 흔들어 인사를 건넨다. 우선 목마른 김에 맥주를 한 잔 마셨다. 꿀맛이다. 마당 화단에 오래된 쟁기가 놓여있는데 한국의 그것과 똑 같다. 여기서도 소를 몰아 쟁기로 땅을 갈았던 모양이다.

마을을 한 바퀴 돌아보았다. 흙담을 쌓아 지은 오래된 집들이 마을의 역사를 말해주고 있다. 허물어가는 집 사립을 가만히 들여다보았다. 사람이 살수 없을 성 싶은데 닭 몇 마리가 발로 흙을 헤집고 있다. 사람이 살고 있다는 증거다. 흙담이 허물어진 그 옆집을 지나는데 컴컴한 골목에서 고양이 한 마리가 낯선 행인을 유심히 바라보고 있다. 아차하면 덤벼들 태세다. 좌우를 둘러보아도 대낮인데 사람이 보이지 않는다. 적막하다. 어느 낯선 행성에 와 있다는 느낌이 든다. 시계를 거슬러 몇백년 전의 어느 도시에 와 있는지도 모르겠다.

모퉁이를 돌아가니 허물어져가는 건물 흙벽에 한 아이가 공을 치며 놀고 있다. 저렇게 흙벽에 공을 치면 벽이 금방 떨어져 나갈텐데 아이는 노느라 정신이 없다. 그나저나 이런 작은 마을에 아이들이 몇 명이나 될까. 교육은 또 어떻게 이루어지는지 궁금하다.

시냇물이 호수에서 만나듯, 헤어졌던 사람들이 알베르게에서 다시 만나게 된다. 독일인 오토가 아주 반가워한다. 옥상에서 맥주 한 잔 하며 얘기를 나눈다. 올해 61세인데 공장생활을 은퇴하고 평소에 걷고 싶었던 이 길을 나섰다고 한다. 이 친구 영어가 거의 안 되어 어려웠지만 바디랭귀지로 서로 통했다.

어제 만났던 국회의원이라는 분이 합석했다. 독일에서 공부를 했는지 오토의 얘기를 통역해준다. 명함을 건네준다. 정치학 박사, 전前 대한민국 국회의원 OOO이라고 적혀있다.

이 길을 걷기 시작한 후로 지금까지 작은 도시에서는 알베르게에서 인터넷을 사용할 수가 없었다. 컴퓨터가 없거나 있더라도 스페인어만 사용해야 하기 때문에 이메일을 보낼 수도 없었고 인터넷 검색을 할 수도 없었다. 뉴스를 듣지 않고 걷는 게 편하기도 했다.

그런데 오늘 빅뉴스라며 김 선생이 박근혜 대통령 방미 소식을 전해주었다. 수행중인 대변인이 기막힌 업적을 하나 남겼다고 한다. 자초지종을 들어보니 참 어이없는 사건이다. 청와대 대변인이라는 사람이 성추행을 저질렀다고 한다.

열이레 째 (5월 13일)

떼라디요스 ^{Terradillos de Tampleions} 에서
엘 부르고 ^{El Burgo Ranero (Leon)} 까지

El Burgo Ranero

30.1km

Terradillos de Tampleions

인생이건 여행이건 잠깐 멈춰 돌아볼 일이다.

걸어온 길도, 걸어갈 길도 함께 보인다

말은 생각의 집, 여행은 생각을 기르는 좋은 방법

6시 25분 출발. 새벽 공기가 상큼하다. 어둑한 길을 가리비 표지판을 찾아가며 걷기 시작한다. 걷느라 피곤했던 몸이 아침이면 신기하게도 거뜬하다.

바람 한 점 없는 들판 길을 걸어간다. 한참을 걷다가 뒤를 돌아보았다. 해가 떠오른다. 떼라디요스 마을은 보이지도 않는다. 햇살이 번져 대지를 어루만진다. 울퉁불퉁한 밭고랑에 그림자가 보인다. 풀잎 위에 맺힌 이슬방울이 햇살을 받아 영롱하다. 어릴 적 뺨을 쓰다듬어 우리를 깨우던 어머니처럼, 풀잎이며 밀이며 옥수수 이파리들이 잠에서 깨어나라고 보드라운 손길로 매만지고 있다.

나무들이 기지개를 켠다. 숲 사이로 새 한 마리가 날아간다. 녀석의 날갯짓을 따라 여러 마리가 한꺼번에 날기 시작한다. 새 날을 알리는 정령이었을까, 새들의 울음소리를 따라 온 세상이 수런거린다.

걸어온 풍경이 아름답다. 걸어가면서 보던 풍경과 뒤돌아보는 풍경이 색다르다. 인생이건 여행이건 잠깐씩 멈추어 뒤를 돌아보는 시간이 필요하다. 그래야만 내가 걸었던 길을 찬찬히 살펴 볼 수가 있고, 어디쯤 걸어가고 있는지 확인해 볼 수도 있다.

맨 앞에 아내가 걷고 그 뒤를 김 선생 내외가 바짝 따르고 있다. 벌써 보름도 넘게 김 선생네와 함께 걷고 있다. 산티아고 목적지까지 함께 도착할지도 모르겠다. 때론 혼자 걷고 싶기도 할텐데 아내와 미세스 김이 앞뒤로 어울려 잘 걷고 있다. 좀 불편하더라도 상대를 배려하는 마음이 서로에게 있어서 일터이다.

들판 가운데 서 있는 이정표는 자칫 놓치기 쉽다. 작은 밭둑길로 한참을 앞서가는 사람들이 아무래도 길을 잘 못 든 성 싶어 살펴보니 아니나 다를까, 길을 잘못 가고 있어 불러세웠다. 한 걸음이 어딘데 헛걸음 쳤다고 억울해들 한다. 그래도 그 정도에서 알아차린 게 얼마나 다행인가.

단조로운 길을 따라 작은 마을 하나를 지나니 제법 큰 도시가 나타난다. 사아군Sagagun,이다. 레온Leon 주에서 첫 번째로 만나는 큰 도시라고 했다. 한때 이 도시의 수도원을 중심으로 부자, 지식인, 예술가들이 자리를 잡고 새로운 문화를 퍼뜨렸다고 한다. 의식이 족하면 문화가 융성한다. 도시 여기저기 서 있는 청동 조각품과 이끼 낀 건물들이 역사를 말없이 증명해주고 있다.

큰 도시라서 알베르게도 많이 있고 쉴 곳도 여러 곳이 있다고 한다. 길가 가게에 들러 아침을 먹었다. 큰 가게라 이것저것 음식이 많다. 알맞게 먹어야 한다. 조금 많이 먹으면 배가 불러 걷는데 불편하고 적게 먹으면 에너지가 부족해 힘들어진다. 어느 때는 몇 십리를 가도록 가게가 없으니, 비상식량은 반드시 준비해두어야 한다.

사아군을 출발해 가는데 반대편 쪽에서 걸어오는 어떤 여자가 아는

체 한다. 쭈비리에서 만났던 원가희 녀석이다. 반갑다. 친구를 만나 레온까지 갔다가 거기에서 반대편 쪽으로 걸어가고 있는 중이라고 했다. 이 길에서 만났던 사람은 좀 특별한 인연으로 기억되는 모양이다.

끝이 보이지 않는 들길을 혼자 걷는다. 아내도 김 선생도 보이지 않는다. 순례자들이 띄엄띄엄 걸어가고 있다. 노래 한 곡을 부른다. 경기민요 '사철가'다. 스페인 산천에 한국 노래가 울려 퍼진다.

> 이산 저산 꽃이 피면 산림 풍경 너―른 들 / 만자 천웅 그림 병풍 왠갖 정무 좋은 풍경 / 세월 간 줄을 모르게 되니 분명코 봄이로 구나…

목청껏 부르고 나니 속이 다 후련하다. 미국에서 몇 사람들이 모여 2년 정도 우리 민요를 함께 배웠다. 우리 가락이 들리면 저절로 어깨가 들썩거려 진다. 피는 속일 수 없는 모양이다.

길가에 알루미늄으로 만든 저장고가 세워져 있다. 그 밑에 트럭 한 대가 대기하고 있는 걸 보니 곡물창고인 성싶다. 수확한 알곡을 집으로 가져가지 않고 저렇게 들판에 창고를 만들어 저장해 두는 모양이다. 하긴 그게 시간과 노력을 절약하는 방법이겠다.

내가 농사짓던 시절이 떠오른다. 전기도 들어오지 않고, 버스를 타려면 십 리길을 걸어 나가야 했던 깡촌. 리어카 한 대 지나갈 수 있는 농로가 없어서 모든 것을 지게로 져 날랐다. 풀을 베어 바작에 지고 들어와 집에서 퇴비를 만들었고, 만들어진 거름을 지게에 퍼 담아 논밭으로 날랐다. 그리고 수확한 농작물을 역시 지게로 져서 집으로 날라와 타작 해서 창고에 넣었다.

그러니 등짝이 성할 리가 없다. 남정네들의 등이 구부정하게 굽은 것은 무거운 짐에 눌린 때문일 것이다. 여자들은 그 무거운 짐을 머리로 이어 날랐으니 고개가 성했을 리가 없다. 몸으로 농사를 짓다보니 그렇게들 단명했는지도 모르겠다.

땅 한 뙈기라도 늘여 붙이려고 산을 엎어 밭을 만들고 골짜기를 막아 다랭이 논을 만들었다. 농토가 많지 않으니 들판에 창고를 지어 곡식을 저장할 생각을 아예 생각조차 하지 못했을 것이다. 가난했던 시절 고향 농촌 풍경을 떠올리면, 저렇게 들판 가운데 저장고를 만들어 자동차로 곡식을 챙겨 나가는 모습이 부럽기만 하다.

지금은 한국도 농사짓는데 기계를 많이 사용한다지만, 농토가 좁은 문제야 어떻게 해결하겠는가. 미국 텍사스를 여행하면서 몇 시간을 자동차로 달려도 옥수수밭만 보이던 생각이 떠오르기도 한다. 우리가 상상도 할 수 없는 풍경이 세상 곳곳에 널려있다.

마을과 마을을 연결하는 자동차 길 옆으로 나란히 순례길이 뻗어있다. 순례길을 따라 10미터 정도 간격으로 플라타너스 나무를 심어 놓았다. 1991년 이곳 지방정부에서 칼사다 델 코토에서 만시아 데 라스 몰라스까지 32㎞ 까미노를 정비하면서 길을 고치고 나무를 심었다고 한다. 길에도 모래를 뿌려 비가 와도 길이 질척이지 않도록 했다고 한다. 아직은 나무가 어려서 큰 그늘을 만들지 못하지만 이 나무들이 자란 후면 이 길을 걷는데 도움을 줄 수 있을 성싶다.

농부가 트랙터를 이용해 밭을 갈고 있다. 넓으나 넓은 벌판에서 모처럼 사람을 만났다. 반가운 김에 무엇을 심을 예정이냐고 물었지만 엔진 소음 때문에 잘 들리지 않는 건지 아니면 말을 못 알아듣는지 멀

뚱멀뚱 바라만 보고 있다. 하긴 시골 농부에게 영어가 통하리라고 기
대하는 내가 잘못이다. 한국의 어느 농촌을 걸어가면서 영어로 농부
에게 뭘 물어보면서 답을 기다리는 것과 마찬가지일 테니까. 순례길
을 떠나기 전에 기본적인 스페인어 몇 마디를 배워 왔지만 턱 없이 부
족하다.

사람을 만나보기가 힘들다. 이 허허 벌판에서 농부 아니면 누구를
만나겠는가. 베르시아노스Bercianos 마을이 보인다. 작은 마을이다. 노
인 한 분이 지팡이를 짚고 길 따라 나들이를 가신다. 산책 나가시는 모
양이다. 한가하게 걸어가는 노인 뒤편으로 푸른 하늘 아래 마을 집들
이 그림처럼 모여앉아 꾸벅꾸벅 졸고 있다.

혼자 걸어가면서 오만가지 생각을 하게 된다. 그 생각을 메모를 해
두고, 그런 메모들을 토대로 글을 쓰기도 한다. 이 길을 걷고 나서 책
을 쓴 사람이 한둘이 아니다. 먼 길을 걸어가면서 만난 사람들의 이야
기, 보고 듣고 경험한, 그리고 생각한 일들을 적어놓은 기록물이다. 브
라질의 유명한 작가 파울로 코엘료는 38세에 이 길을 걸으며 작가가

되었다. 그리고 예순두 살 나이에 터키 이스탄불에서 중국 시안까지 4년에 걸쳐 1만 2000㎞를 배낭을 짊어지고 홀로 걸었던, 세계 최초의 실크로드 도보 여행자 베르나르 올리비에도 실크로드를 걷기 전에 이 길을 걸었다. 그 후, 그가 비행청소년에게 도보여행을 통해 재활의 기회를 주는 쇠이유Seuil 협회를 설립하여 이 길을 함께 걸으면서 청소년 선도를 하고 있다는 보도도 기억이 난다. 그가 했다는 말, "산티아고 길은 '생각을 털어내는 길'이 아니라 '너무 많은 생각을 하게 했던 길'이라는 말도 함께 떠오른다.

순례자 비석이 서 있다. 'MAMFRED KRESS FRIEDRICH 9-6-1836'이라고 기록되어 있다. 177년 전, 이 길을 가다 죽은 사람의 비다. 천년 순례길이라니 177년이 그리 오래된 일은 아니겠다. 저 분은 무슨 생각을 하면서 이 길을 걸어가다 명을 다 했을까. 사람들은 무엇 때문에 목숨 걸고 이 길을 걸어가려고 할까.

마을 입구에 성당 안내 표지판이 재미있다. 마을을 관통하여 지나간다. 어느 집 창살 위에 '1967'이라는 표지가 보인다. 그 해에 집을 개축하고 창문을 냈다는 말일까. 동네가 조용한데, 마을 끄트머리 집에 매어 놓은 개 세 마리가 사납게 짖어댄다. 사람을 대신하여 개들이 사람이 살고 있는 마을임을 증명해주고 있다.

마을을 지나면 다음 마을까지 또 지루한 들길을 걸어야 한다. 가로수 옆에 시멘트 의자가 놓여있다. 나그네를 위한 배려다. 순례자 한 사람이 의자 위에 누워 피곤을 달래고 있다. 한편으로는 저런 시멘트 구조물들이 옛 전통을 느끼며 걷고 싶은 사람들을 실망시키는 일이 아닐까 싶기도 하다. 여름철 땡볕아래 이 길을 걸어가려면 꽤나 힘이 들겠다.

지금은 밀밭이 저렇게 푸르지만 가을철 누렇게 익은 밀밭, 혹은 밀을 수확한 다음의 들판 풍경은 또 어떨까.

김 선생이 저만치 걸어가고 있다. 만나서 점심을 함께 먹었다. 어제 알려준 청와대 대변인 이야기가 화제에 올랐다. 그 사람과 같은 신문사에서 근무한 적이 있다고 한다. 함께 생활하면서 있었던 이런저런 에피소드를 들었다. 한 나라의 대변인이라는 사람이 어떻게 그런 행동을 할 수 있었을까.

말은 생각의 집이다. 형체가 없는 생각은 말과 글로 드러나고, 행동으로 나타나기 마련이다. 생각이 얕으면 말이 경박하고 행동이 거칠다. 생각이 깊으면 말이 잔잔하고 글은 사리에 맞고 행동이 신중해진다. 땅 속 깊은 곳에서 맑은 물을 길어 올릴 수 있듯이, 생각이 깊어지면 말이 순하고 행동이 진중하고 글 또한 말처럼 잔잔해진다. 물이 깊어야 배를 띄울 수 있다. 생각이 깊어지려면 사물을 자세히 바라볼 수 있어야 한다. 나태주 시인은 '풀꽃'이라는 시에서 이렇게 노래했다.

자세히 보아야 예쁘다 / 오래 보아야 사랑스럽다 / 너도 그렇다

사기를 완성한 사마천은 '만 권의 책을 읽고 만 리를 여행했다'고 한다. 오늘날도 '독만권서讀萬卷書 하고 행만리로行萬里路' 하는 것은 사람들이 생각을 기르고 말과 글을 바로 쓰는 데 여전히 소중한 방법이다. 만 권의 책을 읽으면서 선인들의 지혜와 지식을 배우고, 만 리를 여행하면서 겪은 다양한 경험이 세상을 보는 눈과 견문을 넓힌다는 의미다.

오늘의 목적지 엘 부르고El Burgo Ranero에 도착했다. 마을 골목을 지나간다. 집들이 대부분 흙으로 지어졌다. 이 지방은 돌이 많지 않은 모양

이다. 볏짚을 흙에 섞어 반죽하여 만든 흙벽돌이다.

길가 상점에 쵸컬릿 0.5유로, 코카콜라 한 캔에 0.8유로라는 종이가 붙어있다. 지치고 목마른 나그네를 유혹하고 있다. 도심으로 말 탄 남녀가 지나가고 있다.

먼저 도착했을 아내를 찾아다녔다. 서너 군데 공립 알베르게를 찾아갔지만 허탕을 치고, 결국 자그마한 사립 알베르게에서 아내를 만났다. 온 동네를 헤맨 셈이 되었다.

화장실과 샤워실이 남녀 공용이다. 오늘 좀 힘들게 되었다. 알베르게는 대부분 툭 터진 공간이어서 프라이버시가 없다. 옷을 갈아입을 마땅한 장소도 없고 오늘처럼 화장실 샤워실이 공용일 때도 있다. 그렇지만 어쩌겠는가 모두들 알아서 요령껏 옷을 갈아입고, 순서를 기다려 화장실과 샤워실을 이용할 수밖에. 그럭저럭 며칠을 지내다보면 또 환경에 적응하여 그러려니 무디어지게 된다. 인간에겐 상황에 따라 적응하는 능력이 주어진 모양이다.

이곳 공립 알베르게에서 영어와 한국어로 인터넷을 볼 수 있다고 했다. 미국에 있는 아이들에게 소식을 전했다. 그리고 이런저런 뉴스도 살펴보았다.

시늉만 되어 있는 부엌이지만 밥을 끓여 먹을 수 있는 설비가 있고, 물이 나오니 됐다. 그것조차 되어 있지 않아 차 한 잔 끓여 먹지 못한 곳도 있었으니까.

샤워를 끝내고 알베르게 앞 의자에 앉아 쉬고 있는데, 목동이 양떼를 몰고 간다. 스무 마리쯤 되어 보인다. 동네주변까지 양을 데려와 풀을 먹이는 걸 보니 들판에 풀이 많지 않은가 보다. 중세 때 이 지역은 양떼가 엄청나게 많아 농사를 짓지 못할 지경이었다고 한다. 양모를 모아 수출하던 때의 이야기다. 신대륙을 발견한 다음 식민지로부터 금은이 유입되면서 패턴이 바뀌었지만, 양모는 한때 스페인 경제의 주축을 이루었다. 양모의 주요 생산지가 바로 이곳 메세타 고원이었다. 그런데 지금은 농업의 모습이 바뀌었다. 땅은 경작지로 바뀌고 양떼는 저렇게 빈터를 찾아 풀을 뜯고 있다. 시대에 따라 살아가는 모습도 바뀌게 마련이다.

순례자 한 사람이 의자에 앉아 피곤을 달래고 있다.

열여드레 째 (5월 14일)

엘 부르고^{El Burgo Ranero (Leon)}에서 만실라^{Mansilla de las Mulas}까지

드넓은 벌판에 말 몇 마리가 풀을 뜯고 있다.

Mansilla de las Mulas

18.7km

El Burgo Ranero

여행자는 길에서 다시 태어난다

하루살이 벌레와 한해살이 풀꽃이 인간을 가르친다

세상 모든 것들은 서로가 서로에게 버팀목

잠결에 일어나 어둠 속에서 주섬주섬 양말을 찾아 신는다. 얇은 양말을 안에 신고 두꺼운 양말을 포개어 신는다. 발에 물집이 덜 잡히는 것은 두 겹으로 양말을 신은 때문인지도 모르겠다.

6시 50분 출발. 오늘은 만실라Mansilla까지만 가기로 합의했다. 큰 도시인 레온Leon까지 40km 가까운 거리를 걸어가는 게 무리이니 두 번에 나누어 가자는 의미다. 지평선에서 해가 떠오른다. 저녁이면 다시 지평선으로 넘어갈 터이다.

아침 햇살을 받으며 농부가 트랙터를 몰고 간다. 아스팔트길 옆으로 순례길이 어제처럼 나란 나란히 뻗어있다. 벌판 가운데 허물어져 가는 집터의 흙담이 햇살을 받아 더욱 붉다. 멀리 들판 가운데 고속도로 위로 무지개처럼 볼록한 다리가 보인다.

길가 순례자비는 얼마나 오래되었는지 이름도 날짜도 흐물흐물 닳아서 보이지가 않는다. 누군가 이 길을 걸어가다 숨졌다는 사실을 사람들에게 간명하게 전해주고 있다. 실은 그것이 우리에게 전하는 중요한 메시지이기도 하다. 이름을 남기고 싶은 게 인간의 본능이지만, 그 또한 얼마나 허망한 일인가. 역사적 인물들의 이름을 우리가 몇이나 기억하고 있는지, 우리 조상의 이름조차 몇 분이나 기억할 수 있는가 생각해보면 대답은 명확하다. 어제가 아닌 오늘, 내일이 아닌 오늘, 지금 이 시간이 소중한 이유다.

개구리 울음소리가 들린다. 저 건너편 들판 웅덩이에서 들려오는 소리다. 새벽부터 어디를 그리 바쁘게 걸어가느냐고 말을 건네온다. 목소리를 들어보니 옛날 우리 시골에서 많이도 들어봤던 딱 그 소리다. 사람들은 나라가 다르면 제각기 다른 언어로 소통을 하지만 개구리는 저렇게 어디서나 한 가지 말로 생각을 전해준다. 개구우르르, 개구우르르, 녀석들의 목소리를 들으면서, 나는 어느새 고향으로 돌아가 삽자루를 들쳐 메고 잠삭골 서말갓지기 논배미를 지나가고 있다.

앞장서 가는 순례자 배낭에 조개껍질이 달랑거린다. 산티아고에 무사히 도달하도록 야고보 성인께서 도와주기를 기원하는 상징이다. 나도 두 개를 달았다. 하나는 내 몫, 또 하나는 집에 남은 아이 몫이다. 옛날 이 콤포스텔라를 순례한 사람들은 죽을 때 자신들이 가져온 조개껍질과 함께 묻어주기를 바랬다고 한다. 그것을 근거로 학자들은 어느 지역의 콤포스텔라까지 여행한 순례자 숫자를 추정 한다고 했다. 교통이 불편한 그 옛날 이 길을 걷는다는 것은 웬만한 각오가 없이는 불가능했을 터이다. 목숨을 걸고 이 길을 걸었던 사람들에게 조개껍질은 정신적으로 큰 위안을 주었을 것이다.

수로 공사를 하고 있다. 얼마 떨어지지 않은 밭고랑 사이로 저렇게 물이 콸콸 흘러가고 있는데 큰 물줄기가 더 필요한가 보다. 농사지을 땅이 이렇게 넓고 물이 충분하니 먹고사는데 지장이 없겠다.

수로 공사를 하고 있다.

드넓은 벌판에 말 몇 마리가 풀을 뜯고 있다. 땅이 커서 주체할 수가 없는 모양이다. 우리나라 같으면 저 넓은 땅이 쉴 틈이 없도록 온갖 작물을 다 경작 할텐데. …아깝다.

새벽에 일어나 30리 길을 걸었다. 레리고스Reliegos라는 자그마한 마을이다. 마을 입구에 있는 작은 바에서 커피 한 잔과 빵으로 요기를 했다. 만실라가 여기서 시오리 남았으니 오늘 일정은 여유가 만만하다. 간혹 이렇게 몸을 쉬어줄 필요가 있다.

배낭을 둘러메는데 독특한 집이 길 건너편에 보인다. 앞쪽은 일반 건물인데 꽤 깊어 보이는 뒷부분에 환기통 두 개가 잔디로 덮인 지붕을 뚫고 밖으로 나와 있다. 창고인지 주거지인지 잘 모르겠지만, 이 지역의 오래된 가옥 형태인가 싶다. 강원도 건봉사에서 뗏장으로 지붕을 이은 건물을 본 적이 있고, 강원도 인제 평화마을에서도 비슷한 모습을 보았다. 오랜 옛날에는 어디서나 저런 형태의 가옥으로 비바람을 피했을 성 싶다.

지나가는 자동차가 '빵~' 경적을 울리며 지나간다. 격려의 뜻이다.

저렇게 타인에게 관심을 가져주는 사람들이 있어 세상이 아름다워진다. 해남 땅끝마을에서 강원도 고성까지 걸어서 종단을 할 때도 경적을 울려 힘내라고 응원해 주던 사람이 한 둘이 아니었다.

여행자는 길에서 다시 태어나야한다고, 소로우는 말한다. 많은 여행자들이 길에서 다시 태어난다. 여행이 주는 신비다.

가던 길을 멈추고 작은 풀꽃들이 다투어 피어나는 벌판을 바라본다. 이름 모를 꽃들이 조화를 이루며 흐드러지게 피어있다. 별을 쏟아 놓은 것 같다. 가까이 다가가 허리를 굽히고 가만히 바라본다. 가벼운 바람에 꽃잎파리가 바들바들 흔들린다. 미세한 저 떨림을 보라. 꽃향기가 바람에 실려온다. 손톱만한 작은 풀꽃이 나그네에게 미소를 건넨다. 나도 녀석을 가만히 바라보며 마주 웃는다. 미소가 마주치며 잔잔한 물결이 여울져 간다.

한해살이 풀꽃이 보여주는 웃음이 맑고 순수하다. 바람이 불어오자 마지막인양 허리를 굽혀 인사를 건넨다. 저들이 혼신을 다해 순간을 살고 있다는 생각이 든다. 마지막이 멀지 않기 때문이리라.

어디서 날아왔는지 하루살이 한 마리가 소리를 내며 지나간다. 하루살이는 하루가 평생이기 때문에 어제와 내일을 모른다. 그래서 오늘을 온전히 살아내고 한 생을 마감한다. 한해살이 풀꽃도 평생이 짧기 때문에 꽃이 피어있는 동안 마주하는 것들을 위해 제 모든 것을 남김없이 내어주고 있다.

지금이 마지막일 수 있다는 심정으로 산다면. 그렇게 시시각각 느끼며 살 수 있다면. 마지막 느낌으로 만나는 세상의 풍경이 얼마나 아름다울 것인가. 그렇게 만나는 사람이 또 얼마나 귀하고 사랑스러울 것인가. 과거와 미래에 대한 집착을 버리고 '현재'에 몰두하면 세상이 달라 보일 것이다. 하루살이 벌레와 한 해살이 풀꽃이 주는 가르침이다.

저기 피어있는 풀꽃도 길을 걸어가는 사람도 하나의 생명이다. 이 길을 걸으면서 생명의 신비를, 존재의 소중함을, 살아있는 것의 아름다움을 깨닫는다. 저것들과 내가 함께 존재함으로써 세상이 살만한 가치가 있게 된다는 사실을 새삼스럽게 느낀다. 그래서 이 길은 은총의 길이 되고 있다. 어디 살아있는 것 뿐이겠는가. 세상에 존재하는 모든 것은 하나로 얽혀 서로가 서로에게 귀한 버팀목이 되어주고 있다. 시인 박노해는 「인다라의 구슬」에서 다음과 같이 노래한다.

> 작은 연어 한 마리도 한 생을 돌아오면서 안답니다. / 작은 철새 한 마리도 창공을 넘어오면서 안답니다. / 지구가 끝도 없이 크고 무한정한 게 아니라는 것을 / 한 바퀴 크게 돌고 보면 이리도 작고 여린 / 푸른 별 하나에 지나지 않는다는 것을 // 지구 마을 저편에서 그대가 울면 내가 웁니다. / 누군가 등불 켜면 내 앞길도 환해집니다. / 내가 많이 갖고 쓰면 저리 굶주려 쓰러지고 / 나 하나 바로 살면 시든 희망이 살아납니다.

만실라Mansilla de las Mulas 이정표가 보인다. 높다란 돌담이 허물어져 있고, 그 사이로 길이 나 있다. 저 벽은 또 몇 년이나 되었을까.

시내 중심가에 장이 섰다. 잠자리를 먼저 정해놓은 다음 장을 보기로 했다. 알베르게를 찾아갔더니 아직 문을 열기 전이어서 순례자들이 도착한 순서대로 배낭을 내려놓고 기다리는 중이다.

이곳 알베르게 숙박료는 5유로다. 침대 한 칸 빌리는 값이다. 숙소를 정한 다음 장터로 나갔다. 한국의 시골 장터와 비슷하다. 사람들이

한국의 시골 장터와 비슷하다. 사람들이 장터를 메우고 있다.

장터를 메우고 있다. 히잡을 쓴 여인도 아기를 유모차에 태우고 장을
보고 있다. 이슬람과 기독교가 공존하고 있다.

　바나나 사과 오렌지를 비롯한 과일은 물론, 상추나 파 고추 야채 모
종을 파는 가게가 보인다. 이름 모를 모종도 있지만 대부분 한국에서
보았던 것들이다. 꽃 가게, 감자나 양파, 하몽을 걸어놓은 고깃간도 한
켠에서 손님을 기다리고 있다. 도시의 번듯한 마켓보다는 시골장터가
사람 냄새가 있어 구수하고 푸근하다. 싸고 좋은 먹거리를 풍성하게
사 왔으니 오늘 저녁 식탁은 물어볼 필요도 없이 푸짐할 것이다.

　오늘은 샤워장이 남녀로 구분 되어있다. 샤워하러 가면서 아내가 지
갑을 맡긴다. 어떤 분이 산티아고 길에서 물건을 잃어버렸다는 이야
기를 들어본 적이 있느냐고 물은 적이 있다. 특정 구간에서 어떤 남자
가 순례자로 가장하여 여자를 유혹했다던가 하는 얘기를 책에서 읽어

본 듯 하다. 그렇지만 물건이나 돈을 잃어버렸다는 얘기는 들어보지 못했다.

18세기 중엽 이 길을 걸었던 니콜라 알바니 Nicola Albani가 쓴 안내서를 보면 그 당시는 카미노를 따라 숙소에 진을 치고 있는 가짜 순례자들이 많았다고 한다. 순례자 뿐만 아니라 순례자의 주머니를 노리는 못된 여관 주인도 있었다고 한다. 지금은 그런 걱정을 하지 않아도 될 것이다. 적어도 내가 느끼고 경험한 바에 따르면 그런 일은 없다. 순례자들이 그런 못된 짓을 할 리가 있겠는가.

오늘 저녁 숙소는 6인실이다. 불란서에서 온 흑인 부부와 함께 보내게 되었다. 부엌에서 음식 준비를 하는 중에 그들을 만났는데 남자의 생선 다듬는 솜씨가 프로급이다. 저녁 식사에 먹고 남은 건 냉장고에 두었다가 아침에 끓여 먹고 출발하겠단다.

오늘 알베르게는 부엌시설이 잘 되어있다. 먹는 게 실해야 잘 걸을 수 있다. 뒤따라온 한국 젊은이들이 함께 어울려 음식을 만드느라 분주하다. 입맛에 맞는 음식을 만들어 먹을 수 있다는 게 얼마나 중요한 일인지 이렇게 외국에서 걸어보면 실감이 난다. 그래서 부엌시설이 있는지 꼭 알아본 다음 알베르게를 정한다.

식사를 끝내고 시내 구경을 나갔다. 마을 외곽을 흐르는 깊은 냇물을 따라 높은 성벽이 둘러있다. 이 지역이 요새였던 모양이다. 돌로 만든 성에 이끼가 끼어 고색이 창연하다. 성을 쌓은 지 몇 년이나 되었을까. 천 년을 더 가도 끄떡없을 것 같다.

옛날 이 도시에 농경지대와 레온 산악지대의 상인, 목축업자, 농민들을 위한 시장이 섰고, 그 시절에는 성당이 일곱 곳, 병원이 세 개나 있었다고 한다. 그런 흔적이 오늘날까지 남아 있다.

날이 어두워졌지만 알베르게 마당 여기저기 순례자들이 삼삼오오
모여 얘기를 나누고 있다. 제각기 자기 나라 말로 이야기꽃을 피우고
있다. 영어, 불어, 스페인어, 그런데 동양 사람은 보이지 않는다.

우리도 테이블 하나를 차지하고 앉아 와인 한 병을 다 비웠다. 얼큰
해지면 나는 말이 많아진다. 사람이 좀 헤퍼진다. 그래서 이따끔 아내
한테 핀잔도 받는다. 나도 안다. 그렇지만 비싼 돈 주고 마시는데 멀뚱
멀뚱 하면 돈 아까운 거 아닌가.

저 성을 쌓은 지 몇 년이나 되었을까. 천 년을 더 가도 끄떡없을 것 같다.

산티아고_순례길따라_2000리

열아흐레 째 (5월 15일)-

만실라Mansilla de las Mulas에서

비르겐La Virgen del Camino 까지

레온Leon 대성당, 장엄하다.

참으로 '인생은 짧고 예술은 길다'

빵 한 조각이면 한 끼 식사로 족한 것을

레온 대성당의 스테인드글라스 햇빛 만나 환상의 조화

5시 30분 기상. 옆자리 불란서인 부부는 아직 단잠에 들어있다. 2층 나무마루가 삐꺽거려 조심조심 배낭을 챙겨 아래층 부엌으로 내려왔다. 물을 데워 커피 한 잔 빵 한 덩이로 아침을 때웠다.

6시 15분 출발. 저녁에 비가 왔던 모양이다. 아침에도 여전히 가랑비가 내리고 있어 비옷을 챙겨 입고 출발한다. 돌로 만든 튼튼한 다리 밑으로 강물이 흐른다. 200m정도로 보이는 꽤 긴 다리인데 중세쯤에 만들어졌나 싶게 고색창연하다. 다리 저쪽에서 건장한 남자 둘이서 걸어온다. 멀리서 보니 칼 찬 기사처럼 보인다. 그런데 그들이 가까이 다가오는데 낚싯대를 들고 있다. 낚싯대를 칼로 착각했다고 얘기하자 그들이 빙긋이 웃는다. 성벽에 쌓인 마을에서 잠을 자고, 오래된 다리 밑으로 장정 둘이 어깨를 흔들며 걸어오는 모습을 칼 찬 무사쯤으로 착각했던 모양이다. 사람의 무의식이란 게 이렇게 무섭고 우습다.

마을을 두 개나 지났지만 매점이 보이지 않는다. 배가 고파 비상식량인 초콜릿을 꺼내 먹었다. 벌판을 지나 아르카후야Arcahueja 마을 입구에 이르렀다. 길옆 우물가에서 순례자가 침낭에 몸을 묻고 잠을 자고 있다. 꽤 추운 날씨인데 저러다 동사라도 하지 않을까 염려가 된다. 옛날에는 적잖은 순례자들이 저런 모습으로 노숙을 하면서 이 길을 걸어갔을 터이다.

언덕을 넘으니 레온Leon시가지가 멀리 보인다. 레온 대성당까지 가려면 여기서도 1시간 30분 정도를 더 걸어야 한다. 레온시는 고대 로마군단인 제7제미나군단 주둔지에서 발전했다. 6-7세기는 고트족이 차지했고 이후 무어인들이 점령하여 850년까지 지배했다. 10세기에 아스투리아스와 레온 왕국의 수도가 되었다. 중세 때는 이 지역의 정치, 문화, 경제의 중심지가 되었다. 이런 배경이 훗날 콜럼버스가 신대륙을 발견하는데 결정적인 후원을 주게 된다.

레온은 또한 중세 까미노의 중요한 길목이었다. 성당과 수도원, 그리고 가난한 이를 위한 병원이 많이 있었다. 그래서 레온을 '모든 행복이 넘치는 곳'이라고 불렀다. 15세기 이전 유럽 Hospital은 오늘날의 병원 개념이 아닌 순례자 숙박시설을 겸한 치료시설이었다. 그래서 Hospital이란 말은 지금도 이 지역에서 알베르게를 의미하기도 한다.

고속도로 위로 철 다리가 놓여있다. 순례자들이 건너갈 수 있도록 최근에 만든 모양이다. 맥도널드 선전 간판이 철 다리 위에 걸쳐있다. 오랜만에 반갑다. 세계 곳곳에 맥도널드가 들어가 있다고 한다. 나도 이민 초기에 맥도널드 햄버거를 참 많이 먹었다. 먹거리가 주는 동질성은 대단하다. 같은 음식을 먹는다는 것은 모르는 사람을 쉽게 친하게 한다. 맥도널드나 코카콜라가 세계인들에게 미국을 가깝게 느끼게 하는 한 방법이 되고 있을 터이다. 그런 의미에서 한국의 김치가 세계 여러 나라에 소개되고 수출되는 것은 반갑고 의미 있는 일이다.

함께 음식을 먹는 것 못지 않게 잠을 같이 잔다는 것 또한 사람 사이를 가깝게 하는 소중한 계기가 된다는 것을 가르쳐준 선배가 있다. 학창시절 휴학을 하고 지방에서 지낼 때, 서울에서 활발하게 활동하던 선배가 사업차 지방에 들렀는데 호텔에서 자지 않고 비좁은 내 자취방에 머물며 밤을 새워 얘기를 나누었다. 수많은 사람 가운데 이렇게 한 이불 속에서 한밤을 지낼 수 있다는 게 얼마나 귀한 인연이냐면서 등을 토닥여 주던 선배의 모습이 기억 속에 생생하다.

레온Leon 시가지를 걸어가는 도중 지은이와 나연이를 만났다. 쭈비리에서 만났던 아이들이다. 지연이는 발이 아파 쉬엄쉬엄 온다고 들었는데 아마 중간에 버스를 타고 온 모양이다. 나중에 들은 얘기지만 나연이는 어느 지점에서 깜깜한 밤중에 출발했는데 숲 속에서 길을 잃어 크게 혼이 났다고 한다. 순례가 끝나면 저들의 평생에 크게 남을 만한 값진 추억이 될 것이다.

시내 중심가는 아스팔트가 아닌 돌이나 대리석으로 바닥을 깔았다. 건물은 대부분 3층인데 돌로 지어졌다. 바닥에 조가비가 붙어있어 순례자를 안내하고 있다.

10시경 레온Leon 대성당에 도착했다. 장엄하다. 성당 앞 광장은 마요르 광장이라 했다. 이 고딕양식의 레온 대성당은 1199년 건립되었다. 지금부터 800년 전쯤에 세워진 건물이다. 스테인드그라스가 유명하다. 1,800평방m라고 했다. 입장료를 받고 있다. 곳곳에 걸려있는 성화며 요소요소에 놓인 조각들이 눈길을 끈다. 장인의 손으로 빚어낸 스테인드글라스가 햇빛과 만나 환상의 조화를 이룬다. 조용히 빛을 내는 갖가지 문양이 황홀의 경지를 넘어 신비롭다. 신을 향한 인간의 예술혼이 어떻게 형상화 되고 있는지 보여주는 생생한 현장이다. 8백 년

장인의 손으로 빚어낸 스테인글라스가 햇빛과 만나 환상의 조화를 이룬다.

전 사람들이 작품을 통해 후대의 인간들과 소통하고 있다. 참으로 '인생은 짧고 예술은 길다.'

광장 인근 빵집에서 간단히 점심을 먹었다. 빵 한 조각 커피 한 잔이면 족하다. 의자에 앉아 웅장한 대성당을 바라본다. 8백 년 전 사람들이 저토록 거대한 건물을 지어내느라 얼마나 많은 희생을 치루었을까. 무거운 돌을 등에 짊어지고 아슬아슬하게 꼭대기를 올라가는 노동자의 모습이 보이는 듯하다.

다시 신발끈을 졸라맨다. 시내 곳곳에 조각품이 서 있다. 청동 조각품도 보이고 돌로 만든 조각도 보인다. 도시의 품격을 말해주고 있다.

길가 은행에 들어가 신용카드에서 현금을 인출하려고 하는데 핀 넘버가 맞지 않는다고 한다. 낭패다. 핀 넘버가 틀리다니. 미국 거래 은행에 전화해서 방법을 알아보아야겠다.

파라도르Parador 국영호텔 앞을 지나간다. 산 마르코스San Marcos 수도원을 개조한 별 다섯 개짜리 호텔이다. 16세기에 건립된 이 수도원은 스페인 르네상스 건축 작품 중에서 가장 뛰어난 작품 중의 하나이며, 이 건물을 짓는데 약 4백 년이 걸렸다고 한다. 4 백 년. 우리는 국보 1호 숭례문이 화재로 소실 된 다음, 재건축하는데 5년이 걸렸다. 그나마 부실공사로 말이 많았다.

파라도르 정문 앞엔 십자가 밑에서 맨발 차림으로 하늘을 쳐다보며 쉬고 있는 순례자 조각상이 있다. 옛날 수도원에서 순례자를 위해 빵을 나누어 주고 병을 치료해주던 사실을 떠올리게 한다. 호텔 앞에서 일본인 모도코 할머니를 만났다. 여기서 하룻밤 묵을 예정이란다. 호텔비가 만만치 않겠지만 유서 깊은 곳에 머무니 특별한 체험이 되겠다.

베르네스가Bernesga 강 위에 놓인 돌다리를 건넌다. 다리 위에서 한 잘생긴 건장한 남자가 돈 통을 앞에 놓고 구걸을 하고 있다. 강아지까지 데리고 앉아 있다. 미국에서도 걸인들이 개를 데리고 있는 것을 보곤 하는데 혼자 몸 가누기도 힘든 사람이 왜 개까지 먹여 살리는지 알다가도 모를 일이다. 거지가 없는 나라는 없다고 한다. 거지가 없었던 시대는 있었을까.

레온에는 세계 최고의 건축가 중 한 사람인 안토니오 가우디가 만든 '까사 데 보띠네스' 건축물이 있는데, 1969년 스페인의 역사 기념물로 지정되었다고 한다. 아쉽게도 그곳을 찾아보지 못하고 지나간다.

혼자 걷는 월남 여인을 만났다. 보트피플로 독일에 정착하여 살고 있는데 오늘 이 길을 걷기 시작한다고 했다. 각자의 사정에 맞춰 걸은 다음, 몇 번에 걸쳐 이 길을 마무리 하는 사람이 많다고 들었다. 땅굴 속 가옥이 또 나타난다. 사람 사는 집인지, 창고로 쓰는 지 궁금하다.

땅굴 속 가옥. 사람 사는 집인지, 창고로 쓰는 지 궁금하다.

레온 시내를 벗어나 서쪽을 향해 걸어간다. 해가 설핏하다. 황혼을 바라보며 사람들은 무슨 생각을 할까. 석양이 번지는 저 먼 곳. 태양은 매일 서쪽으로 움직이며 그 아름다운 땅으로 따라오라 유혹한다. 나는 지금 서쪽 산 넘어 있는 콤포스텔라를 향해 이렇게 걷고 있다.

오늘은 라 비르겐La Virgen 마을에서 묵기로 한다. '5스타 알베르게'라고 정문에 누군가 낙서를 해놓았다. 6유로다. 시설을 둘러보니 정말로 5스타 알베르게라는 평이 틀리지 않다.

잠 자는 곳도 깨끗하고 부엌시설도 훌륭하다. 레온 같은 큰 도시에 머무는 이점도 있지만 이렇게 좀 떨어진 작은 도시에 머무는 좋은 점도 많다.

샤워를 한 후 김 선생네 부부와 함께 장을 봐 왔다. 부엌에서 저녁준비를 하는데 낮에 만났던 월남 여인이 보인다. 다시 만나 반갑다고 인사를 건넨다. 내가 사는 캘리포니아 오렌지카운티에는 한인타운과 인접하여 월남타운이 있다. 미국에서 제일 큰 월남타운이다. 매년 구정이면 월남인 페스티벌을 개최한다. 대부분이 보트피플이다. 한국군의 월남 파병과 관련하여 한국을 좋지 않게 말하는 월남인도 있긴 하지만, 망망대해에서 방황하던 보트피플을 구출해 준 전재용 선장의 이야기가 월남인 사회에 널리 알려진 다음부터는 많은 월남인이 한국인에게 호감을 가지고 대한다. 월남은 삼국지에 나오는 맹획이 '칠종칠금 七縱七擒'을 당했던 바로 그 지역이다. 그들은 체구는 작아도 강단지고 생활력이 강하다. 한국인은 개인 비즈니스에 관심이 많지만 월남인은 관공서에 많이 근무한다. 웬만한 관청에 월남인이 없는 곳이 없다.

저녁 밥상을 차려놓고 숟가락이 없다. 숙소에서 배낭을 뒤져 손에 들고 바삐 식당으로 가다가 독일인 왈텐마르 노인을 만났다. 아래층 침대를 찾는다면서 나에게 어떻게 하면 좋겠느냐고 묻는다. 아래층 침대를 구하지 못하면 몇 ㎞를 더 걸어 다른 알베르게를 알아봐야 한다고 했다. 나는 매니저에게 부탁해 보시라고 건성으로 대답을 하고 식당으로 와서 밥을 먹기 시작했다. 밥을 먹으면서 아내에게 그 얘기를 했더니 "그러면 우리가 양보 할까요" 대답한다. 그리고 보니 그 노인이 독일말 밖에 할 줄 몰라 매니저에게 제대로 물어보지 못할 수도 있겠다는 생각이 든다. 몸이 불편해서 2층 침대를 오르내리기가 불편하다는 말인데 내 침대를 쓰시라고 할 걸 그랬다 싶어 밥을 먹다 말고 그 분에게 달려갔다. 노인을 찾아가 물었더니, 말이 통하는 독일인이 있어 양보를 받아 아래층 침대를 쓰게 되었다고 한다. 다행이다. 혹시라도 그 분이 떠나버리기라도 했다면 두고두고 후회 할 뻔 했다.

미국에 전화를 해야겠기에 알베르게 데스크에 물어보니 동네 '사이버 카페'에 가면 싼 값에 할 수 있다며 약도를 그려준다. 찾아갔더니 자그마한 잡화상 한 구석에 공중전화 두 대가 마련되어있다. 미국의 거래 은행에 전화를 했다. 비자카드로 현금을 인출하려는데 핀 넘버가 맞지 않더라는 설명을 하며 방법을 물어보았다. 속달로 핀 넘버를 보내주겠다며 주소를 달라고 한다. 그렇지만 매일 움직이고 있는 처지에 그럴 수는 없지 않는가. 전화로 불러주던가 아니면 이메일로 넘버를 보내달라고 했지만 보안상 그럴 수가 없단다. 그리고 해외에서 현금을 빼 쓸 계획이 있으면 미리 은행에 신고를 해 놓아야 한단다. 비자카드만 있으면 어디서든 현금인출이 가능할 거라 믿었는데, 핀넘버를 확인해두지 않았던 게 잘못이다. 난감하다.

이런 상황은 짐작도 하지 못했다. 현금이 달랑달랑한데 어쩌면 좋지. 머리가 아파오다가 그 생각이 떠올라 슬그머니 웃음이 나왔다. 그

래, 걱정할 게 있나. '산산 조각'으로 사는 거지 뭐. 나에게 어렵고 힘
든 일이 닥칠 때면, 떠오르는 시 한 편이 있다.

> 룸비니에서 사온 흙으로 만든 부처님이 / 마룻바닥에 떨어져 산
> 산조각이 났다 / 팔은 팔대로 다리는 다리대로 / 목은 목대로 발
> 가락은 발가락대로 / 산산조각이나, 얼른 허리를 굽히고 / 무릎
> 을 꿇고 서랍 속에 넣어두었던 / 순간접착제 꺼내 붙였다 / 그 때
> 늘 부서지지 않으려고 노력하는 / 불쌍한 내 머리를, 다정히 쓰
> 다듬어 주시면서 / 부처님이 말씀하셨다 / 산산조각이 나면, 산
> 산조각을 얻을 수 있지 / 산산조각이 나면 / 산산조각으로 살
> 아갈 수 있지

정호승 시인이 쓴, 〈산산조각〉이라는 시다.

살아가면서 맞닥치는 어려움이 한두 가지가 아니다. 그 속에 갇혀
헤어나지 못하면 절망에 빠지게 된다. 한 발자국 떨어져 보면 방법이
보일텐데, 집착하지 않고 놓아버리면 되는건데, 그게 그렇게 어렵다.
그때마다 이 시 한 편이 나를 위로해 준다. 그리고 희망의 끈이 되어준
다.

생각해보니 핀넘버를 몰라 현금 인출을 못하는 일은 걱정거리의 축
에도 끼지 못할 성 싶다. 차분하게 방법을 모색해 보아야겠다.

전화를 끝내고 돌아오는 길에 성당에 들렀다. 이 마을에 1505년 목
동인 Alvar Simon이 성모를 만났다고 전해지는 곳에 성당이 있단다.
이 성당에는 레온 지방의 수호 성모인 성모 마리아 성상이 모셔져 있

는데, 1960년대 초반에 세워진 현재의 성당이 지나치게 현대적으로 지어져 아직까지 미학적인 논쟁이 되고 있다고 한다. 그리고 성모님과 12사도의 조각상이 요셉 마리아 수비라츠^{Josep Maria Subirachs}에 의해 동으로 제작되어 있다고 한다. 조배를 드린 다음, 이곳저곳을 둘러보았지만 성당의 어떤 모습이 미학적 논쟁거리가 되는지 문외한인 나 같은 사람 눈에 그런 특징이 보일 리가 없다.

오늘 하루도 꽉 차게 보냈다. 숙소에 돌아오니 '가르릉 가르릉' 코고는 소리가 들린다. 나도 가만히 침낭 속으로 들어가 편히 누웠다. 그리고 두 손을 맞잡고 기도를 올렸다. 감사합니다. 감사합니다….

스무날 째 (5월 16일)

비르겐^{La Virgen del Camino}에서
뿌엔테 하스피털 데 오르비고^{Puente Hospital de Orbigo} 까지

오리비오Orbio강을 가로지르는, 중세에 만든 다리다.

La Virgen del Camino

Puente Hospital de Orbigo

25km

이끼 낀 다리 하나가 까미노 역사를 말해준다

찔레꽃 흐드러진 길을 찔레꽃 노래를 부르며 걷다

예나 지금이나 여자란 남자에게 과연 어떤 존재일까

눈을 비비며 일어났다. 화장실에 들러 고양이 세수를 한다. 거울을 보니 수염이 제법 길다. 이 길을 걷기 시작하면서부터 면도를 하지 않았다. 편하고 자유롭다. 편하다는 의미가 자유롭다는 의미와 상당부분 겹친다는 것을 수염을 만지작거리며 문득 깨닫는다. 길을 다 걷고 나서 면도를 할 예정이다. 산적 두목 같은 모습이 되지나 않을지 모르겠다.

6시 40분 출발. 춥다. 마을을 벗어나니 들판이다. 바람이 세다. 맞바람을 맞으며 걷는다. 봄인데 겨울날씨 뺨치게 춥다. 혹시 몰라 가져온 오리털 잠바 덕을 톡톡히 보고 있다. 오늘 같은 날도 잠바를 입었기 망정이지 아니면 힘들 뻔 했다. 변덕스런 날씨를 대비해 옷을 잘 준비해야 할 성 싶다.

고속도로와 나란히 길이 나있다. 자동차가 지나갈 때마다 소음 때문에 귀가 멍하다. 왼쪽은 포도밭 오른쪽은 노란 봄꽃이 무덤무덤 피어 있다. 저만치 엊저녁에 만났던 독일 할아버지가 고속도로 위를 수레를 끌고 걸어가고 있다. 두툼한 겨울옷을 입었다. 고개를 숙이고 걷고 있는데 차가 지날 때마다 흔들리는 모습이 위태로워 보인다. 이쪽 길로 내려오시라고 큰소리로 불렀지만 들리지 않는 모양이다.

9시경 Villadengos del Paramo마을에 도착. 커피집 앞에 작은 개 한 마리가 배낭에 묶여 앉아있다. 개에게 두툼한 옷을 입혀놓았다. 자그마한 애완견이다. 머나 먼 순례 길을 아장거리는 저 녀석을 데리고 걷고 있는 주인은 또 어떤 사람일까. 녀석은 고개를 돌려 주인이 사라진 쪽을 물끄러미 바라보고 있다.

실내가 꽤 넓다. 술도 팔고 노래도 부르는 유흥음식점인 모양이다. 뜨거운 커피 한 잔, 그리고 빵 한 조각을 주문했다. 추운 날 뜨거운 커피 한 잔이 주는 느낌이 각별하다. 커피 잔을 손으로 감싸고 빵 조각에 커피를 적셔 아침을 먹는다. 오롯한 시간이다. 창밖을 내다본다. 나뭇가지가 바람에 휘어진다. 순례자 한 사람이 고개를 반 쯤 숙이고 뚜벅뚜벅 걷고 있다. 저 분은 무슨 생각을 하면서 걸어가고 있을까.

쉬고 나서 배낭을 짊어지면 또 무겁다. 배낭 없이 걸을 수 있다면, 하고 불평을 하려다가 '밑짐'이라는 단어를 떠올리며 바로 마음을 고쳐먹는다.

한참을 걷다가 김사장이 보이지 않아 기다리고 있는데 저만치서 손짓을 한다. 오는 길에 잡화상이 보이기에 두툼한 장갑 두 켤레를 사 왔다고 한다. 집사람과 미세스 김에게 하나씩 건네준다. 장갑이 얇아 손 시렵겠다는 느낌이 들었던 모양이다.

마을을 지나자 다시 벌판이다. 끝이 보이지 않는 벌판. 시멘트로 만든 수로가 고속도로를 따라 뻗어있다. 고속도로엔 시속 100㎞ 속도제한 푯말이 세워져 있다. 캘리포니아 고속도로는 시속 60마일 정도이니 이곳과 미국이 비슷하다. 한국에서는 시속 80㎞ 사인이 많았던 것 같다.

마을이 가까워 오자 위에 UFO가 올라가 있는 듯한 콘크리트 건물이 멀리서 보인다. 산 마틴San Martin 마을이다. Martin성인의 이름을 따라 동네이름을 지었단다. 17세기에 가난한 순례자들을 위한 병원이 이곳에 있었다고 한다. 길거리 온도계가 기온을 말해주고 있다. 섭씨 5.5도다. 지금도 꽤 춥지만 그래도 해가 뜬 다음이라서 아침보다는 많이 누그러진 상태다.

마을을 벗어나니 다시 허허벌판이다. 한국에서는 지평선이 보이는 유일한 곳이 '징게맹게들'이라고 했다. 전라북도 김제 만경 평야를 그렇게 부른다. 아리랑 소설의 무대가 되는 곳이다. 해남 땅끝마을에서 강원도 고성까지 도보로 국토를 종단했고, 다시 고성에서 임진각까지 걸어서 국토횡단을 했으므로 한반도 남쪽을 대충 살펴본 축에 들지만, 다녀보면 역시 우리나라는 평야가 적다. 국토의 70%가 산이라는 말이 실감이 난다. 온 국민이 그 좁은 땅에서 나는 식량에 목을 매야 했으니 배가 고플 수밖에 없었겠다는 생각이 들기도 한다.

몇 날 며칠을 걸어도 땅끝이 보이지 않는 이 나라가 부럽다. 이런 천혜의 땅을 가진 나라이기에 한때 세계를 호령할 수 있었는지 모르겠다. 미국을 자동차로 여행할 때, 몇 시간 동안 끝없이 펼쳐지는 옥수수밭을 보면서, 왜 이 나라가 세계를 주도하는 나라인가를 실감했었다. 중국을 두 번 여행하면서도 그 광대함에 놀랐던 경험이 있다. 국토의 위력이다. 그렇지만 땅보다는 기본적으로 사람이 힘이고, 사람이 희망이라 했다. 우리는 그 말로부터 위안을 받고 기대를 걸 수밖에 없는 상황이다. 그런데 대한민국은 지금 사람을 제대로 기르고 있고, 제대로 대접해주는 나라인가.

길가 잔디밭에 쉬고 있던 독일인 오토가 손을 흔들어 반긴다. 손수레를 끌고 가는 왈덴 할아버지는 어디쯤 가셨는지 보이지 않는다. 잔디밭 근처에 찔레꽃이 환하다. 찔레꽃을 보면 찔레꽃 노래가 생각난다.

> 하얀 꽃 찔레꽃 순박한 꽃 찔레꽃 / 별처럼 슬픈 찔레꽃 / 달처럼 서러운 찔레꽃 / 찔레꽃 향기는 너무 슬퍼요 / 그래서 울었지 밤새워 울었지 / 찔레꽃 향기는 너무 슬퍼요 / 그래서 울었지 목놓아 울었지

산티아고_순례길따라_2000리

장사익이 부른 찔레꽃 노래다. 밥벌이도 시원찮던 무명시절, 노래패 말석으로 떠돌아다니던 그 시절. 오라면 오고 가라면 가야했던 어느 날, 시골 정류장에서 버스를 기다리는데 어디선가 향긋한 냄새가 풍기더란다. 찾아가 보니 후미진 곳에 찔레꽃 한 무더기가 피어있더란다. 본인의 처지를 닮았다는 생각이 들어 이 노래를 지었다고 했다.

살다보면 오르막이 있고 내리막이 있다. 한 없이 내려가 더 이상 내려갈 곳이 없을 만큼 내려가 본 사람은 안다. 삶이 무엇인지를. 인생이 어떤 것인가를. 이 노래를 듣고 있노라면 그가 나를 위해 들려주는 노래라는 느낌이 들곤 한다. 한 번도 만난 적이 없는 장사익이라는 사람이 마치 내 오랜 친구라는 생각이 들 때도 있다.

책을 읽을 때도 그렇다. 내가 감명 깊게 읽었던 책을 덮고 나면, 그 책을 쓴 사람과 오랜 친구라도 된 듯한 생각이 들어 전화를 하거나 만나서 차라도 한 잔 하고 싶다는 느낌이 들기도 한다.

Hospital de Orbigo라는 표지판이 보인다. 오늘의 목적지다. 길가에 그림 같은 주택 한 채가 서 있다. 자그마한 2층 석조 건물인데 집을 둘러싼 낮으막한 나무 울타리가 일품이다. 나무를 전지하여 여러 가지 모양을 만들어 놓았다. 이 길을 지나가는 순례객들의 기억에 남아있을 성 싶다.

긴 다리가 나타난다. 2백 미터는 될 것 같다. 중세시대에 만든 다리라 했다. 오리비오^{Orbio} 강을 가로지르는 다리인데 까미노에서 가장 긴 다리다. 중세 때 이 다리 위에서 각 지역의 기사들이 실력을 가리기 위해 자웅을 겨루었단다. 야고보 성년이었던 1434년, 레온의 기사 돈 수에로와 9명의 추종자들이 이 지역의 모든 기사들에게 도전장을 냈다. 돈 수에로 일행은 유럽 곳곳에서 온 기사와 산적들을 상대로 용맹을

떨쳤다. 폭 10m가 될까 말까한 저 좁은 다리 위에서 벌어진 결투는 상상만으로도 손에 땀을 쥐게 한다. 이 결투에서 기사 한 명이 실수로 창에 눈이 찔려 죽고 결투에 임했던 모든 기사들이 산티아고 순례를 떠났다. 이 모든 행위는 한 여인에 대한 사랑을 증명하기 위한 것이었다고 한다. 예나 지금이나 도대체 남자에게 여인은 어떤 존재일까.

그런데 돈 수에로는 사랑하는 여인으로부터 사랑의 징표로 받았던 팔찌를 축일인 그해 7월 25일 야고보에게 바쳤다고 한다. 이 대목을 눈여겨 볼 필요가 있다. 이 세상에서는 여인의 사랑이 최고의 가치였지만, 언젠가는 다가올 저 세상을 위해 팔찌를 성인에게 기꺼이 바치고 말았다는 사실을.

다리를 건너가는데 말똥이 여기저기 쌓여있다. 다리 중간쯤 걸어오니 왼쪽으로 넓은 풀밭이 펼쳐진다. 천막이 쳐 있고 천막위로 깃발이 펄럭인다. 말을 메어놓을 수 있는 설비도 보인다. 15세기에 벌어졌던 기사들의 창검술 대회를 이어받아 매년 7월 이 장소에서 무사들의 경기가 열린다고 했다. 중세의 기사처럼 갑옷을 입고 투구를 걸치고 말을 타고 그 때를 재현하는 축제를 보기 위해 수많은 사람이 몰려든다고 한다. 이끼 낀 다리 하나가 까미노의 역사를 생생히 증언하고 있다.

다리를 건너니 마을이다. 성 요한 세레자 병원Hospital de San Juan 덕분에 성장한 동네이다. 그래서 이름도 Hospital de Orbigo로 부른다고 했다.

알베르게를 찾아 길 따라 올라가는데 어느 집 처마 밑에 마늘 꾸러미가 매달려있다. 이 지역 사람들은 마늘을 일종의 액막이 물건으로 사용하는 모양이다. 옛날 우리 시골에서는 아들을 낳으면 왼 손 새끼를 꼬아 고추와 숯덩이를 꼽아 집 앞에 걸어놓아 부정을 막았다. 그리고 홍역에 걸린 아이가 있는 집에선 집 앞에 황토를 뿌려 사람들이 함부로 드나들지 않도록 했던 것처럼, 마늘이 그런 의미로 사용되고 있는 성싶다. 마늘 숫자를 세어보니 열두 개다. 한 다즌을 걸어놓았다. 일 년은 열두 달, 예수님의 열두 제자, 동양에서 12간지와 열두 동물로 띠를 표시하는 것처럼, 열둘 이라는 숫자가 인간에게 주는 의미를 되새겨본다. 동서양 모두 열둘이라는 숫자를 중시하고 있다. 상징과 기호를 만들어 삶 속에 의미를 부여하며 살아가는 것은 인간뿐이 아닐까. 모를 일이다. 동물들도 저희끼리 통하는 어떤 기호를 만들어 사용하고 있는지 또 누가 알겠는가.

부슬부슬 비가 내린다. 1시다. 알베르게를 찾아갔다. 입구에 종을 달아놓았다. 딸랑딸랑 종을 치니 남자가 나온다. 2층은 유리창을 달아 약간 개조를 했지만 중세쯤에 지은 건물이 아닌가 싶게 오래된 건물이고 퀴퀴한 냄새도 난다. 이런저런 시설이 마뜩찮지만 자그마한 부엌이라도 있으니 그나마 다행이다 싶어 그냥 묵기로 한다. 아직 손님이 많지 않아 아래층 4인용 방을 배정받았다. 음침하여 귀신이라도 나올 것 같다고 아내가 수근 거렸지만 이렇게 오래된 건물에서 하룻밤을 보내는 것도 오늘, 이곳 아니면 어디서 경험을 해보겠는가.

장을 볼겸 마을 구경을 나섰다. 오래된 마을답게 골목길은 여기저기 패이고 건물도 부서진 것들이 보인다. 은행을 찾아갔는데 시골이라 환전이 되지 않는다며 아스트로가에 가면 될거라 한다. 아무리 작은 은행이지만 환전이 안 되다니 이해가 되지 않는다. 마켓 가는 동안 가랑비가 뿌린다. 날씨가 추워질 모양이다. 마켓 건너편에 호텔이 있기에 들어가 달러를 유로로 바꿨다. 궁하면 통하는 모양이다. 오는 도중 잡화상에 들러 내복 한 벌과 털목도리 한 개를 샀다. 객지에서 감기라도 걸리면 큰일이라는 아내의 말을 따르기로 했다.

길거리에서 아주머니 두 분이 여태 수다를 떨고 있다. 아까 마켓을 찾아 나설 때 보았던 분들인데 마켓을 봐 돌아오는 지금까지 꽤 시간이 흘렀는데 저렇게 얘기를 하고 있다. 할 말이 무척이나 많은 모양이다. 어느 나라건 아줌마들의 수다는 말릴 수가 없다. "이따 전화로 다시 얘기하자" 면서 헤어지지 않을지나 모르겠다.

아내가 저녁식사를 준비하는 동안 방명록을 들추어보았다. 이 집에 들렀던 사람들이 남긴 기록이다. 한국인 세 분이 쓴 글을 소개한다.

> "잠시 들러 쉬었다 갑니다. 한국분이 하는 알베르게라 너무 좋네요. /9/2012 / 부엔 까미노 -준우- "

> "잘 쉬다 갑니다. 세계에서 존경받는 국민이, 국가가 되려면 자동차나 핸드폰을 많이 팔아 부자가 되는 것도 필요하겠지만 지구촌 곳곳에서 말없이 봉사하는 한국인들이 각 방면에서 많아져야 할것입니다. 이곳에서 봉사하는 당신은 선구자이십니다. 성심성의껏 봉사하며 기쁜 마음으로 살아가시기 바랍니다. 전기밥솥을 빌려주시어 오랜만에 밥과 찌개를 잘해먹고 갑니다. 10-14- 2012 함부르크에서 온 김형우(야고보) / 이정자(젬마) / Buen Camino!"

> "박일, 박석희 잘 쉬었다 갑니다. 한국분들 힘네세요! 2013-5-15- "

27-X-2012

Un sitio muy bonito y el Hospitalere
muy agradable muchas gracias
Una familia de Valladolis
buen camino para todos

GREAT CORU LITTLE PLACE ⟶ IT
MARK — SOUTH AFRICA

28- X - 2012.
Merci de Votre Accueil Sympathique, cela vient du cœur
fait du bien après la fatigue et les douleurs de l'étape.
le cadre est très agréable. Encore Merci.
Patrick (France).

31. 10. 2012
잘 쉬고 잘만들어 먹고 떠날수 있어서 정말
감사 드립니다.

이 철 등 이 나서오
전 봉사 진짜

히가....
2012-11-2

I love your cats,
Dan
Canada

방명록을 들추어보았다.

183

윗글을 보건데 어떤 한국인이 2012년 무렵 한동안 이곳에서 봉사자로 일했던 모양이다. 첫 번 글 쓰신 분은 그런 사정을 모르고 한국인이 경영하는 것으로 알았던 모양이고, 두 번째 글을 쓰신 분은 그분이 봉사자인 것을 알고 쓴 성 싶다. 알베르게 주인에게 물어보니 산티아고 길을 마치고 난 다음 봉사를 원하는 사람은 까미노 본부의 승인을 받아 어느 알베르게에서 봉사할 수가 있단다.

저녁식사는 언제나 즐겁다. 감자 몇 알을 삶고, 고기 한 접시에 상추한 단, 그리고 와인 한 병이 준비되었다. 김 선생 부부와 우리 부부가 함께 건배를 했다.

저녁을 먹은 다음 혼자서 몇 군데 알베르게를 둘러보았다. 알베르게마다 만원이었지만 한국 사람은 한 명도 만나볼 수 없다. 엊저녁에 보았던 월남여인을 또 만났다. 보트피플로 어머니와 함께 구사일생 불란서에 건너갔단다. 거기서 힘들게 살았지만 대학을 졸업하고 지금은 치과의사로 일한다고 했다. 미국의 월남 타운을 방문하고 싶단다. 어머니가 돌아가신 후 마음을 추스르기 위해 이 길을 걷는다고 했다. 얼굴에 우수가 가득하다. 나라에 변란이 생기면 국민은 저렇게 외국으로 뿔뿔이 흩어져 고생을 해야 한다.

성당을 찾아 저녁미사에 참석했다. 주민들 몇 명, 그리고 순례자 몇사람이 띄엄띄엄 앉아있다. 성당 구조가 아담하고 독특하다. 이 성당은 몇백 년 전에 지은 건물일까. 오랜 이 순례길로 나를 이끌어주신 분의 뜻은 또 어디에 있는 것일까.

잠자리에 누웠다. 튼튼하게 만든 이 나무 침대를 거쳐 간 사람이 몇명이나 될까, 를 생각하다가 깜박 잠이 들었다. 몇 시나 되었을까. 화장실에 가느라 잠을 깼다. 가만히 마당으로 나왔다. 별이 총총하다.

오래전 이 길을 걸어갔던 사람들을 생각한다. 그들은 모두 별이 되었을 터이다. 별 하나, 별 둘, 별 셋… 이제는 별이 된 사람들이 나를 내려다보고 있다. 별 하나가 유난히 반짝인다. 이 밤, 별을 그리는 사람 하나가 그 별을 쳐다보고 있다.

→길가에 서서 노닥거리는 두 아줌마

스무하루 째 (5월 17일) -

뿌엔테 하스피털 데 오르비고^{Puente Hospital de Orbigo} 에서
엘 간소^{El Ganso} 까지

고개 마루에 이르자 십자가, 순례자를 상징하는 모형이 만들어져 있다.

이 길에 뿌려진 기쁨과 눈물과 땀방울을 떠올린다.

하루가 시작되는 순간, 하늘에 금이 간다는 사실을 아는가

항문이 열리면 끝장이다. 항문을 조이며 살아야 한다.

5시 30분 기상. 새벽이 몰려오고 있다. 깜깜한 밤을 밖에서 지새워 본 사람은 안다. 하루가 새롭게 시작되는 순간, 하늘에 금이 간다는 사실을.

콜로라도 록키산에서 밤을 지새우며 날이 밝아오는 순간을 지켜본 적이 있다. 칠흑 같은 어둠속에서 하늘과 맞닿은 산등성이를 주시하고 있었다. 잠깐 산맥이 요동치더니 경계에 희미하게 금이 갔다. 하늘과 땅이 갈라지고 나서 아주 천천히 앞산과 뒷산이 구별되기 시작했다. 담배 두 대참쯤 시간이 지나자, 산이 산을 엎고 산이 산을 보듬고 있는 풍경이 뚜렷해졌다. 그리고 한 시간정도 지나자 큰 나무가 보이기 시작했다. 다시 기다리다 지칠 만큼 시간이 지나자 나무 사이로 바람이 일더니 새가, 한 무리 백조가 운무가 깔린 산 중턱을 유유히 날기 시작했다. 그 새벽은 신비롭고 아름다웠다.

아침을 빵 한 조각으로 간단히 떼우고 배낭을 챙겨 떠나기 직전 화장실에 잠깐 들렀다. 내 장갑 한쪽이 바닥에 떨어져 있다. 그냥 화장실에 들리는 게 좋겠다는 생각으로 갔었는데 장갑을 발견하게 된 것이다. 어제 저녁 손 씻으러 들어왔다가 한 짝을 흘린 모양이다. 칠칠맞은 녀석이라고 한 마디 들어도 싸다, 는 생각이 든다. 그나저나 날씨가 차가운데 장갑을 잃어버렸다면 힘들 뻔 했다.

마을을 나와 1km쯤 걸어가니 표지판이 보인다. 고속도로를 따라 계속 걸어가면 16km가 걸리고 오른편으로 우회하여 가면 17km란다. 좀 더 걷더라도 소음이 없는 샛길을 택하기로 한다. 고작 1km를 더 걸어 자동차 공해를 벗어나 평온을 얻는다는데 마다할 이유가 있겠는가.

농가 텃밭에 딸기, 마늘, 상추, 토마토 등을 심어 놓았다. 여기가 스페인인가 싶게 우리 시골과 비슷한 풍경이다. 밭을 갈아 씨앗을 심고 어린 싹이 돋아나오는 곳에 기와 두 장을 잇대어 가려놓았다. 강한 햇빛을 막거나 짐승들을 방지하기 위한 모양이다. 마늘밭이 제법 크고 바로 옆에는 감자가 여물어가고 있다. 시골 동네가 말끔하게 단장 되어있다. 마을 입구에 서 있는 나무에 분홍색 꽃이 한창이다. 처음 보는 나무다. 이름이 무엇일까.

마을을 지나 자그마한 고갯마루에 이르자 십자가가 세워져 있고, 바로 곁에 순례자를 상징하는 모형이 만들어져 있는데, 솜씨가 좀 촌스럽다. 그렇지만 매끄럽지 못한 그 모습이 오히려 친숙하게 다가온다.

십자가 주변에 돌멩이가 수북이 쌓여있다. 저렇게 돌멩이를 던져주는 것은 세계 어디서나 공통적인 풍습인지도 모르겠다. 내가 어렸을 때 우리 시골에서도 처녀나 어린애가 죽으면 시신을 옹기에 넣어 길가에 묻었다. 그렇게 만들어진 무덤 위에 지나가는 사람들이 솔가지나 돌멩이를 하나씩 던져 주었다. 산길 옆에 나뭇가지가 수북이 쌓인 듯 그런 무덤은 흔하게 볼 수 있는 풍경이었다.

진도에서 중학을 다닐 때, 30리길을 걸어서 통학했다. 우수영이 바라보이는 녹진이라는 곳이었다. 읍내에 있는 학교에 가기 위해 새벽 동틀 무렵에 집을 나서 뛰다시피 걸어도 지각하기 일쑤였다. 학교를 파하고 집에 돌아오면 또 어둑어둑 땅거미가 깔리기 마련이었다. 부근 마을에서 읍내로 중학을 다니는 아이는 나 뿐이었다. 비가 부슬부슬 오던 어느 날, 무덤 부근을 지나가다가 추적추적 발소리에 놀라 혼이 빠지도록 달려가다 넘어져 흙탕물로 옷이 범벅되었던 날이 있었다. 지금도 돌무덤을 보면 그때의 풍경이 떠오른다.

신작로가 잘 닦여있다. 황토길이다. 길 양쪽으로 평편한 밭이다. 야트막한 산길인데 나무가 독특하다. 나뭇가지에 눈송이가 쌓이듯 이끼가 쌓여있다. 지난 해 미국 워싱턴 주에 있는 올림퍼스 공원을 방문했을 때 보았던 나무와 비슷한 모습이다.

산길로 들어섰다. 신작로에 자갈을 깔아 놓아 울퉁불퉁하다. 뱃속이 거북하더니 배가 살살 아파온다. 숲 속을 찾아 들어가 나무 사이에 쭈그리고 앉아 볼일을 본다. 두런두런 사람 지나가는 소리가 들린다. 가만히 귀 기울이니 솔잎에 바람 스쳐 가는 소리도 들린다. 참으로 오랜만에 산에서 똥을 눈다. 오묘하고 향기로운 냄새가 코를 스쳐 간다. 소나무와 흙과 똥이 어울려 만들어 내는 자연의 냄새다. 자연에서 태어나 자연 속에서 살다가 자연으로 돌아가야 할 것들이 함께 모여 있다. 나무도 돌도 흙도 사람도 모두 다 자연의 일부이다. 내가 싼 똥은 나무에게 거름이 되어줄 것이다. 자연은 서로가 서로에게 도움이 되는 방식으로 존재한다. 그런데 사람들은 왜 똥이라는 말 대신 '대변'이라는 말을 써야 고상하다고 생각할까.

내가 농사를 짓던 시절에 어른들은 마실을 나갔다가도 대소변을 참았다가 꼭 집에 돌아와 풀었다. 그렇게 모은 똥오줌은 농작물을 기르는 데 없어서는 안 될 소중한 거름이었다.

어디서 파리 한 마리가 날아온다. 이 산중 어디에 숨어 있다가 금방 냄새를 맡고 나타났을까. 자연의 오묘함이다. 집안 어느 구석에 단 것이 떨어져 있으면 개미가 몰려오는 것과 똑같은 이치다. 살아있는 것들의 촉수가 저렇게 예민하다. 제각기 필요한 능력을 부여받았기에 종족을 유지하고 번성할 수 있을 터이다.

휴지를 꺼내면서, 이장근 시인이 쓴 「항문을 조이다」란 시 한 편이 떠오른다.

항문이 열려있으면 / 죽. 는. 다. // 물에 빠진 사람을 건져내면 / 아랫도리 먼저 벗겨보는 것도 / 바로 항문 때문 // 항문이 열려 있으면 죽은 것이고 / 항문이 닫혀 있으면 살아 있는 것이다 / 닫힌 항문에 희망을 걸고 / 심폐소생술을 실시한다고 한다 // 항문이 영혼이 지나가는 문이라는 것을 / 하루에 한 번씩 똥을 싸고 닦으면서도 몰랐다 / / 얼마 전 치질 수술을 받고 / 병원 계단을 내려가려는 순간 / 비명마저 베어버리던 통증 / 내리막에서 본능적으로 조여지던 항문 // 삶이 곤두박질 칠 때마다 / 항문은 영혼을 붙잡아 주고 있었으니 / 넘어졌다 일어설 때 힘을 모으는 곳도 / 바로 항문이었으니 // 항문이 헐거워지면 끝장이다 / 나는 항문을 조이며 살기로 했다

똥을 누고 일어서자 갑자기 현기증이 나면서 하마터면 내가 방금 싼 김이 무럭무럭 나는 똥 무더기 위로 자빠질 뻔했다. 낙엽을 긁어모아 똥을 덮어주면서 다시 깨닫는다. 항문을 조이며 사는 것이 잘 사는 방법이라는 것을.

손이 시렵다. 어제 산 목도리가 한 몫을 한다. 그런데 내복은 소재 때문인지 몰라도 촉감이 좋지 않아 거추장스럽고 춥다.

자갈밭 고개를 몇 개 넘자 들판이 나타난다. 길가 허름한 집에서 한 청년이 커피를 팔고 있다. 먼저 온 일행들이 기다리고 있다. 쌀쌀한 날씨에 뜨거운 차 한 잔이 그만이다. 이 남자는 창고 같은 이 외딴 건물에서 혼자 산다고 했다. 오가는 사람들과 각양각색의 이야기를 나누

면서 걱정 없이 살아간단다. 나무에 매달아 놓은 흔들 그물 위에서 잔다면서 이처럼 행복한 인생이 또 어디 있겠느냐고 반문한다. 사람 살아가는 모습이 가지가지다. 누가 뭐라던 저렇게 내가 행복하다면 거기가 바로 천국이 아닐까 싶다. 건물 벽에 한글로 쓴 낙서가 보인다. 민성, 정운, 민지, 라는 이름이다. 글씨가 선명한 걸 보니 이곳을 지나간 지 오래지 않은 모양이다.

다시 평원이 계속된다. 언덕이 끝나는 곳에 십자가를 세워놓았다. 멀리 아스토르가Astorga 시가 보인다. 기찻길 위로 놓인 꼬불꼬불한 철다리를 건너자 시내가 시작된다. 도시 입구 알베르게 선전 포스터에 'BIENVENIDO, WELCOME, 어서오세요' 라는 글이 써있다.

이곳은 중세시대에 병원이 25개나 있었을 만큼 큰 도시였다고 한다. 길가에 유적을 발굴하고 있는 현장을 보여주고 있는데 스페인어로만 설명이 되어있다. 영문을 병기해 두면 좋다는 생각을 하지 못하는가 보다. 곳곳에 세워진 동상을 비롯, 몇 세기에 지어졌는지도 모를 고색창연한 성당 건물이 한 둘이 아니다. 도시 전체가 하나의 유물이다. 독수리를 밟고 선 청동 사자상은 금방이라도 살아서 튀어 내려올 성 싶고, 지팡이를 짚고 서 있는 순례자 동상도 표현 하나하나가 너무나 사실적이다. 300년 걸려 지었다는 산타마리아 대성당에는 13세기에 만들어진 San Luigui 성경원본이 전시되어 있다. 그리고 가우디가 설계한 주교궁Palace Episcopal은 지금 까미노 박물관으로 이용되고 있다.

점심을 간단히 먹고 다시 걷는다. 걸어야 한다. 목적지를 향해 끊임없이 걷는 게 우리네 인생 여정이다. 발걸음을 멈추면 어딘가에 도달할 수가 없다. 시가지를 벗어나 걸어가는데 아주머니 두 분이 두툼한 옷을 입고 다정히 걸어온다. 손에 우산을 들었다. 부엔 까미노, 다정히 인사말을 건넨다. 까미노에서 사람 만나는 일이 드물다보니 누구든 만나면 반갑다. 농촌은 농촌이라 그렇다손 치더라도 오늘 같은 날 아스토르가 시내에도 사람이 별로 보이지 않았다. 낮잠 자는 시간인지 모르겠다. 관습이란 무섭다. 무엇이던지 한 번 몸에 익으면 떼어내기가 어렵다. 대대로 이어오는 낮잠 습관이니 대대로 이어가게 될 터이다. 한 낮의 햇빛을 피하기 위해 생긴 습관이라지만, 실제로 낮잠이 건강에 유익하다고 하지 않던가.

간간히 비가 내린다. 여우비다. 호랑이가 장가 간다는 비다. 들판 보다는 산길이 많다. 끝도 갓도 없던 평원은 거의 지났는가 싶다.

완만한 언덕을 올라가는 길가에 전을 벌려놓았다. 과일 몇 개를 상자 위에 놓았다. 기타도 보이고 옥수수를 삶았는지 한데다 솥을 걸어놓았다. 그런데 사람은 보이지 않는다. 이 길을 걷다보면 눈길을 끄는 사람을 만나게 된다. 소나기가 한바탕 퍼붓고 지나간다.

벗은 비옷을 다시 꺼내 입었다. 길가 어느 집 처마 밑에서 잠깐 비를 피했다. 검은 구름이 심상치가 않다.

엘간소El Ganso 마을이 저만치 보인다. 바삐 발걸음을 내딛는데 뒤에서 따가닥 따가닥 소리가 들리더니 말 탄 젊은 남녀가 물방울을 튕기며 지나간다.

3시 30분 엘간소에 도착했다. 오래된 시골 마을이다.

알베르게에 도착했지만 주인이 없다. 30명 정도 수용할 수 있다는데 부엌겸 식당 2층에 겨우 자리를 얻었다. 시골이라선지 마켓도 없고 부엌 시설도 빈약하기 이를 데 없다. 빵과 과자를 무료로 제공한다니 그것

돌담들은 이끼가 끼어있어 타임머신을 타고 몇백 년 전의 마을로 여행을 온 듯하다.

만으로도 고마울 수밖에.

방을 정해놓은 다음 혼자서 마을 구경을 나섰다. 조용하다. 너무 조용해서 사람 사는 마을인가 싶다. 낡아빠진 지붕에 서까래만 몇 개 지탱하고 있는 건물이 곳곳에 보인다. 골목길을 돌아가자 이상한 소리가 들린다. 눈을 돌려보니 썩은 나무 둥치에 하얀 고양이 한 마리가 눈을 빛내며 나를 쏘아보고 있는 게 아닌가. 몸이 오싹하다. 야트막한 돌담들은 이끼가 끼어있어 타임머신을 타고 몇백 년 전의 마을로 여행을 온 듯하다. 담 모퉁이를 돌아나가자 대문이 나오는데 낯익은 풍경이다. 우리 시골의 60년대를 연상케 한다.

성당을 지나가다가 창 넘어 들여다보니 먼지가 수북이 쌓여있다. 한때는 저안에 사람이 북적였을 것이다. 주일 아침이면 엄마 아빠 손을 잡은 아이들이 저 의자에 앉아 고사리 손으로 무언가를 빌었으리라. 이제 사람은 떠나가고 의자만 외롭게 앉아 누군가를 기다리며 저렇게 삭위어가고 있다.

마을 초입에 있는 바에 몇 사람이 술잔을 앞에 놓고 얘기를 나누고 있다. 순례자가 없다면 이 마을은 적막강산이겠다. 아까 말 타고 가던 사람 둘이 밖으로 나온다. 인사를 건넸더니 어디서 왔냐고 묻는다. 몇 마디 얘기를 나눈 다음 말에 오르기에 사진 한 장 찍을 수 있냐고 묻자 웃으며 포즈를 취해준다.

일찍 침대에 누웠다. 꽤 어두워졌는데 순례자들이 문을 두드린다. 주인은 그들을 내치지 않고 바닥에 메트리스를 깔아주며 자고 갈 수 있도록 배려를 한다. 나도 안심 하고 잠을 청한다.

오늘도 춥고 간간히 비가 내려 걷기 힘든 하루였다. 우리 방에는 침대가 다섯개 놓여 있다. 방이라지만 위층과 아래층 사이에 칸막이가 없어 한 공간이나 마찬가지다. 빨래와 수건을 걸어 아래층 불빛을 차단했다. 늦게 도착한 사람들이 들락거리며 샤워 하고 아래층 식당에서 밤늦게까지 얘기들을 하는 통에 잠을 좀 설쳤다.

스무이틀 째 (5월 18일)

엘 간소^{El Ganso} 에서 엘 아세보^{El Acebo} 까지

눈보라 뚫고 걷는 행렬은 한 편의 서사시

꽃은 꽃대로 피고, 눈은 눈대로 내린다.

순례자를 위한 알베르게가 돈벌이 수단으로 전락해 가는 듯

눈보라가 몰아친다. 순례자들은 앞만 보며 걷는다.

5시 30분 기상. 빵 한 조각 커피 한 잔으로 간단히 요기를 한 다음 출발. 먼 곳에서 아침이 밝아오고 있다. 아무도 없는 어둑어둑한 신작로를 따라 걷기 시작한다. 어제 온 비로 길이 약간 질퍽거린다. 바람이 차다. 장갑을 끼었는데도 손이 얼어버릴 것 같다.

오늘은 카미노 길 중에 가장 높은 봉우리를 넘어가는 날이다. 그 길에 있는 '철 십자가'를 지나게 된다. 아내는 철 십자가에서 직장 동료가 부탁한 일을 해야 한다고 했다. 직접 이 길을 걷지 못하는 사람들이 특별히 마음을 바쳐야 할 일들을 부탁하는 모양이다.

1시간 30분 정도 지나 라바넬Rabanal 마을에 도착했다. 대부분 돌집이다. 찻집에 들러 따끈한 커피 한 잔을 마시니 몸이 좀 풀린다. 찻집 벽에 빨래판이나 갈퀴 같은 옛 생활용품이 걸려있다. 60여 명의 주민이 산다는 작은 마을이다. 이곳은 중세부터 까미노의 길목이었단다. 험한 산을 넘기 위해 이 마을에 머물면서 몇 사람씩 그룹을 만들어 길을 떠났다고 한다. 산도적이나 산짐승, 그리고 카미노를 방해하는 것들로부터 순례자를 보호하는 기사단이 설치되었지만 이런 시골까지 그 힘이 미치기는 어려웠던 모양이다.

8시 15분 출발. 골목을 따라 올라가는데 중세 스타일의 돌로 만든 오랜 성당이 보인다. 들어가 조배를 드렸다. 이 작은 마을에 알베르게가 네 개나 있다고 한다. 이곳에서 묵었던 사람들이 둘씩 셋씩 무리를 지어 함께 오르기 시작한다. 바람은 여전히 드세다. 산길로 접어들었다.

길가에 꽃들이 만발했다. 후두둑 빗방울이 떨어지기 시작한다. 날씨가 심상치 않다. 배낭에서 우장을 꺼내어 썼다. 사람들이 여기저기 멈춰 서 비옷을 꺼내 입는다. 군데군데 눈이 쌓여있다. 간밤에 내린 모양이다.

오래 전 내린 눈이 군데군데 둔덕으로 남아있다. 그 둔덕들이 새로 내려앉기 시작한 눈들을 고스란히 받아주고 있다. 먼저 둥지를 튼 것들은 저렇게 나중 것들을 몸으로 받아 받쳐주기 마련이다. 먼저 이민 온 사람이 나중 온 사람을 위해 아파트를 잡아주고 교회를 인도하고 일자리를 찾아주며 터를 잡아주는 것처럼.

높이 올라갈수록 눈발이 세다. 눈이나 비가 오는 중에는 카메라를 꺼내기가 겁난다. 그래도 간간히 꺼내어 중요한 장면을 찍는다. 산 중턱쯤 올라와 아래를 보니 꽃이 만발했다. 노랗게 핀 금작화, 싸리꽃을 닮은 흰 꽃이 온 산을 덮었다. 계절이 계절인지라 꽃은 꽃대로 피고, 눈은 눈대로 내린다. 꽃과 눈이 어울려 산은 지금 한바탕 잔치를 벌이고 있다.

정상이 가까워 오는 모양이다. 바람이 몰아친다. 길은 군데군데 물이 고여 질척인다. 순례자들은 하나같이 모자를 눌러쓰고 비옷 속에 몸을 감추고 웅크리며 앞만 보며 걷는다.

안개가 몰려온다. 한치 앞이 보이지 않는다는 말이 어떤 의미인지 제대로 배우고 있다. 비가 오면 비를 맞으며, 바람이 불면 바람에 쓸리며, 진흙이 달라붙은 신발을 끌면서, 진창길에 빠지며 순례자들은 한발 한발 앞으로 걸어간다. 눈보라를 뚫고 걷는 행렬은 한 편의 서사시다.

길 가운데 철십자가 La Cruz de Hierro 가 높이 서 있다. 까미노길에서 가장 높다는 1,500m 지점이다. 순례자들이 산을 오르며 주워온 돌을 올려놓고 순례길의 안전을 빌던 장소였는데, 신비스런 이 철십자가는 수 세기 전부터 까미노의 전설적인 장소가 되고 있다고 한다.

먼저 도착한 아내가 철십자가 밑에서 기도를 올리고 있다. 무슨 기도를 했을까, 친구의 부탁도 받아왔다니 그것들까지도 모두 십자가 앞에서 털어놓았을 터이다. 기둥을 감고 있는 새끼줄 사이에 많은 쪽지들이 끼워 있다.

　나도 순례길을 준비하면서 만들어 온 부모님의 작은 사진을 철 십자가 기둥에 모셨다. 두 분의 결혼식 사진이다. 사모관대를 하고 나란히 찍은 신랑 각시, 스물다섯과 열아홉 꽃다운 시절 속에 두 분이 오래오래 평안하시길 빌어드렸다. 눈보라 속을 헤치며 다시 걷기 시작한다.

　두 분이 나란히 찍은 사진은 결혼사진 한 장 뿐이었다. 철들기 시작한 이후 몇 번 보았던 사진이었는데 미국에 살다가 어느 해 한국을 방문했을 때, 어머님 방에 그 사진이 걸려있는 것을 보고 사실은 좀 놀랐다. 그렇게도 여러 번 이사를 했었는데 어떻게 저 사진이 남아있을까. 어머님의 각별한 관심이 없었다면 남아나기 어려웠으리라.

　1976년 봄, 아버지가 돌아가셨다. 내가 대학 3학년 때였다. 가난한 서생, 천수답 다섯 마지기 재산으로는 먹고 사는 일조차 막막했던 상황. 올망졸망 일곱 남매를 혼자 키워 낼

일을 생각하면 기가 막혔을, 아직은 젊은 어머니의 심정을 나는 짐작조차 할 수가 없다. 어린 자식들을 위해 억척으로 40여 년을 사시다가 어머니는 작년에 아버지를 따라가셨다.

아버지 돌아가신 다음, 이따끔 술이라도 한 잔 드시면 "느그 아부지 만나각고…" 하시며 아버지에 대한 푸념을 늘어놓곤 했지만, 어머니의 깊은 속내를 어떻게 헤아릴 수 있었겠는가. 재능이 많았던 우리 어머니. 노래면 노래, 글씨면 글씨, 유창한 일본말에다 거침 없는 언변, 음식솜씨, 그리고 빼어난 인물. 당신 말마따나 어머니는 인생을 한 번 멋지게 살 수 있는 능력을 가진 분이었다.

내가 초등학교 입학하던 날, 어머니는 먹을 갈아 붓글씨로 내 이름을 써서 이름표를 달아 주셨다. 퇴근하신 아버지가 누가 이름표를 써주었는가 묻기에 어머니가 써주었다고 대답하자 놀라시던 모습이 기억에 남아있다. 아버지의 병 때문에 고향마을로 이주하여 살게 되었는데, 해주에서 여학교를 다니다 일제 말 남쪽으로 내려오신, 신교육을 받은 어머니의 재능은 시골에서 그대로 묻힐 수밖에 없었다.

홀홀단신 일본에 건너가 힘들게 유학을 마치고 돌아온 가난한 시골 출신 청년을 만나 결혼 했는데, 어머니 말씀에 따르면 아버지는 '참 멋대가리 없는' 분이었다. 그렇지만 그 말 속에 일곱 자식을 낳아 기르면서 살아온 애틋한 정이 담겨있음을 느낄 수 있었다.

산티아고 순례길을 준비하면서 두 분의 사진을 가져가 철십자가에 놓아드리기로 했다. 두 분이 만났던 70년 전 꽃 시절에 찍은, 누렇게 빛바랜 결혼사진을 작게 줄여 증명사진 크기로 만들었다. 교회 문턱이라곤 가 본 적이 없는 두 분에게 주님의 크신 은총이 함께 하시기를 기원하면서.

진흙탕 산길을 벗어나자 신작로가 나온다. 순례자들이 아스팔트 길을 따라 걷는다. 이따끔 자동차가 지나간다. 마을을 두 개 지난다. 알베르게 간판이 전광판을 희미하게 비추고 있지만 아무도 그쪽을 쳐다보지 않는다. 걷는 것만이 존재 이유라도 되는 양 줄을 지어 말없이 걷고 있다.

배가 고프다. 쉴 틈 없이 걸어왔으니 그럴 수밖에. 배낭 윗칸에 있는 과자 한 봉지를 나누어 먹었으면 좋겠는데 눈보라 속에 꺼낼 엄두가 나지 않는다. 앞서 걸어가던 김 선생이 치즈를 한 조각씩 나누어 준다. 아직 오늘 목적지에 도착하려면 한참 더 걸어가야 하는 모양이다.

배낭에서 어렵게 과자 봉지를 꺼내 집사람과 김 선생 내외에게 몇 개씩 나누어 주었다. 눈보라가치는 가운데 곱은 손으로 과자를 입에 넣는다. 뒤따라오던 두 명의 여자에게도 나누어 주었더니, 고맙다고 웃으며 받아먹는다.

이제 내리막길이다. 오르막이 끝나면 내리막이 온다. 그 내리막 끄트머리쯤에 가 닿으면 목적지에 도착하게 되는 모양이다. 얼마나 걸었을까. 눈보라가 멈추면서 멀리 마을이 보인다.

12시 50분, 엘 아세보El Acebo 에 도착했다. 마을 입구 알베르게에 사람들이 웅성거린다. 비 맞은 장닭처럼 후즐근한 모습들이다. 다음 알베르게도 사람들로 만원이다. 안내서에 의하면 성당부근에 자리잡은 알베르게가 비교적 평판이 좋고 부엌시설도 되어있다 했으니 그쪽으로 내려가 보자고 했다.

문을 두드렸다. 오픈시간인 1시 30분까지 밖에서 기다려야한단다. 그동안 마켓에 가서 저녁거리를 사오기로 했다. 국거리 몇 가지와 쌀, 그리고 와인 한 병을 샀다. 정각 1시 30분 문을 연다. 신발과 배낭을 아래층 복도에 놓아두어야 한단다. 신발이야 그렇다 치더라도 배낭을 침대 곁에 두지 못하게 하는 곳은 처음이다.

부엌에서 요리를 하려고 물어보니 주방시설을 사용할 수가 없단다. 이곳에서 만들어주는 순례자 요리를 사먹어야 한다는 얘기다. 안내책자에 주방이 있다는데 무슨 말이냐고 묻자 잘못된 정보라고 딱 잡아뗀다. 주방시설이 있는 걸 보니 주인이 방침을 바꾼 게 틀림없다. 순례자를 위해 세워진 알베르게가 돈벌이를 위한 수단이 되어가는 모양이다. 요리해 먹으려고 사 왔던 물건들을 마켓에 가서 사정을 얘기하고 반환했다.

샤워를 하고 나서 배낭을 정리하다가 선크림을 발견했다. 출발하기전 짐을 꾸릴 때, 아내가 넣어가라고 하기에 필요 없다며 빼놓고 왔는데 어떻게 이게 여기 있을까. 이것 때문에 그렇게 짐이 무거웠나 싶어지기도 해서, 생각 끝에 알베르게 주인에게 쓰시라며 주어버렸다. 고맙게 쓰겠다고 받아주어서 나도 덩달아 기분이 좋았다. 그 작은 병 하나를 덜었더니 배낭이 훨씬(?) 가벼워진 것 같다. 아무튼 줄일 수 있을때까지 배낭 무게를 줄이는 게 상책이다.

아직도 간혹 가랑비가 내리지만 밖으로 나와 마을의 이곳저곳을 돌아다니며 구경도 하고 사진을 찍었다. 20여호나 될까, 아주 작은 산골마을이다. 몇백 년이나 되었을까 싶은 낡은 중세풍의 집이 대부분이다.

개 한 마리가 절뚝거리며 지나간다. 누군가 3족구三足狗라고 소곤거린다. 다리가 세 개인 개다. 저렇게 태어났을까, 아니면 다쳐서 한 다리를 잘라냈을까. 다른 개들과 어울리지 못하고 한쪽으로 슬슬 피해 걸어가는 모습이 측은하다.

한국인 젊은이가 늦게 들어왔다. 서울 어느 대학 로스쿨에 다닌다고 한다. 비망록이 비치되어 있다. 한국인도 여러 명 흔적을 기록해 놓았다.

> '강남 스타일 덕에 유쾌한 저녁 식사가 되었습니다. 일단 싸이에게 감사하다는 말 먼저… 여기 모든 순례자들이 오늘처럼 유쾌하게, 재미있게, 남은 여정 마무리 하시길 바랍니다. 2012년 10월 19일 09시, 조동현'

한창 강남스타일이 유행하던 때였던 모양이다. 또 한 분은 이렇게 적어놓았다.

> '2012-01-10. 찬미 예수님! 영광 받으소서. 결혼 30주년 기념 순례. 황선호(베드로), 정맹옥(레지나). KOREA'

나도 한 마디 적어 놓았다.

저녁 식사시간. 이 집에 들어온 20여명이 한 자리에 모였다. 여러 나라에서 온 각양각색의 사람들이 돌아가면서 자기 소개를 한다. 비를 맞고 걸어온 사람들에게 따끈한 감자수프가 그만이다. 곁들여 나온 와인 한 잔은 그야말로 일미다.

식사를 마치고 마을 성당에 가서 저녁 미사를 보았다. 힘든 길이었지만 그래서 오히려 기억에 남는 하루였다.

침대에 누워 가만히 생각해보니 오늘이 5월 18일이다. 80년 광주가 떠오른다. 엊그제 같은데 어느새 30년 넘게 세월이 흘렀다.

미국에 이민 와 살다가 어느 해, 한국 방문 길에 망월동에 찾아간 일이 있다. 5.18희생자들이 누워있는 곳이다. 다녀온 다음 시 한 편을 썼다.「오월의 한 풍경(6) - 망월동에서」라는 제목이다.

望月洞 골짜기에
안개비 자욱하다

유언비어를 퍼뜨리는 자는 엄단한다. 계엄군이 임산부를 칼로…
그런 형편없는 말을 믿다니. 소문의 당사자, 최미애씨. 그녀는
임신 8개월 만삭의 몸으로 고등학교 교사였던 남편의 귀가를 기
다리며 집 앞 길에 서 있다가 계엄군의 총에 맞아 숨졌다. 그녀
의 비석 뒤편에 '당신은 천사였소'라는 남편의 말이 또렷하다.
그렇구나. 유언비어였구나. 총인데 칼이라니!

무등산 갈대밭 넘어
마파람 불어온다

스무사흘 째 (5월 19일)

엘 아세보^{El Acebo} 에서 까까벨로스^{Cacabelos} 까지

Cacabelos

31.3km

Acebo

싸리꽃이 만발했다. 꽃 세상이다.

꽃 천지, 찬미의 노래가 절로 터져 나오는

천국이 이런 곳일까. 저 속에 뛰어들어 꽃이 되고 싶다

거대한 성벽, 덩굴 덮인 언덕에서 십자군의 행진곡이

　동틀 무렵 출발. 비 그친 산천의 아침 공기가 맑고 상큼하다. 마을을 벗어나는 지점에 자전거 모양을 딴 추모비가 세워져있다. 자전거를 타고 내려오다 사고를 당한 독일인 순례자를 추모하는 조형물이다.

　언덕을 따라 내려간다. 저만치 골짜기 아래로 작은 마을이 한 눈에 내려다보인다. 마을에 이르는 넓은 산기슭에 하얀 싸리꽃이 만발했다. 꽃 세상이다. 저 멀리 높은 산에는 눈이 하얗게 쌓여있다. 산길을 따라 걸어간다. 길 양옆으로 싸리꽃이 넘실거린다.

　마을 입구를 지나간다. 처음 만난 돌집의 서까래는 낡았고, 지붕은 이끼가 파랗게 끼어있다. 간당간당 서 있는 기둥이 손가락으로 밀어도 금방 허물어 내릴만큼 위태위태하다. 세월이 지나간 흔적이다. 얼굴이 보송보송한 저 아가씨도 세월과 함께 저렇게 변할 것이다. 그러다가 어느 날 한 줌 흙이 되어 흔적도 없이 사라져 갈 터이다. 시간을 이겨낼 장사는 없다. 희랍신화를 보면 시간을 뜻하는 크로노스가 자

기 자식들을 잡아먹는 이야기가 나온다. 모든 것은 시간 앞에서 먹히고 만다. 존재하는 것들의 운명이다.

짧은 동네 길를 벗어나자 산길이다. 다시 꽃 천지다. 싸리꽃과 금작화, 그리고 크고 작은 이름 모를 꽃들이 온 산을 덮었다. 갈수록 아름다운 꽃 세상이다. 수천 수만 그루의 꽃나무가 품어내는 향기가 산에 가득하다. 새들이 지저귀는 소리가 아련히 들려온다.

아, 이런 곳이 천국이 아닐까. 비경이다. 저 속에 뛰어들어 나도 한 송이 꽃이 되고 싶다.

가톨릭 성가 2번 '주 하느님 크시도다'라는 찬미의 노래가 저절로 터져 나온다.

저 수풀 속 산길을 홀로 가며 아름다운 새 소리 들을 때, 산에서 웅장한 경치 볼 때, 냇가에서 미풍에 접할 때, 내 영혼 주를 찬양하리니 주 하느님 크시도다. 내 영혼 주를 찬양하리니 크시도다, 주 하느님.

꽃 속에 묻혀 한 여인이 사진을 찍고 있다. 아름답다. 역시 사람이 꽃보다 곱다. 저렇게 풍경 속에 사람이 있어야 비로소 한 폭의 그림이 완성된다. 꽃을 배경으로 사진을 찍고 싶냐고 물었더니 기다렸다는 듯 카메라를 건넨다. 남아공에서 온 아주머니인데 이름이 〈히데〉라고 했다.

콧노래를 부르며 산길을 내려간다, '태양의 찬가'가 하늘에 울려퍼진다. 오! 아름다워라. 저 하늘의 별들 형님인 태양과 누님인 달은. 오!

아름다워라. 어머니신 땅과 과일과 꽃들 바람과 물 갖가지 생명 적시는 물결…

산을 내려오자 큰 도시가 나타난다. 몰리나세까Molinaseca다. 성당의 종탑이 보이고 맑은 물이 흐르는 강을 가로질러 로마네스크 양식으로 된 다리가 놓여있다. 다리를 건너자 귀족들의 문장이 새겨진 집들이 양 옆으로 늘어선 골목으로 들어선다.

일행들이 자그마한 마켓 평상에 앉아 기다리고 있다. 이소다, 라는 덴마크 출신 여학생이 함께 앉아있다. 대학에서 석사과정을 이수중이라고 했다. 다시 발걸음을 옮기는데 이 도시가 일본과 자매결연 맺었다는 내용의 비석이 세워져있다. 20여명이 자전거를 타고 지나간다. 일요일이라 자전거 동호인들이 나들이를 가는 모양이다.

순례자 비가 보인다. 1925년에 태어나 순례 중 2005년도에 사망했다는 내용이다. 조셉 카티라는 분이다. 묘지 위에 돌멩이 하나를 올려드렸다.

포도밭이 많아지고 양떼가 풀을 뜯는 풍경이 보인다. 길가 한 저택 정문 위에 사자상이 조각되어 있다. 꽤 신분이 높은 귀족의 집인 모양이다.

머리가 허연 노인 순례자 한 분이 힘겹게 걸어가고 있다. 가만가만 발을 떼어 옮기는 모습이 바람만 세게 불어도 넘어질 것만 같다. 몇 살이나 되었을까. 저 몸으로 어떻게 순례길을 나섰을까. 아니면 도중에 무슨 병이라도 얻은 게 아닐까. 조심조심 지팡이에 몸을 의탁하여 걷고 있다. 얼마 남지 않은 생을 이 길에서 마무리하려는 듯, 더듬더듬 걸어간다.

마지막 순간이 어떻게 올까. 사람들은 생의 마지막을 모른 채 살아간다. 궁금하고 두렵고 겁나고 무서운 그 순간을 떠올리기조차 싫어한다. 시간은 한 치의 착오도 없다. 언젠가 그 순간이 오고야 만다. 그때, 이 시 한 편이 위로가 될른지 모르겠다. 기욤 아폴리네르의 「벼랑 끝으로 오라」는 시다.

> 그가 말했다 / 벼랑 끝으로 오라. / 그들이 대답했다 / 우린 두렵습니다. / 그가 다시 말했다 / 벼랑 끝으로 오라. / 그들이 왔다. / 그는 그들을 밀어버렸다. / 그리하여 그들은 날았다.

폰페라다Ponferrada에 도착했다. 거대한 성이 앞을 가로 막는다. 가스티요 성Castillo del Temple이다. 1178년 수도기사단의 수사들이 세운 곳으로, 산티아고로 가는 순례자들을 보호하던 템플기사단의 성이다. 천년 전에 지어진, 돌로 만든 거대한 암호 같다. 도시 높은 곳에 성이 지어졌다. 언덕 아래 강이 흐르고 깎아지른 절벽 위에 돌로 지어진 높다란 성이 위엄을 과시하고 있다. 저 성벽 위를 오가면서 기사들이 순례자들을 해하는 자가 있는가 눈을 부릅뜨고 내려다보았을 것이다. 저렇게 튼튼한 성을 짓고 기사단을 만들어 싸워야할 만큼 이슬람 세력이 순례길을 심하게 방해했다는 얘기다. 목숨을 헌 신짝처럼 버려왔던 순교자들의 눈물겨운 투쟁과 헌신이 있었기에 오늘날 기독교가 존재하고 성장해왔을 터이다.

그러나 한 편으로 저 성은 종교에 대한 인간의 의지와 집착을 나타내 주는 상징이기도 하다. 얼마나 많은 사람들의 눈물과 피와 땀이 저거대한 성에 묻혀있을 것인가를 생각하게 한다. 종교란 인간에게 과연 무엇인가를 다시 되돌아보게 한다.

강물은 예나 다름없이 흘러가고 있다. 덩굴로 뒤덮인 언덕과 계곡에서 음악소리가 은은하게 들려온다. 성지로 떠나는 십자군의 행진곡인지도 모르겠다.

시내 곳곳에 청동으로 만든 조각이 세워져있다. 이곳은 엘 비에르조 지방의 수도로 풍부한 지하자원이 부근에 있어 로마시대부터 큰 도시였다고 한다. 그래 그런지 경사진 골목 하나 하나도 눈에 띄게 잘 관리하고 있다. 자디 잔 돌멩이를 촘촘히 박아 만든 골목길이 독특하고 아름답다. 양쪽 벽에 스프레이로 낙서가 어지럽지만 대도시 어디서나 흔히 볼 수 있는 풍경이다.

성벽을 끼고 도는 강 위에 설치된 아치형 다리가 아름답다. 산등성이에 노랗게 피어있는 금작화를 배경으로 한 폭의 그림이다. 순천 선암사에 있는 승선교의 아름다움에 버금갈 수 있을 것 같다.

도심을 빠져나오는데 장터가 보인다. 오래된 책, 그림, 조각품, 고가구, 일상용품에 이르기까지 없는 게 없을 정도다, 신기해 보이는 물건이 있지만 무거워 가져갈 수 없으니 그림의 떡이다. 바로 옆 분수에 설치된 청동 조각이 또 일품이다. 예술에 관한 이 나라 사람들의 안목을 짐작할만하다. 부근 식당에서 점심을 주문해 맛있게 먹었다.

다시 걷기 시작한다. 먼 산을 쳐다보니 하얗게 눈 쌓인 산 위로 구름이 어지럽다. 소나기라도 한 차례 쏟아지려나보다. 길바닥에 산티아고 표지가 돌에 새겨져있다. 여전히 이정표가 길을 안내하고 있다.

시내를 벗어나자 길가 들꽃들이 보인다. 클로버꽃이 예쁘다. 시계꽃이다. 내 어린 손목에 어머니가 시계를 만들어 묶어주던 추억이 눈에 선하다. 눈에 익은 꽃은 더 반갑다. 누군가 꽃 한 송이를 꺾어 이정표 위에 얹어 놓았다. 저런 모습을 보면 떠오르는 얘기가 있다.

우리 동네 어떤 아주머니가 캐나다에 관광을 갔었는데, 들꽃이 하도 예뻐 몇 송이 꺾어 손에 쥐고 있었단다. 그랬더니 순찰하던 직원이 가만히 다가와 "꽃을 무척 좋아하시나보죠?" 슬쩍 말을 붙이더니 지나가더란다. 그 말의 의미를 곰곰 되씹어보니 부끄러워 얼굴이 화끈 달아오르더란다.

자그마한 도시를 두 개 지났다. 마켓 카트에 배낭을 싣고 가던 순례자(?)도 만나고, 리어카에 퇴비를 옮기는 농부도 지나갔다. 형편없이 망가진 집이 있는가 하면, 독특한 장식으로 눈길을 끄는 집도 있다. 깜보나라야Camponaraya를 지나자 포도밭이 많아지기 시작한다. 보이는 등성이 모두가 포도밭이다. 저렇게 포도가 많으니 각 지방마다 독특한 술을 만들어 낼만도 하겠다. 걸어오면서 보니 도시마다 각종 와인이 마켓에 넘쳐났다.

한국에서도 지방마다 독특한 술을 담궈서 먹었다. 농부들에게 막걸리는 식량과 함께 필수 음료 였으므로 가정에서 술을 만들었다. 명절이나 농번기가 되면 세무서에서 술 감독이 나와 한바탕 난리를 치곤했었다.

어느 해 백중 무렵이었다. 백중은 추석처럼 큰 명절은 아니지만, 숨가쁘게 농사일을 하던 농부들이 술을 담궈 먹으며 잠시 휴식을 취하는 날이다. 몸과 마음을 추스리면서 가을을 준비하는, 추석으로 가는 징검다리 명절인 셈이다.

이날, 달이 둥실 떠오르면 우리 시골에서는 인근 마을 여자들이 초등학교 운동장에 몰려와 강강술래를 했다. 처녀를 좇아 총각들도, 엄마 따라 아이들도 왔다.

"강가앙 수-월레에-" 느리던 템포가 "뛰어라 뛰어라 뛰띠나물, 강강술레"로 빠르게 바뀌면, 흥이 오른 청년들까지 처녀들 사이에 끼어들어 손에 손잡고 강강술래를 했다. 강강술래소리는 보드라운 밤 바람을 타고 멀리멀리 번져갔다. 달 빛 아래 산천이 아늑했다.

백중같은 명절은 물론 술 소비가 많은 농번기, 특히 보리타작과 모내기가 겹치는 시기는 거의 집집마다 술을 담갔다. 술밥을 찐 다음 누룩을 섞어 옹기동이에 담아 아랫목에 이불을 씌워놓으면, 며칠 후 술익는 냄새가 솔솔 나기 시작했다. 쌀로 담그는 막걸리가 많았지만, 진달래, 매실, 석류 등 철따라 얻게 되는 꽃이나 열매를 따서도 술을 빚었다. 그렇다고 마음대로 만들 수 있는 것은 아니었다. 밀조주를 금하기 때문이었다.

그 무렵이면 연례행사처럼 술 단속원이 마을에 나타났다. 주조장에서 술이 잘 팔리지 않는 마을을 골라 세무서에 부탁을 하면 사람을 내보낸다고 했다. 사람들은 그를 술 감독이라 불렀다. 그가 마을에 나타나면 온 마을에 금방 소식이 퍼졌다. 한번은 누군가 동네 마이크로 '술 감독 나왔다'고 광고를 한 덕택에 애먼 이장이 곤욕을 치르기도 했다.

어느 날, 술 단속을 나왔다. 소식을 들은 사람들은 술동이를 마을 뒷산이나 대밭 등에 숨기느라 바빴다. 걸리면 벌금을 물기 때문이다. 딸 그만네 할머니도 술동이를 이고 바쁜 걸음으로 숨기러 가던 참이었다. 그런데 마침 고샅길을 내려오던 술 감독과 딱 마주치고 말았다. 순간, 당황한 할머니는 갑자기 온몸에 힘이 빠지면서 손을 놓아버렸다. 술동이는 박살이 나고, 술 건더기가 골목길에 질펀하게 쏟아졌다. 온 골목에 술 냄새가 진동했다.

술 감독은 넋을 잃은 할머니를 가만히 바라보았다. 단속원을 빤히 쳐다보던 할머니가 갑자기 두 다리를 펴고 "아이고 아이고" 땅바닥에 퍼질러 앉아 목 놓아 울기 시작했다. 이를 바라보던 젊은 단속원은 잠

박교수, 일행 여러분과 함께 했던 식탁- 카카벨로스 노래사회

시 어쩔줄 몰라 하더니, 한참 후에 "할머니, 안 본 걸로 할테니 그만 그치세요" 하고 할머니를 달래기 시작했다. 동네사람들이 이 장면을 지켜보고 있었다.

한참을 더 울던 할머니가 갑자기 울음을 뚝 그치며 코를 팽 하고 풀더니, 치맛자락으로 눈물을 훔쳤다. 그리고 물었다.

"참말로 안 본 걸로 해줄티요."

"아니 할머니, 이렇게 증인이 많은데 거짓말을 하겠어요"

"오메 고마운거, 그런디 젊은양반, 다른 사람들은 으짤거시요"

잠시 망설이던 그는 "알았으니 그만 일어나세요. 저도 할머니를 모시고 삽니다" 하고 할머니를 일으켜 세웠다.

그날, 마을은 아무 탈 없이 지나갔다. 그 일로 동네사람들은 딸 다섯을 내리 낳자 딸은 그만 낳으라고 이름 지었던 딸그만네집, 그 할머니를 오래 기억하게 되었다. 달빛 환한 마당에 모깃불을 피우며, 평상에 앉아 도란도란 이야기꽃을 피우던 광경이 아른거린다. 지금도 어느 집 아랫목에는 술 익는 냄새가 나것다.

산등성이 몇 개를 넘자 까까벨로스Cacabelos가 나타난다. 오후 네 시다. 오늘의 목적지다. 알베르게를 찾아 방 배정을 받았다. 원형으로 된 꽤 큰 단층 건물인데 한 방에 두 명씩 쓰도록 되어있다. 지금까지 보지 못했던 독특한 구조다. 지은 지 오래지 않아 샤워장이나 화장실도 시설이 좋다. 까미노에서 만난 알베르게 중에 가장 좋은 숙소였다.

샤워를 하고 세탁을 마치니 소나기가 내린다. 콩알만한 우박이 섞인 비다. 박명철씨를 만났다. 한국인을 만나면 반갑다. 5월 30일 생장을 출발, 외국인과 함께 하루 40㎞정도씩 걸어 이곳 도착했단다. 하루 40

km 덕분에 무릎이 고장 났다며 발을 절뚝거린다. 어느 대학 교수인데 안식년이어서 이 길을 걷게 되었다고 한다.

빨래터에서 캐나다에서 왔다는 중국여인을 만났다. 엘리사라고 했다. 캐나다에 유학을 갔는데 학교를 졸업하고 직장을 잡아 그곳에서 살아가고 있단다. 휴가를 내어 이 길을 걷고 있다고 한다.

저녁식사는 순례자 메뉴인데 미리 주문을 받는다. 10유로다. 식당이 2km 정도 떨어진 곳에 있어서 자동차로 움직여야 한단다. 스무 명씩 앉도록 안내를 한다. 메뉴는 다른 곳과 비슷하게 감자국과 고기 한 조각 그리고 와인이 나왔다. 식사 후 맹숭맹숭한 분위기여서 내가 일어나 각자 소개를 하고, 자기나라 노래를 한 곡씩 부르도록 진행을 했다. 독일에서 온 마리아와 그의 친구, 체코 출신 치과의사, 닥터 박을 비롯한 우리 일행 등, 모두들 흥겹게 노래 하고 농담도 하면서 재미있는 시간을 보냈다. 어린애처럼 까르르까르르 웃으며 서로가 금방 친해졌다. 까미노가 주는 특별한 시간, 즐겁고 유쾌한 저녁이었다.

스무나흘 째 (5월 20일)

까까벨로스^{Cacabelos} 에서
베가 데 발까르세^{Vega de Valcarce} 까지

Vega de Valcarce

24.9km

Cacabelos

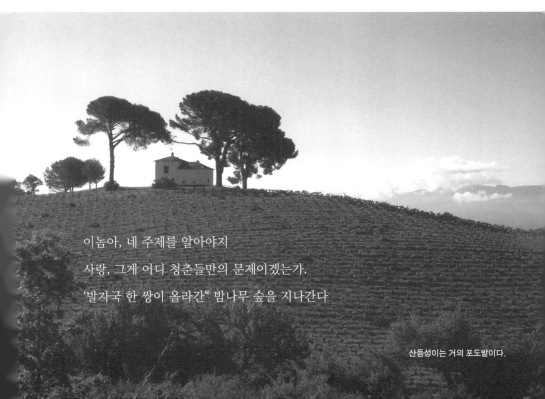

이놈아, 네 주제를 알아야지
사랑, 그게 어디 청춘들만의 문제이겠는가.
'발자국 한 쌍이 올라간" 밤나무 숲을 지나간다

산등성이는 거의 포도밭이다.

7시30분 출발. 길가 작은 바에서 아침을 먹었다. 커피 한 잔과 빵 한 조각으로 간단히 식사를 마치고 떠나려 하는데 주인이 문밖까지 따라 나와 와인 한 병을 선물로 준다. 아침 손님 몇 분께 특별히 드리는 선물이니 가져가 잘 마시라기에 엉겁결에 감사하다며 받았다.

문제는 거기서 시작되었다. 몇 걸음 걸어가다 생각해보니 우리는 지금 배낭을 지고 걸어가는 순례자였다. 짐을 줄이기 위해 얼굴에 바르는 로션까지 버려가며 걷는 처지에 이 무거운 와인을 짊어지고 가다니. 오늘 걸어야 할 거리가 30㎞가 넘는 먼 길이 아닌가.

배낭은 가벼울수록 좋다. 그래서 전문 산악인들은 짐을 꾸릴 때 칫솔 손잡이를 반으로 잘라내어 무게를 줄인다고 하지 않던가.

고맙게 받았지만 사정을 얘기하고 주인에게 반환하고 가는 게 좋겠다는 생각이 들었다. 난처한 내 마음을 읽었는지 아내가 선물을 준 사람에게 되돌려줄 수가 있느냐며 자기가 짊어지고 가겠다고 병을 달라고 한다. 그게 어디 될 법이나 한 일인가. 달라느니 안 된다느니 티격태격하는 모습을 보면서 함께 걷는 김 선생 부부도 마음이 편치 않은 모양이다. 자기네가 가지고 가겠다고 술을 달라고 한다. 선물로 받은 와인 한 병이 아침 분위기를 이상하게 만들어버렸다.

애물단지가 된 와인 병을 들고 걷기 시작했다. 그나저나 식당 주인은 사정을 빤히 알 텐데 왜 와인을 선물했을까. 순례길을 걷는 동안 신이 여러 가지 모습으로 나를 들었다 놓았다 시험하시는 게 아닌가 하는 생각이 들었다. 공짜 선물이라고 덥석 받은 내 모습을, 신은 어떤 눈으로 바라보았을까. 저녁 한 때 한 잔의 즐거움을 위해 무거운 와인을 안고 끙끙대며 언덕길을 올라가는 이 미련한 사람.

'이놈아, 네 주제를 알아야지! 공짜라면 사족을 못 쓰는 에라이 덜된 녀석 같으니라고!'

생각할수록 얼굴이 뜨거워졌다. 내 살아온 인생에서 분수를 모르고 설쳤던 때가 언제였을까. 진정한 노력이나 대가 없이 무엇을 바랐던 적은 없었는가. 내 속에 있는 나를 불러내 따지듯 묻고 또 물었다.

한 시간쯤 걸어가다가 발추야 데 아리바Valtuilla de Arriba라는 작은 마을을 지나는데 농기계를 고치고 있는 농부를 만났다. 여차여차하여 와인 한 병을 얻었는데 필요하면 드리겠노라 했더니 반갑게 받는다. 농부에게 와인 병을 건네주고 나서야 비로소 마음도 몸도 편안해졌다.

산티아고 순례길은 진정한 나를 만나는 길이다. 이 길에서 만난 각양각색의 사람들, 때로는 길가에 핀 들꽃 한 송이까지도 내 안의 나를 다시 바라보게 한다. 그들이 모두 위대한 스승이다. 이놈아, 네 주제를 알아야지! 찌렁찌렁한 소리가 귀에 쟁쟁하다.

밭 가운데로 난 자갈길을 걷는다. 출발할 때 참새 혓바닥만 했던 포도나무 이파리가 어느새 어린애 손바닥만큼 넓어졌다. 산등성이는 거의 포도밭이다.

잠바를 입은 중년 남자가 길가 탁자 위에 과일 몇 알과 과자 몇 개를 올려놓고 손님을 기다리고 있다. 좌판 앞에서 이소다를 만났다. 어제 몰리나세까에서 만났던 덴마크에서 온 여학생이다. 걸어가면서 얘기를 나누었다. 사귀던 남학생과 문제가 있어 까미노에서 결정을 해야겠다는 생각으로 이 길을 걷고 있다고 고민을 털어놓는다. 키스까지 했는데 마음에 걸린다고 허물없이 얘기를 한다. 청춘이 겪어내야 할 홍역이다. 저런 과정을 겪어내면서 인생의 의미를 새롭게 깨달아간

성벽으로 둘러싸인 것을 포함한 도시가 한눈에 보인다

다. 하지만 사랑, 그게 어디 청춘들만의 문제이겠는가.

　언덕을 넘어서자 중세풍의 아름다운 도시가 나타난다. 비야프랑까델 비레르조^{Villafranca del Bierzo}다. 이 도시 입구에 '용서의 문^{Puerta de Perdon}'이 있다. 산티아고 성당입구인 이 문은, 교황 칼릭스토^{Calixto} 3세가 교서로 "건강 때문에, 혹은 피치 못할 사정으로 순례를 할 수 없는 자가 이 문을 통과하면 산티아고에 도착한 것과 동일하다'고 인정한 곳이다. 2백㎞정도 남은 산티아고까지 도저히 갈 수 없는 사람을 위한 참 좋은 결정이라는 생각이 든다. 한국 방문 중에 "나는 항상 '고통 받는 이의 편' 이다" 고 하신 프란치스코 교황의 말씀을 떠올리게 한다.

　그렇지만 인간이 편의에 따라 신의 뜻을 해석하고 결정해 나가는 것이 과연 합당한가에 대한 의문이 들기도 한다. 그리스도의 본성을 둘러싼 논쟁이 일어난 니케아 공의회에 관한 교회사를 읽으면서도 같은 생각이 들었다. "인간은 삶이 두려워 사회를 만들었고, 죽음이 두려워 종교를 만들었다" 는 스펜서의 말이 떠오르기도 했다. 나 같은 사람 때문에 예수께서 "도마야, 만져보아야 믿겠느냐" 는 말씀이 있었는지도 모르겠다.

　팜플로냐^{Pamplona}를 지나면서 넘었던 용서의 언덕^{Alto de Perdon}에서 자신을 돌아보며 욕심을 내려놓았다면, 여기서는 죄를 고백하고 용서를 비는데 의미를 둔다. 건강하게 산티아고를 향해 계속 걸어갈 수 있다는 것을 감사해야겠다.

　성벽을 따라 걸어간다. 네 개의 탑으로 둘러싸인 이 성은 비야프랑카^{Villafranca} 후작이 갈리시아 지방으로 가는 전략적인 통로를 방어하기 위해 건설했다고 한다. 중세의 어떤 도시에 와 있는 것 같은 착각이 든다.

다운타운에 들어섰다. 꽤 큰 도시다. 마켓에 들어가 과일이랑 빵을 사서 길가 벤치에 앉아 점심을 먹었다. 다시 걷기 시작하는데 2층 아파트 유리창을 열고 할머니 한 분이 손을 흔들며 인사를 건넨다. 저런 게 사람 사는 냄새다. 나도 손을 흔들어 드렸다.

강 위에 세운 아치형 다리가 뒷산과 어울려 아름답다. 다리를 건너자 길이 둘로 나뉜다. 산등성이로 올라가는 길과 계곡을 따라 걷는 길이다. 등성이 길을 택하기로 한다.

길이 가파르다. 한참을 올라와 아래를 내려다보니 성벽으로 싸인 성을 포함한 도시가 한눈에 보인다.

길 양옆으로 봄꽃이 만발했다. 흰꽃, 노랑꽃, 갖가지 꽃과 나무들이 어울려 순례자를 반긴다. 이 나라 시인들은 이런 풍경을 어떻게 읊었을까. 아스라이 보이는 계곡 저 밑으로 길이 나있다. 저 아래쪽 길을 따라가는 것이 산등성이 보다 빠르고 힘이 덜 들 성싶다.

높은 곳에서 둘러보니 산 속 곳곳에 실핏줄처럼 길이 나있다. 걸어다니면 길이 생긴다. 길이 이어지는 곳에 집이 있다. 저렇게 깊은 산 속까지 사람들이 살고 있다. 자연에 기대어 살아가는 인간의 모습이다.

밤나무 숲이 시작된다. 넓디넓은 숲이 밤나무로 가득하다. 밤나무는 특별한 나무다. 그런 걸 눈치 챈 시인은 재미있는 시를 쓴다.

늦겨울 눈 오는 날 / 날은 푸근하고 눈은 부드러워 / 새살인 듯 덮인 숲 속으로 / 남녀 발자국 한 쌍이 올라가더니 / 골짜기에 온통 입김을 풀어놓으며 / 밤나무에 기대어 그 짓을 하는 바람에 / 예년보다 빨리 온 올 봄 그 밤나무는 / 여러 날 피울 꽃을 얼떨결에 / 한나절에 다 피워놓고 서 있었습니다.

정현종 시인이 쓴, 「좋은 풍경」이다.

그런데 시인은 하고많은 나무 가운데 왜 밤나무를 끌어왔을까. 밤꽃 피는 시절 밤나무골에 가 본 사람은 짐작할 것이다. 밤꽃 향기는 남자의 정액 냄새를 풍긴다. 봄이 오면 처녀 가슴에 바람이 든다, 는 말이 그냥 있는 말이 아니다. 봄이면 만물이 달떠 준동하는 것은 바람에 실려오는 밤꽃 냄새 때문이고, 온갖 것들이 짝을 짓고 종족을 보존해 가는 것도 밤꽃 덕택인지도 모르겠다. 자연의 신비다. 여기 밤나무 숲도 자세히 보면 '발자국 한 쌍이 올라간' 흔적이 여기저기 보인다.

목동이 양떼를 몰고 지나간다. 개 한 마리가 목동을 돕고 있다. 밤꽃 피는 밤 사랑하는 사람과 정을 나누고 가을이면 톡톡 밤송이 떨어지는 소리를 들으며, 양떼를 몰아 살아가는 산 사람들의 생활은 얼마나 행복할까. 그래서 백석은 사랑하는 나타샤와 함께 "산골로 가는 것은 세

상한테 지는 것이 아니라 / 세상 같은 건 더러워서 버리는 것이다" 라고 노래하지 않았을까.

산을 내려오자 트라바델로^{trabadelo}라는 작은 마을이다. 산길을 오르락내리락 돌아돌아 걸어왔지만 그 길에서 만났던 풍경은 오래 기억될 성싶다. 골짜기따라 지름길로 쉽게 온 사람은 경험하지 못했을 아름다운 세상을.

늦은 점심을 먹었다. 작은 마을 앞을 지나는데 지팡이와 물바가지를 들고 서있는 성 야고보 상이 서 있다. 그 밑에 '산티아고 190㎞' 라는 표지판이 새겨져있다. 3/4이상을 걸었다. 엊그제 시작한 성 싶은데 어느새 많이 걸었다.

도로 왼쪽으로 물 흐르는 소리가 경쾌하다. 원래 이 길은 유목민을 위한 작은 길이었다고 한다. 저만치 새로 난 고속도로가 뻗어있다. 함께 걷던 김 선생이 계곡에 내려가 발이나 씻고 가자는데 갈 길이 머니 그냥 가자고 했다. 그 때, 잠깐 내려가 발을 담갔으면 좋았을 텐데… 우리 살아가는 길목에 그런 적이 한두 번 이던가.

할머니가 장작을 패고 있다. 도끼를 들 힘이나 있을까 싶은 늙은이가 힘겹게 작업을 하고있다. 산다는 것은 저렇게 엄숙한 것이다. 가만히 바라보고 있는 나를 향해 입술을 호물호물 하시더니 쪼글쪼글한 웃음을 던진다.

어제 만났던 캐나다에서 왔다는 중국 여인 엘리사를 길에서 만났다. 흑인 청년과 둘이서 버스를 타러 간다고 한다. 저렇게 길에서 만나 금방 친구가 된다.

베가 데 발까르세Vega de Valcarce에 도착했다. 오늘의 목적지다. 앞산 꼭대기에 성루가 보인다. 망루에 올라가 망을 보면서 순례자를 보호했던 모양이다. 허물어졌지만 저렇게 유적이 있어 옛일을 증거하고 있다. 달빛에 젖으면 신화가 되고, 햇빛에 바래면 역사가 된다고 했던가. 저 오래된 망루가 역사의 소중함을 새삼스럽게 일깨워주고 있다.

산속 조용한 마을이다. 알베르게가 시설은 낡고 좁지만 부엌이 있으니 그나마 다행이다. 마켓에서 장을 봐다가 찌개를 끓여먹었다. 쌀밥에 고깃국을 먹었으니 부러울 게 없다. 전주에서 왔다는 두 젊은이가 들어왔다. 박일, 그리고 박설이 라고 했다. 결혼할 사이라고 한다. 신혼여행을 미리 온 모양이다. 식사를 마친 다음 와인 한 잔을 함께 나누었다. 산중 밤이 깊어간다.

스무닷세 째 (5월 21일)

베가 데 바르까르세^{Vega de Valcarce} 에서
뜨리아카스테아^{Triacastela} 까지

Triacastela

32.2km

Vega de Valcarce

끝이 보이는데 아쉽네!

허긴, 저물어가지 않는 몸이 또 어디에 있을 것인가

성 프란치스코보다 더 예수그리스도를 닮으려고

애쓰며 실천한 사람은 없다

7시 출발. 마을 뒷산 중턱에 골짜기를 건너는 다리가 두 개 놓여있다. 고속도로다. 저 다리가 놓이기 전까지는 조용한 산골마을이었는데, 소음 때문에 견디기가 어렵다고 푸념하던 알베르게 주인의 말이 생각난다. 이제부터 마을 이름이 상징하는 발까르세Valcarce 계곡을 따라 오세브리오로O Cebreiro 까지 오르막길을 걸어야 한다,

넓은 목장이 나타난다. 20여 마리 소떼들이 엷게 낀 새벽 안개 속에서 한가로이 풀을 뜯고 있다. 소가 고개를 움직일 때마다 딸랑딸랑 방울소리가 들린다. 목장 가운데 작은 개울이 흐른다. 어린 송아지가 어미젖을 파고든다. 저런 모습을 보면 엄마들은 두고 온 아이를 생각하며 핑그르르 젖이 돌 것 같다.

라스 헤레리아스Las Herrerias 마을을 지난다. 아주머니 한 분이 사진을 찍어 달라고 한다. 불란서 사람인데 이름은 '모기세', 나이를 물으니 일흔 일곱이란다. 옛 순례자들은 지팡이 하나에 물바가지 하나 달랑 들

고 길을 걸었다는데, 우산에 카메라에 들고 지고 줄레줄레 짐이 많기
도 하다.

30분 정도 나무숲을 이리저리 헤집으며 오르막길을 힘겹게 다다르
자 작은 마을 라 파바La Faba가 나온다. 레온 지방의 마지막 마을이다.
할아버지 한 분이 힘들게 올라오신다. 여든일곱 살이라고 했다. 하고
싶은 일을 하는데 나이가 무슨 소용이냐는 듯, 젊은 사람도 숨차게 올
라오는 길을 앞뒤로 작은 배낭을 걸쳐 메고 가만가만 발걸음을 옮기고
있다. 쥐면 바스러질 마른 나뭇잎파리 같다. 늙어 허물어가는 저 몸을
이끌고 어디로 가자는 말일까. 하긴, 저물어가지 않는 몸이 또 어디에
있을 것인가만.

독특한 지붕이 여기저기 눈에 띈다. 갈리시아 지방에서 곡식 저장
창고 역할을 한다는 오레오Horreos라고 했다. 지붕을 지푸라기로 엮은
형태다. 사람들의 생활양식에 따라 저렇게 풍경이 달라진다.

카페에 들어가 커피 한 잔을 주문했다. 조금 있으니 아주머니들이
몰려 들어온다. 그 중 한 분이 사이몬 아니냐며 두 팔을 벌리며 반가워
한다. 까까벨라에서 만났던 독일인들이다. 무릎이 아파 택시를 타고
여기까지 왔다고 한다. 반갑다. 이 길을 가면서 만난 사람들은 이렇게
금방 친구가 된다. 함께 기념사진을 찍자고 한다.

다시 길을 걷는다. 레온과 갈리시아 주 경계에 152.2㎞ 돌기둥이 서
있다. 갈리시아 주정부에서 세워놓은 표지석이다. 그곳에 한국어로
써 놓은 낙서가 보인다. '나는 해냈다!! Miran. 2011년 9월 30일' 또 있
다. '끝이 보이는데 아쉽네! 김용근. Jean' 같은 날 친구들끼리 이 길을
걸어갔는가 보다. 앞으로 500m 간격으로 사인이 계속된다고 했다.

뒤를 돌아보니 지나 온 길이 아득하다. 산꼭대기까지 목초지를 조성하여 양과 소를 키우고 있다. 부럽다. 멀리 골짜기 숲 속에 깜박깜박 숨어 있는 농가 몇 채가 그림 같다. 내가 걸어온 길이 저렇게 첩첩이 산이다.

앞서 가던 자매님과 아내가 고사리를 따고 있다. 그러고 보니 고사리가 사방에 널려있다. 맛있게 요리를 만들어 저녁에 먹어 보잔다. 지나는 순례자들이 뭐 하느냐고 묻기에 삶아서 요리해 먹을 거라고 하니 신기하다는 듯 고개를 갸우뚱한다. 저들의 나라에서는 고사리를 먹지 않나보다. 고사리 요리의 진미를 모르다니!

산꼭대기 마을 오세브리오로O Cebreiro에 도착했다. 돌로 만든 집들이 옹기종기 모여있는 풍경이 한 폭의 그림이다. 돌로 차근차근 벽을 만든 다음 짚으로 원뿔형 지붕을 얹은 가옥의 모습이 특별하다. 선사시대부터 이어온 건축양식이며, 고대 켈트 족들의 전통가옥인 팔로사Palloza다. 스페인에서 이 건축물이 가장 잘 보존되고 복원된 곳이 바로 이 마을이라고 한다.

돌 비석에 동판으로 만든 El Camino De Santiago 순례지도가 붙어있다. 야고보 성인의 순례여정을 표시해 놓은 지도다. 멀지 않는 곳에 돌 십자가가 서있고, 야고보 성인의 모습이 조각으로 새겨져 있다.

성당에 들어가 무릎을 꿇고 기도를 드렸다. Santa Maria 성당이다. 야고보 성인이 가만히 내 몸을 감싸주고 있다는 느낌이 든다. 한동안 그렇게 앉아 있었다.

이 성당은 전해오는 이야기가 있다. 기적의 성배이야기다. 14세기 비바람이 몹시 몰아치던 날 저녁, 높은 산 위에 있는 이 성당에 한 농부가 미사에 참석하기 위해 올라왔다. 그 농부를 보고 신부가 말했다.

"겨우 빵 한조각과 포도주 한 모금을 위해서 이 날씨에 여기까지 오다니".

바로 그 순간 빵이 예수님의 살로 변하고, 성배 안의 포도주가 피로 변하는 기적이 일어났다고 한다. 이 소식을 들은 주교청에서 성배를 모셔가기 위해 마차를 보냈는데, 성배를 실은 마차의 말이 움직이지 않아 하는 수 없이 이 성당에 그대로 모셨다고 한다. 그 때의 성배는 어디로 갔는지 없고, 지금은 복제품이 남아있단다.

성당 한 쪽에 프란치스코 성인을 기념하는 방이 있다. Francisco De Asis성인이 머물렀던 흔적이 기록되어있다. 프란치스코 성인은 1181년 이탈리아 아씨시Assisi에서 태어났다. 젊은 시절 온갖 방탕한 생활을 했지만 참전과 중병을 앓은 후 회개하여 수도회를 만들고 청빈한 삶을 살았다. 그는 평생 가난한 자와 병든 자를 위해 살았으며, 늑대와 새를 비롯한 동물들, 그리고 꽃들에게도 복음을 전했다고 한다. 성 프란치스코보다 더 예수그리스도를 닮으려고 애쓰며 실천한 사람은 없다고 한다.

그는 수많은 사람들에게 영적인 영향을 주었다. 그 보다 310년 후에 태어나 예수회를 창립한 이냐시오 성인도 그의 자서전에서 프란치스코 성인으로부터 큰 감화를 받았다고 밝히고 있다. 알다시피 예수회는 교육을 통한 선교에 중점을 두었는데 우리나라의 서강대학을 비롯 전 세계에 많은 학교를 세웠다.

좀 다른 이야기지만 그의 이름을 딴 프란치스코 교황이 2014년 한국을 방문하여 우리 국민에게 큰 울림을 남기고 갔다. 그 중에서도 "고통 앞에 중립은 없다"라는 말씀이 특별히 기억에 남는다. 종교가 어떤 역할을 어떠해야 하는 가를 온 몸으로 보여주신 분이었다.

　이 길을 걸으면서 혼자 노래 부르며 걷기도 하고, 때로는 시를 읊으며 걷기도 한다. 한 편의 시가 쉽게 그림으로 떠오르는 때도 있지만 어떤 시는 맨손으로 잡으려던 물속의 물고기처럼 내 앞에서 어른거리다가, 가까이 다가가면 어느새 알아차리고 달아나버린다. 어느 때는 손에 잡았는데 미끈 빠져나간 경우도 있다.

　고인이 된 정채봉 시인이 쓴 시 「들녘」을 읽을 때도 그랬다. 그런데 정호승 시인의 시평을 읽으면서 안개를 말끔히 지을 수 있었다. 프란치스코 성인은 이렇게 많은 사람들의 가슴에 남아 영을 밝히고 세상을 비추는 빛이 되고 있다.

　　　　냉이 한 포기까지 들어찰 것은 다 들어찼구나 /　네잎클로버 한
　　　　이파리를 발견했으나 차마 못 따겠구나 // 지금 이 들녘에서 풀
　　　　잎 하나라도 축을 낸다면 / 들의 수평이 기울어질 것이므로

　정호승 시인은 이 시를 평하면서, "정채봉 시인은 프란치스코 성인의 영혼이 깃들어 있는 시인이다. 6월의 '들녘에서 풀잎 하나라도 축을 낸다면 / 들의 수평이 기울어질 것이므로' 애써 발견한 네잎 클로버 이파리 하나마저 차마 따지 못하는 시인이다. 비록 그의 육체에 인간적인 약점과 실수의 흔적과 고통의 상처가 깊게 패여 있다 하더라도 그의 영혼만은 꽃과 새와 풀잎과 바람과 노래하던 프란치스코 성인의 영성이 깃들어 있다." 고 얘기한다.

산티아고_순례길따라_2000리

개 한 마리가 양지바른 문 앞에 누워 늘어지게 주무시고 계신다. 개 팔자가 상팔자다. 전통가옥 안에 들어가 보니 옛 사람들이 단출하게 살아가는 모습이 눈에 환히 그려진다.

선물가게 주인에게 공중 화장실이 어딘지 물어도 말귀를 알아듣지 못한다. 근처 식당에 들어가 물어 보아도 '화장실'이라는 단어가 통하지 않는다. 손짓 발짓으로 표현하자 그제서야 웃으며 안내를 해 준다. 남은 급한데 한가하게 웃다니.

아스팔트 길을 따라 걷는다. 멀리 눈 덮인 산이 빙 둘러있다. 옹기종기 모여 있는 마을과 그 사이로 흩어져 있는 파란 풀밭, 그리고 듬성듬성 보이는 숲들이 요정들이 사는 동화의 나라 같다. 하느님이 창조한 자연의 아름다움은 늘 우리의 상상을 뛰어 넘는다.

리나레스Linares 마을에 도착. 동네 입구에 마련된 의자에 앉아 점심을 먹었다. 산등성이에 자리 잡은 작은 마을이다. 체코에서 왔다는 한 가족을 만났다. 엄마와 아들 딸, 세 식구다. 딸이 웃으며 자기 이름이 Anna Horova라고 인사를 건넨다. 정박아로 보이는 아들을 앞세우고 천천히 걷고 있다. 딸이 큰 배낭을 짊어졌다. 걷는 사람들의 사연이 가지가지다.

골짜기 아래로 능선을 따라 미끄러지듯 길이 나있다. 산등성이는 목초지가 조성되어 있어 서 보이는 곳 모두가 푸른 세상이다. 골짜기를 휘돌아 넘자 능선에 꽃이 만발했다.

정상에 도착했다. 해발 1,270m. 바람에 날릴까봐 한 손으로 모자를 붙들고 걸어가는 동상이 서 있다. 거의 모든 산타아고 안내 책자에 등장하는 그 동상이다. 야고보 성인의 모습이다. 2인용 자전거를 타고 순례하는 노인 부부를 동상 앞에서 만났다. 올해 여든 살이라고 했다.

사람들은 저렇게 생각한 만큼, 생각을 행동으로 옮긴 만큼 살아갈 수 있다.

능선을 따라 오르락 내리락 걸어간다. 가까이 혹은 멀리 보이는 풍경들이 각각 한 폭의 그림이다. 울타리 넘어 피어있는 자잘한 꽃들, 아스라한 저 등성이 파란 풀밭에 묻혀 깜박깜박 풀을 뜯고 있는 양떼들, 암탉을 거느리고 모이를 쪼고 있는 수탉, 그리고 빨래줄에 걸려 바람에 흔들리는 옷가지들까지도,

길 위에 소똥이 어지럽다. 돌로 지은 성당에 종탑이 보인다. 가만히 문을 열고 들어가 조배를 드린다. 얼마나 오래된 성당일까. 담장을 쌓아놓은 돌 하나하나에 세월이 담겨있다.

꽃밭에 닭들이 마실을 나왔다. 장닭 한 마리가 네 마리의 암탉을 거느리고 유유히 꽃밭 사이를 누빈다. 앞서 언덕길을 힘들게 올라가던 뚱뚱한 아주머니가 힘겨운 듯 길가 돌 위에 털썩 주저앉는다. 스위스에서 왔는데 혼자 이 길을 걷고 있다고 한다. 50이나 되었을까.

응달에 눈이 쌓여있다. 최근에 내린 눈인가. 봄 마당에 겨울이 주춤거리며 저렇게 떼를 쓰고 앉아 있다. 고개를 넘으니 풍경이 달라진다. 소떼들이 방울을 울리며 풀을 뜯고, 자전거를 타고 가던 사람들이 자전거를 고치고 있다.

폰프리아Fonfria 마을이다. 마을길 여기저기 소똥이 유난히 많다. 저만치 소를 돌보고 있던 어떤 할머니가 우리 일행을 불러 세우더니 접시에 음식을 담아와 먹어보라고 권한다. 부침개 같은 밀가루 음식이다. 나그네에게 이런 친절을 베풀어주나 싶어 맛있게 먹었다. 먹고 나니 웃으면서 '머니, 머니' 한다. 주머니에 잡히는 대로 얼마를 집어 주었다. 어느새 할머니는 돈을 챙겨들고, 소를 몰아간다. 어느 안내서

에 보니까 이 할머니에 관한 얘기가 나오는데 주의해야 한다고 적혀있다. 글쎄… 이런 분들이 오히려 까미노를 더 재미있고 맛깔스럽게 하는 양념 같은 존재가 아닐까. 저런 사람을 몇 번쯤 더 만나도 좋을 성싶다.

골짜기 능선을 따리 길이 나있다. 길 위에 아무도 보이지 않는다. 시간이 멈추었다. 봄바람 속에 섞여있는 풋 냄새를 맡으며 천천히 걸어간다. 그래, 때로는 이렇게 아주 천천히 걸어갈 수 있어야해. 인생은 경주가 아니니까. 삶이 경주라면 게으름을 허용하지 않겠지만, 완주가 더 중요하잖아. 잠시 멈춘다 해도 얼마든지 다시 뛸 수 있잖아.

꽃밭 가운데 한 쌍의 남녀가 팔베개를 하고 누워있다. 아름답다. 언덕에 올라와 뒤돌아보니 아슬하다.

신발 한 짝이 이정표 위에 놓여있다. 한 짝은 어디로 갔을까. 짝을 이루어 있어야 하는 것들이 혼자 있으면 저렇게 외로워 보인다.

4시 30분, 뜨리아까스테야^{Triacastela}에 도착했다. 마을 입구에 서 있는, 종탑이 걸린 돌로 지은 작은 성당이 마을의 역사를 말해주고 있다.

마을 초입에 있는 알베르게에 방을 정했다. 마을을 걸어 내려가 6시에 시작하는 순례자를 위한 미사에 참석했다. 성당과 묘지가 함께 있는 게 이 지방의 특색이다. 이 마을은 인구가 80명 정도이며 25가구가 산다고 한다. 그렇지만 순례자들 때문인지 마켓이 제법 크다.

이곳 알베르게도 부엌을 쓸 수 없다고 한다. 부엌 시설은 있는데 왜 쓰지 못하느냐고 담당자에게 물었더니, 개스가 고장 났다고 한다. 몇 번이나 시설 개선을 요구했는데 아직 저대로라며 오히려 나에게 불평이다. 시정을 요구하는 이메일을 보내봐 주시겠냐고 나에게 제안을 한다. 그러겠노라 했더니 이메일을 적어준다.

그러고 보니 명색이 공공 알베르게인데 주방은 물론, 인터넷도 없고 먹는 물도 없다. 사다 먹으라는 말인가 보다. 알베르게 앞 음식점이 붐비는 이유를 알겠다. 오늘 저녁 요리를 해 먹자고 고사리를 꺾어왔는데 부엌이 없다니까 어쩔 도리가 없다.

간단히 물을 끓여먹을 수 있는 커피폿 같은 거라도 마련하면 좋지 않으냐고 담당자에게 물었더니, 자기 권한 밖이라고 한다. 이래서야 원… 원래의 까미노 정신이 상업주의에 물들어 오염되고 있는 현장이다.

날이 저무는데 아직 김 선생이 도착하지 않는다. 어디다 물어볼 수도 없고 걱정을 하고 있는데, 9시경 날이 어두어져서야 도착했다. 발이 아파 신을 신지 못하고 슬리퍼를 끌고 자동차 길을 따라 왔다고 한다. 13시간을 걸어온 셈이 되겠다. 새끼발가락 하나 때문에 도무지 신을 신을 수가 없었다고 한다. 까짓 새끼발가락 하나쯤, 하다가는 당신도 나도 힘들 수밖에 없다.

며칠 후, 담당자가 적어 준 곳으로 사정을 설명하고 시정을 요구하는 이메일을 보냈는데 결과가 어찌 됐는지는 모르겠다.

계산해보니 오늘 9시간 30분을 걸었다. 지나치게 많이 걸었다. 이렇게 좋은 길을 야금야금 음미하면서 천천히 걸어야 할텐데 오늘 좀 과했다. 피곤하다. 잠이 쏟아진다.

스무엿새 째 (5월 22일)

뜨리아카스테아 Triacastela 에서 사리아Sarria 까지

벽돌을 등에 지고 산티아고를 향해
그 먼 길을 걸어갔던 사람들
아득한 곳에서 천년의 소리가 들려왔다

Sarria

Triacastela

19km

내리막길을 기분 좋게 걸어간다. 맑은 새 소리가 숲 속에 울려 퍼진다.

오늘은 사리아^{Sarria} 까지 걷기로 한다. 가는 길이 두 갈래라고 했다. 사모스^{Samos}를 지나가게 되면 5㎞ 정도를 더 걷는 대신 도로와 나란히 놓인 쾌적하고 평탄한 길을 걷게 되고, 산실^{Sanxil} 쪽을 택하면 산길이지만 마을을 지나며 아기자기한 맛을 얻게 된다고 했다. 사모스^{Samos} 쪽은 자동차 소음이 많고 단조로울 성 싶어 산실^{Sanxil} 쪽 길을 택하기로 했다.

7시 50분 출발. 어제 딴 고사리 뭉치, 그리고 이곳에서 샀던 내복을 알베르게에 놓고 간다. 짐을 줄이는 게 무엇보다 필요하다. 아내는 고사리를 놓고 가는 게 마음에 들지 않는 모양이다. 애써 딴 고사리니 오늘 저녁에 가서 먹으면 좋지 않겠냐고 하지만, 오늘 묵게 될 알베르게에 부엌이 있다는 보장도 없을뿐더러 그거 좀 먹겠다고 20㎞ 먼 길을 그만큼 더 무거운 짐을 지고 간다는 게 말이 안 된다는 게 내 판단이다.

마을 길가에 허물어져가는 집이 보인다. 10세기에 이 마을이 건설되었다니 천 년의 역사를 간직한 곳이다. 전통 까미노의 길 그대로의 모습이다. 천 년 동안 이 길을 얼마나 많은 사람들이 지나갔을까. 천 년 전에 이 길을 갔던 사람들은 어떤 모습이었고, 무슨 생각을 하면서 또 이 길을 걸었을까.

이 지방에서 질 좋은 벽돌이 나온다고 했다. 선입견 때문인지 집들이 기품이 있어 보인다. 중세 때 순례자들이 여기서 벽돌 하나씩을 가지고 산티아고에 갔다고 한다. 산티아고 성당을 짓는데 기여하고 싶어 벽돌을 등에 지고 그 먼 길을 걸어갔던 사람들의 마음을 짐작해본다.

산실^{San xil}이라는 시골 마을을 지난다. 골목 여기저기 소똥 닭똥이 널려있다. 수탉이 목을 늘어뜨리고 기세 좋게 울어재긴다. 암탉 세 마리를 거느리고 길을 건너는 한 마리 수탉이 제법 의젓하다. 마을이 끝나는 곳, 산길로 올라가는 길 목 오른쪽 잔디에서 야영을 했던 남녀가 텐트를 접고 있다. 눈을 비비며 '굿모닝' 아침 인사를 건넨다. 약간 계면쩍은 웃음을 웃는다. 괜찮아요, 괜찮아…

아일랜드에서 왔다는 여자를 만났다. 고등학교에서 영어교사를 하고 있다고 한다. 이름은 캐롤라인. 내가 다니는 미국 순교자 성당에 계셨던 진요한 신부님의 고향이 아일랜드라고 했더니, 자기 나라에 대해 한참동안 얘기해 준다. 서른한 살 나이에 걸맞게 씩씩하게 잘도 걸어간다.

자전거족들이 질척거리는 산길을 힘들게 올라간다. 어제 밤에 비가 온 모양이다. 바퀴에 붙은 흙을 떼어내느라 자꾸 멈춘다. 자전거를 밀어주었더니 뒤를 돌아보며 노인이 환하게 웃는다. 골짜기를 빠져나와 언덕에 올랐다. 일본인 부부가 손짓을 한다. 같은 동양인이라 친밀감이 가는가 보다. 이 길에서 세 번째 만난 일본인이다.

울창한 숲을 따라 난, 내리막길을 기분 좋게 걸어간다. 맑은 새 소리가 숲 속에 울려 퍼진다. 후레라Furela 마을을 지난다. 중년쯤의 아줌마가 퇴비를 나르고 있다. 이곳도 여인들 때문에 집안이 지탱 되는 모양이다. 모퉁이를 돌자 소똥 말똥 냄새가 확 풍겨온다.

작가 마르셀 푸르스트는 "향기가 기억을 이끌어낸다"고 했다. 향이 뇌의 기억중추인 해마를 활성화하기 때문이란다. 시청각보다 후각에 각인되면 오래가는 기억으로 남는단다. 그래서일까? 소똥 냄새가 나를 단번에 어릴 적 고향으로 데려간다.

중학을 졸업하고 4년 간 농사를 지었다. 농사는 흙을 다루는 일이다. 흙이 실해야 곡식이 잘 자란다. 거름 한 짐에 나락 한 가마니라고 했다. 그만큼 논밭은 거름이 필요했다. 풀을 베어다가 소똥이나 인분에 섞어 퇴비를 만들었다. 풀을 베어 나르고 퇴비를 옮기는데, 익은 곡식을 들에서 집으로 옮겨오는데도 지게가 필수였다.

아, 지게. 그놈의 지게질. 여물지도 않는 나이에 지게로 짐을 나르는 일은 너무 힘들었다. 무거운 짐을 지고 언덕을 오를 때면 숨이 컥컥 막히고 한 발을 내 딛기가 어려웠다. 짐을 부렸을 때의 시원함이라니… 지게를 생각하면 지금도 그때의 고통스러웠던 기억이 떠오르면서 어깨가 움츠려진다. 그래서 내가 배낭 무게에 관해 유독 민감한 반응을 보이는지도 모르겠다.

어! 저만치 앞서 걷는 어떤 사람이 일행의 배낭을 받아 앞뒤로 짊어지고 걷기 시작한다. 동행인이 배낭을 짊어지고 갈 수 없는 일이 생겼을까, 힘들어하는 일행의 고통을 덜어주기 위해선지도 모르겠다. 무거운 배낭을 지고 겅충겅충 걷는 사람을 멀찍이 바라보면서 걸어간다. 남의 짐을 대신 짊어진 저 분이 갑자기 커 보인다.

저 분은 누구일까. 나도 저렇게 옆 사람의 아픔을 흔쾌히 나누어 짊어지고 갈 수 있을까, 를 생각해본다.

누구나 살아가면서 육체적 정신적으로 힘들고 어려운 고비를 만나게 된다. 그런 고비를 겪으면서 상처를 받는다. 금방 아무는 상처도 있지만 평생을 혼자서 견뎌내야 하는 상처도 있다. 아무도 그 아픔을 대신 앓아 줄 수가 없다. 그런데 그리스도는 세상의 모든 죄(상처)를 짊어지고 가는 분이라고 했다. 일행의 배낭을 빼앗아 짊어지고 가는 저기저 사람처럼 내 상처까지 몽땅 그 분에게 맡겨드리면 된다고 했다.

사람은 상처로부터 성장한다. 상처의 깊이와 무게에 따라 삶의 성숙도가 달라진다. 철저히 아파본 사람만이 타인의 아픔을 감각할 수 있다. 내가 아파봤기 때문에 아픈 사람을 이해할 수가 있다. 내게 일어난 고통의 본질을 알기 때문에 고통을 겪고 있는 사람의 가슴 깊은 곳까지 들어갈 수가 있다.

내가 가지고 있는 상처의 깊이는 얼마나 될까. 내가 짊어지고 가는 삶의 크기는 또 얼마큼인가. 배낭이 무겁다고 불평해왔던 자신이 갑자기 부끄러워진다.

길가에 버려진 집이 보인다. 한국 농촌도 버려진 집들이 많다고 들었다. 농촌인구가 줄어드는 것은 어느 나라나 마찬가지인 모양이다.

숲이 우거진 동굴 속, 아무도 보이지 않는 호젓한 길을 혼자서 간다. 터널을 빠져나가자 트랙터를 몰고 일터로 가는 농부가 '부엔 까미노' 하며 손을 흔든다. 나도 '부엔 까미노' 대답을 해 준다.

바람이 좀 쌀쌀하다. 휴게소가 보인다. 개 한 마리가 돌담 위에 앉아 오가는 사람들에게 꼬리를 흔들어 주고 있다. 휴게소에 앉아 마시는 따뜻한 커피 한 잔이 차암 좋다. 빵 조각이 입안에서 사르르 녹는다. 행복이란 게 별거 아니다. 내 마음을 읽었는지 맞은편에 앉은 아내가 가만히 웃는다. 소리 없이 웃는 모습이 이쁘다. 길을 걷기 시작한 이후 사람이 귀하다는 생각이 자꾸만 더 든다. 이 길이 주는 은총인지 모르겠다.

끝이 보이지 않는 풀밭. 풀을 베어 눕혀 놓았다. 마르기를 기다려 사료로 묶어 낼 예정인가보다. 저렇게 풀이 풍부하니 목축업이 성할 수밖에. 풀 한 짐을 베기 위해 한나절 내내 들판을 헤매던 어린 시절이

개 한 마리가 돌담 위에 앉아 오가는 사람들에게 꼬리를 흔들어 주고 있다.

산티아고_순례길따라_2000리

생각난다.

마을을 지나던 중, 어느 농가에 들어가 보았다. 주인을 불렀지만 기척이 없다. 창고에 트랙터 한 대가 있고, 바로 옆 창고에 마른풀 덩이가 널려있다. 마당 한 켠에 장작더미가 쌓여있는데 비닐로 덮어 놓았다. 그 부근에서 닭 몇 마리가 흙바닥을 헤집으며 모이를 쪼고 있다.

길 건너편에서 소떼가 한가히 풀을 뜯고 있다. 옆에는 불룩한 내용물을 비닐로 덮어 놓은 위에 바람에 날리지 못하도록 자동차 폐타이어를 또 얹어 놓은 모습이 보인다. 아마도 퇴비를 숙성시키는가 싶다. 누구에게 물어보고 싶지만 사람이 보이지 않는다.

길가에 '소 그림'이 그려진 표지판이 보인다. 소를 조심하라는 말인지, 마을에서 소를 많이 기른다는 말인지….

농가 뒤뜰에서 사내가 장작을 패고 있다. 땀을 뻘뻘 흘리며 도끼질하는 모습을 보며 D.H. 로렌스의 소설 「채털리 부인의 사랑」이 생각났다. 맬로즈가 웃통을 벗고 장작을 패던 장면, 그리고 그 모습을 훔쳐보던 코니의 모습이 함께 떠오른다.

1시 30분경 사리아Sarria에 도착. 갈리시아 지방에서 두 번째 큰 도시다. 벽에 낀 이끼들이 역사를 말해주고 있다. 강변 목련꽃이 곱고, 맑은 물에 오리 몇 마리 한가로이 노닐고 있다. 이곳은 켈트족이 많이 살고 있어, 축제 때면 백파이프 음악에 맞춰 치마를 둘러 입은 사람들이 어김없이 등장한다고 했다.

공립 알베르게에 들렀는데 부엌이 없단다. 부엌시설이 있는 사설 알베르게를 찾아 갔다. 8유로다. 오래된 건물을 알베르게로 개조했다고 한다. 몇 년이나 되었을까. 공립 알베르게에 벌써 여러 번 부엌이 없다고 하는데, 정책적으로 그러는지도 모르겠다. 천 년을 이어오는 까미

산티아고_순례길따라_2000리

노의 본질이 퇴색해 가는 징조다.

일정을 계산해보니 예정보다 3일정도 빨리 끝나게 될 성 싶다. 미국에 전화를 걸어 딸내미 수지에게 산티아고에서 마드리드까지 끊어 놓았던 비행기 티켓을 취소할 수 있는지 알아보라고 했다. 보험을 들었으면 환불이 가능한데 그렇지 않았기 때문에 불가능하다는 대답이다. 350유로를 날리게 됐다. 우리가 너무 빨리 걸었나?

빨래를 해서 줄에 널어놓은 다음, 마켓을 다녀왔다. 대형 마켓이다. 물건을 사서 들고 오는데 저만치 낯익은 분이 배낭을 메고 터벅터벅 걸어오고 있다. 까까베로스에서 만났던 박명철 선생이다. 이렇게 반가울 수가! 우리 알베르게에 함께 묵게 되었다.

엊저녁에 못 먹었던 한국음식이 푸짐하게 마련되었다. 와인을 곁들인 식탁이 풍성하다. 김사장 부부, 우리 부부, 그리고 박선생이 함께 모였다. 박선생이 그동안 만났던 학생들의 행태에 대해 얘기를 한다. 이 좋은 길을 걸으면서 요령껏 학점만 따려고 하는 애들, 그리고 비싼 돈 주고 여기까지 왔으면 무언가 가슴에 남는 여행이 되어야 할텐데 그렇게 보이지 않는 아이들 때문에 가슴이 아프고 속이 상한다는 말이었다.

얘기를 나누다 보니 어느새 밤이 깊었다. 이층에 방을 배정받았다. 잠깐 잠이 들었다가, 목이 말라 눈을 떴다. 새벽 두 시. 더듬더듬 돌계단을 따라 아래층에 내려갔다가 한참 동안 어둠 속에 서 있었다.

깜깜한 저 넘어 세상, 아득한 곳으로부터 천년의 소리가 아스라히 들려온다. "두~ㅇ, 둥. 두둥 둥…"

스무이레 째 (5월 23일)

사리아^{Sarria} 에서
뽀르토마린^{Portomarin} 까지

내 발로 걸어 이 길을 갈 수 있다는 게 은총

말기 암 환자 아내를 휠체어에 태워 함께 걷고 있는 남편

이곳 경치에서 아이디어를 얻어 제주도 '올레길'을 만들다

Portomarin

22.4km

Sarria

밭둑에 검정색 돌담을 나지막이 쌓아 놓았다.

6시 30분 기상, 7시 40분 출발. 성당 종탑 위에 아침 햇살이 밝다. 칼을 들고 앉아있는 길가의 석조상 무사가 '내가 지켜줄테니 안심하고 끝까지 잘 걸어가라'고 아침 인사를 건네주고 있다.

도시를 벗어나자 한가로운 시골 풍경이다. 쌀쌀한 아침 공기가 걷기에 안성맞춤이다. 쌓인 피로를 말끔히 씻어낸 때문인지 모두들 발걸음이 가볍다. 새벽에 먼저 출발한 김 선생은 어디쯤 가고 있는지 모르겠다.

이곳 사리아Saria에서 까미노를 시작하는 사람들이 많다고 했다. 100km 이상을 걸어 산티아고에 도착하는 사람만이 증명서를 받을 수 있는데, 바로 이곳이 그 정도의 거리에 해당하는 곳이기 때문이라고 한다. 오늘은 유난이 걷는 사람이 많다는 생각이 들었는데, 미처 그 생각을 하지 못했다. 그리고 보니 조금 전, 함께 걸었던 한국에서 왔다는 모녀도 어제 사리아에 도착하여 오늘부터 걷기 시작한다지 않던가. 사정상 완주가 어려운 경우, 짧은 여정이지만 이 길의 맛을 보고 싶다면 여기서 출발하는 게 좋겠다는 생각이 들기도 한다.

두 시간쯤 걸었을까. 바Bar가 보인다. 바에 들어가니 지난 번 만났던 독일 친구들이 두 손을 흔들며 "하이, 사이몬!" 하며 반갑게 인사를 건넨다. 여섯 명이 어울려 즐겁게 걷고 있다. 잠시 쉬었다가 출발 하려는데 기호승 선생과 알렉스가 막 도착한다. 저 두 사람은 처음부터 마음이 맞았는지 지금까지 저렇게 함께 걷고 있다. 천천히 쉬었다 오라며 우리 먼저 자리를 떴다.

천 년 묵은 나무 앞을 지난다. 천 년 정도 나이를 먹으면 나무도 저렇게 쭈글쭈글 늙게 되고 여기저기 곰팡이가 슬고 구멍이 나는가 보다. 나무 앞에 물건들이 놓여있고 도네이션 박스가 있다.

앞서가는 앳된 소년에게 말을 걸어보니 독일에서 왔는데 올해 열다섯 살이란다. 학교는 어떻게 하고 먼 길을 왔냐고 물었더니, 2주간 방학이라서 누나와 함께 와서 걷고 있다고 한다. 이름은 데이빗. 저 어린 나이에 이 길을 걷겠다고 나선 게 기특하다. 유럽 사람들이야 멀지 않는 거리니 그럴 수 있겠다 싶기도 하다.

나는 저 나이 때 무얼 했을까. 그래, 먹고 살기 위해 시골에서 지게질하고 풀 베며 농사를 짓고 있었구나.

농가 뒤뜰에 짐승의 먹이통이 놓여있다. 좀 높이 걸린 걸 보니 소나 말을 위한 먹이통인가 보다. 철망 속에 닭이 여러 마리 보인다. 저 놈이 좀 전에 기세 좋게 울어재끼던, 그 울음소리의 주인공이었나.

소떼가 길을 막고 걸어간다. 할아버지 목동은 지팡이를 들고 게으르게 걷는데, 개 한 마리가 소들을 몰아간다. 다른 길로 들어선 소를 몰아가 데려오고, 소들이 멈추면 짖으면서 빨리 가도록 채근한다. 세퍼트 한 마리가 몇 사람 몫의 일을 하고 있다. 언제부터 인간이 짐승을 길들여 짐승을 기르게 되었을까.

아까 바에서 만났던 기호승 선생과 알렉스가 어느새 뒤따라왔다. 그들이 바에서 만났던 어느 부부의 얘기를 전해 준다. 마침 옆자리에 앉아 커피를 마시던 외국인 부부와 얘기를 나누게 되었는데, 말기 암 환자인 아내를 데리고 걷고 있는 중이라 했단다. 평소에 이 길을 걷기를 소원했던 아내가 가다가 죽어도 괜찮으니 데려가 달라고 애원을 해서 휠체어에 태워 함께 여행을 하는 중이라는 얘기였다. 가슴 뭉클하고

천 년 묵은 나무 앞을 지난다.

짠한 사연이다. 그 부부가 가는 길에 치유와 은혜의 손길이 함께 하시길 기도하면서, 이렇게 내 발로 걸을 수 있다는 게 은총이라는 생각을 다시 하게 된다.

브레아Brea 마을을 지난다. 작은 공터에 어린이 놀이터가 있다. 폐타이어를 이용해 그네 를 만들고, 나무토막 몇 개를 잇대어 사다리 놀이터를 만들어 놓았다. 어린아이를 소중히 여기는 이 동네 어른들을 생각한다. 내 어릴 적, 흙바닥에 금을 그어가며 땅따먹기 놀이를 했던 일. 책장을 뜯어내 접어 딱지 따먹기를 했던 일이 떠오르기도 한다.

길가 어느 집 앞에 지팡이를 모아 항아리에 꽂아 놓았다. 가격표가 붙어있지 않는 걸 보니 필요하면 가져다 쓰라는 뜻일까. 아니면 팔려고 내놓았을까.

산길로 접어든다. 일렬로 늘어선 떡갈나무들이 가지를 뻗어 순례자들에게 경례를 붙인다. 길바닥에 돌로 만든 까미노 표지가 보인다. 때론 노랑색 표지로 담벼락에, 때로는 나무 위에, 다리 난간에, 붙여 놓았다.

밭둑에 검정색 돌담을 무릎 높이로 나지막이 쌓아 놓았다. 여기저기 같은 모습이 보인다. 제주도에서 많이 보았던 풍경이다. 산티아고 까미노의 이런 경치에서 아이디어를 얻어 제주도 출신 서명숙씨가 제주도를 걸어서 한 바퀴 돌 수 있도록 '올레길'을 만들었다. 이 길을 다녀간 문규현 신부도 안도현 시인을 비롯한 지역 문인들과 종교인, 그리고 자치단체와 힘을 합쳐 전북 지역에 '아름다운 순례길'을 만들었다. 그 후, 우리도 우리 땅을 걸어보자는 생각이 번져, 여러 지역에 순례길이 생겨났다는 소식을 들었다.

장작을 쌓아놓은 집이 많은 걸 보니 이 지방 겨울이 만만찮게 추운가 보다. 길가 지붕 위에 이끼가 담뿍 끼었다. 저 집은 도대체 몇 년이나 되었을까. 몇 년에 한 번쯤 지붕을 갈아주는 것일까. 저 지붕은 무엇으로 만들었을까. 나무일까 돌일까. 가까이 가 보니 얇은 돌을 이어만든 지붕이다. 담장도 벽도 지붕도 모두 돌로 만들었으니, 천만 년이 가도 저렇게, 꼭 저런 모습으로 지탱이 될 것 같다. 이곳 사람들의 건축술이 놀랍기 그지없다.

농가 창고에 승용차 한 대, 바퀴 셋 달린 차가 주차되어 있다. 저 차는 무슨 용도로 쓰이는 차일까. 농부에게 물어보고 싶었는데 바쁜 일이 있는지, 아니면 무어라 물어도 말이 통하지 않아 대답을 할 수 없을 성 싶어 피하는지, 급히 자취를 감춘다.

저만치 앞서 가던 아내가 손짓을 한다. 무슨 일인가 싶어 가보니 '100km' 표지석 앞에 서 있다. 드디어 100km 지점까지 오게 되었다. 표지석에 여러가지 언어로 이름이 적혀있는데 한국 이름도 보인다. 박일, 한신자… 이제부터 카운트 다운이 시작된다.

페레이로스Ferreiros. 이름에서 알 수 있듯이 대장간이 있던 마을이란 다. 마을 공동묘지가 보인다. 성당과 묘지가 함께 있다. 함께 살던 동네 사람들이 저 곳에 누워있으니, 죽은 후에도 매 주일 성당에 나오는 이웃 사람들과 인사를 나눌 수 있겠다. 삶과 죽음이 함께 한다. 죽은 후 까지를 배려한 갈리시아 사람들의 지혜다.

이번에는 할머니 한 분이 소 떼를 몰아오고 있다. 예외 없이 셰퍼드 한 마리가 충직한 일꾼이다. 늙어서도 한몫하면서 살아가고 있으니, 밥맛도 좋고 밥상머리에 당당하게 앉을 수 있으시겠다.

풀 깎는 기계를 몰아 농부가 풀을 베고 있다. 조금 전, 어느 농가의 창고에서 보았던, 바퀴가 셋 달린 바로 그 기계다. 넓은 풀밭을 빙빙 돌면서 능숙하게 풀을 베어내고 있다. 언덕 하나를 넘었더니 이번에는 트랙터를 동원하여 베어놓은 풀을 묶는 작업을 하고 있다. 언젠가 고향을 방문했을 때, 소를 키우던 마을 형님이 했던 말이 생각난다.

"이 나라에서 축산업을 하다는 것은 일제 때 독립운동하는 것만큼이나 힘든 일일세. 축산은 100% 수입 사료에 의존하고 소에게 먹일 풀도

100% 수입에 의존하는 실정이라네."

저렇게 기계를 동원하여 풀 관리를 해야 할 만큼 넓은 목초지를 가진 나라지만 스페인이 요즈음 경제적으로 매우 힘들다고 한다. 그래서였을까. 부엌의 개스 곤로를 고쳐달라고 요청했지만 몇 달이 지나도록 반응이 없다는 까까베로스의 알베르게 직원의 말이 생각난다

이끼 낀 돌담 곁에 오래된 나무 십자가가 하나 서 있다. 길을 걷다가 숨진 사람이다. 이름도 성도, 죽은 날짜도 없이 덩그러니 십자가 하나뿐이다. 남자인지 여자인지 어린애인지 어른인지, 어느 나라 사람인지도 알 수가 없다. 그저 이 길이 좋아 길을 걷다가 죽어간 한 영혼으로 기억되고 싶었던 모양이다. 두 손을 모으고 잠깐 기도를 했다.

아침 일찍 출발한 박명철 선생을 쉼터에서 만났다. 이런저런 이야기 끝에 박선생이 "이 길을 걸어가면서 좀 고상한 생각이 나야하는데 사람이 속물이라 그런지 잡스런 생각만 자꾸 떠오른다고" 속마음을 털어 놓는다. 그 한 마디가 머리를 친다. 그의 얼굴을 다시 바라보았다. 나는 언제쯤 저렇게 겸손해질 수 있을까. 지금도 산티아고를 생각하면 박선생 말이 생각난다. 그리고 그의 모습이 떠오른다.

고개를 넘으니 노랗게 핀 개나리 옆에 십자가가 또 하나 서 있다. 그런데 이번에는 십자가 위에 빈병이며 양말이며 모자 등속이 주렁주렁 걸려있다. 저건 또 무슨 의미일까. 짓궂은 어느 순례자가 먼저 소지품을 꺼내 십자가에 걸기 시작하자 다른 사람도 따라 했을까. 길가 죽은 이의 무덤 위에 돌멩이를 올려주던 우리네 습관처럼, 저렇게 하는 것이 이 길 위에서 죽은 사람을 기리는 방법의 하나인지도 모르겠다. 세상에는 내가 모르는 관습과 의식이 존재할 것이므로.

호수가 보인다. 물이 맑고 깊다. 하늘색 물빛, 호수 건너 성당의 종

탑이 보인다. 저 다리를 건너면 뽀르또마린Portomarin이다. 원래 계곡에 마을이 있었는데 저수지가 생기면서 마을은 물에 잠기고 그곳 주민들이 언덕 위로 옮겨왔다고 한다.

강을 건너니 아내와 미세스 김이 기다리고 있다. 우리 두 가족은 이곳에 머물기로 하는데, 박선생은 다음 마을에 가면 처음 걷기 시작한 독일 친구들과 만날 수 있을 성 싶다며 좀 더 가겠다고 한다. 박선생은 절뚝거리며 가던 길을 가고, 우리는 알베르게를 찾아 언덕을 오른다.

언덕 위에서 내려다보니 풍경이 한 눈에 보인다. 산과 물과 들판과 숲이 한데 어울려 아름답기 그지없다. 언덕 위 성당 종탑이 우뚝하다.

공립 알베르게를 찾았는데 본인이 오지 않으면 침대를 줄 수가 없단다. 침대 110개가 한 방에 놓여있다. 가격은 5유로. 부엌에 개스와 식수는 있는데 주방용품은 접시 몇 개와 자그마한 냄비가 전부다. 벌써 여러 번 경험했지만, 앞으로 이 길을 걷고자 하는 분들은 밥은 사먹어야 한다는 생각으로 계획을 세우는 것이 좋지 않을까 싶다.

장을 보러 시내에 나갔다. 광장 중앙에 San Nicholas 성당이 서 있다. 로마네스크와 고딕양식이 혼합된 모습이다. 웅장하다. 이 성당은 원래 골짜기에 있던 것인데 그곳이 물에 잠기게 되자 성당을 분해하여 돌을 하나하나 가져와 조립했다고 한다. 장미모양의 창, 톱니 모양의 지붕이 한 눈에 들어온다.

식당에 앉아 저녁을 먹고 있는 할머니 두 분의 얼굴에 행복이 넘친다. 오랜 친구인데 함께 걷고 있는 중이라고 했다. 일흔한 살 동갑이고, 독일에서 왔다고 한다.

오늘은 아래층에 아내와 나란히 침대가 배정 되었다. 오랜만에 아내의 젖가슴을 만져보았다. 사내들이란 참, 어릴 때는 어머니 젖가슴을 만지며 자라고, 어른이 되어서는 아내의 젖가슴에서 어머니의 냄새를 맡으며 살아가게 되어 있는 모양이다.

　여기저기 코 고는 소리가 들리기 시작한다. 아직 내가 잠들지 않았다는 증거다. 조금 있으면 내 코고는 소리 때문에 다른 사람이 잠을 이루지 못할지도 모르겠다.

산티아고_순례길따라_2000리

뽀르토마린^{Portomarin} 에서 빨라스 데 레이^{Paras de Rei} 까지

Paras de Rei

25.1km

Portomarin

갈리시아 지방에서 볼 수 있는 독특한 창고. 오레오.

사람들은 사라져 가지만, 산은 아침마다
호수 위에 제 몸을 드러낼 것이다.
늙어가면서 맘 맞은 친구가 있다는 게 얼마나 좋은지 아느냐

6시 30분 기상. 배낭을 챙겨 밖으로 나와 신발 끈을 조이고 있는데, 카메라 베터리가 침대 밑에 떨어져 있더라며 내 위층 침대에서 잤던 여학생이 가져다준다. 행여 출발해 버렸을까 봐 걱정했는데 전해줄 수 있어서 다행이라는 말을 덧붙인다. 충전하려고 꼽아 놓은 배터리를 깜박 잊고 나온 모양이다. 꼼꼼히 챙긴다고 하지만 이렇게 실수를 한다. 며칠 전, 카메라를 놓고 왔다며 허둥지둥 알베르게로 되돌아가는 젊은이를 보았다. 하마터면 오늘 내가 그럴 뻔 했다.

7시 20분 출발. 호수 위에 산 그림자가 길게 누워있다. 아침 햇살이 찰랑거리는 물결 따라 반짝거린다. 다리 위로 순례자들이 앞서거니 뒤서거니 걸어가고 있다. 사람들은 다투어 어디론가 사라져 가지만, 산은 아침마다 저렇게 오래오래 호수 위에 제 몸을 드러낼 것이다.

다리를 건너자 언덕 위에 곡식 창고가 줄지어 늘어서 있다. 산길로 접어든다. 젊은이 둘이 외발 자전거를 몰고 간다. 바퀴하나에 의지하

여 달려가는 외발 자전거 얘기를 들어본 적이 있지만, 오늘 처음 보았다. 오르막길을 씩씩거리며 잘도 올라간다. 바퀴 둘 달린 자전거를 배우면서도 몇 번씩이나 넘어지곤 했는데, 어떻게 한 바퀴 자전거를 저렇게도 잘 탈까. 바퀴 하나를 타고 굴러갈 생각을 누가 처음 했을까. 인간의 상상력과 능력의 한계가 어디쯤일까. 또 무슨 기상천외한 물건을 만들어 내어 사람들을 놀라게 할지 궁금하다.

바람이 불기 시작한다. 날씨가 변덕을 부린다. 비를 몰아 올 모양이다. 바람이 점점 거세진다. 그러고 보니 아내의 바람막이 자켓이 내 배낭 속에 들어있다. 아내의 배낭이 무거울 성 싶어 짐 몇 개를 내 쪽으로 옮겼는데, 그 중에 바람막이 자켓이 섞여있다. 자켓을 전해주려고 걸음을 빨리하여 쫓아가 보지만 모습이 보이지 않는다. 사진을 찍느라, 그리고 걸어가는 사람들과 얘기를 나누다 보니 어느새 멀리 앞서 간 모양이다.

까스트로마이오르Castromaior 마을을 지난다. 정장을 하고 썬그라스까지 쓴 멋쟁이 중년 아줌마가 소를 몰고 간다. 외출하려다 잠깐 소를 챙기는지 모르겠다. 손에 셀폰을 들었다. 황소다. 힘이 넘쳐 보이는 잘생긴 숫소다. 요리조리 빠져나가면서 소가 아줌마를 데리고 놀고 있다. 소가 사람을 알아보는 모양이다.

창고 같은 건물이 보인다. 지상에서 1m정도 높은 곳에 지어진 직사각형 창고다. 벽은 좁다란 나무판자 여러 개를 덧붙여 만들었는데 바람이 잘 통하도록 틈이 벌어져있다. 열린 문틈으로 옥수수를 주렁주렁 매달아 놓은 게 보인다. 땅에서 습기가 올라오는 것을 방지하면서, 통풍이 잘되도록 설계된, 갈리시아 지방에서 볼 수 있는 독특한 창고다. 오레오Horreo라 부른다고 했다.

259

한 시간 정도를 더 바쁘게 걸어 간 다음에야, 점심을 먹고 있는 아내를 만나 자켓을 건네주었다. 비를 몰아올 줄 알았는데 의외로 날씨가 풀리기 시작한다. 배낭에 넣어 둔 비닐 우장을 버리기로 했다. 목적지가 얼마 남지 않았는데 설마 비가 오겠나 싶고, 비가 오지 않는다면 우장을 지고 갈 필요 없다는 판단에서다. 무게를 줄이는 것은 무엇보다 중요한 일이니까.

시멘트로 만들어진 꽤 넓은 장소가 있기에 지나가는 사람에게 물었더니 퇴비장이라고 한다. 풀이나 가축의 똥을 섞어 퇴비를 숙성시켰다가 논밭으로 가져간다고 한다. 엊그제 폐타이어로 덮어 놓았던 풍경도 예측했던 대로 임시 퇴비장이었던 모양이다. 농사를 짓는 곳은 우리와 마찬가지로 어디나 저렇게 퇴비를 소중히 여긴다. 자전거를 탄 순례자 둘이 '부엔 까미노' 손을 흔들며 지나간다.

산티아고 78.1㎞ 표지석이 보인다. 숫자가 세자리에서 두 자리로, 목적지를 향해 점점 줄어들고 있다.

어제 알베르게 식당에서 만났던 할머니들이 잘도 걸어가신다. 잔디가 좋은 공동묘지 뒤뜰에서 또 만났다. 걸어가는 속도가 나하고 비슷한가 보다. 점심을 함께 먹었다. 늙어가면서 맘 맞은 친구가 있다는 게 얼마나 좋은지 아느냐고 묻는다.

한적한 시골길을 천천히 걸어간다. 들판에 사람이 보이지 않는다. 돌 십자가가 서 있다. 오늘 세 번째 십자가를 만난다. 이 길에서 숨진 사람이 모두 몇 명쯤이나 될까.

울타리 넘어 목장에서 대여섯 마리 소가 풀을 뜯고 있다. 장작을 패던 농부는 울타리를 손 보고 있다. 금작화가 길 양쪽으로 피어있는 내리막길을 콧노래를 부르며 걷는다. 울창한 나무 숲 사이에 마을들이 숨어있다. 평화롭다.

길가 카페에서 순례자들이 커피를 마시며 쉬고 있다. 개미 조각상이 독특하다. 걷다가 쉬다가 쉬엄쉬엄 목적지를 향해 또박또박 한 발 한 발 개미처럼 꾸준히 걸어가는 게 산티아고 길의 특색인지도 모르겠다.

나무를 보호하기 위해 두툼한 비닐 보자기로 둥치를 싸맨 다음 철망을 쳤다. 동물이나 식물이나 살아있는 것들은 마땅히 보호 받을 권리가 있다. 식물도 감성을 가지고 있어 좋은 음악을 틀어주면 기뻐한다지 않던가. 국토 종단 중, 강원도 월정사를 지나면서 산 중턱 비닐하우스에서 음악을 틀어주며 작물을 재배한다던 풍경이 떠오른다.

마른풀 뭉치가 나란 나란히 세워져있다. 한국도 요즘은 벼를 베어낸 다음 볏짚을 묶어 비닐 안에서 숙성시킨 다음 가축 사료로 사용한다고 한다. 한 뭉치에 5만 원이라고 했다. 전에는 수확기가 지나면 논에 흘린 이삭을 새들이 주워 먹으며 겨울을 지냈는데, 요즘은 기계로 남김없이 볏짚을 수거해가기 때문에 먹을 게 없어 들새들이 날아오지 않는다는 보도를 보았다. 먹이 사슬이 그렇게 이어져 왔다는 것을 그 기사를 보며 알았다. 서로 도와가며 살아가는 게 자연의 법칙인데 그것이 허물어져 간다는 얘기다.

우리나라 왕조시대에 임금님 밥상은 신분에 따라 차근차근 남겨가며 나누어 먹었단다. 우리집도 아버지가 맛있는 반찬을 다 먹지 않고 남겨 주셨던 일들이 기억에 남아있다. 마른풀 뭉치 풍경이 밥상이야기로 번졌다.

농가 담벼락에 노랑색 화살표가 그려져 있고, 집안에는 수련 꽃이 탐스럽게 봉우리져 피어있다. 그 뿐인가 순례자들을 위해 꽃 핀 화분을 담장 위에 줄지어 올려놓았다. 집 주인은 이 앞을 지나가는 사람들에게, 순례자들에게, 하고 싶은 말이 있는 것이다. 이토록 아름다운 꽃을 나 혼자 독차지 할 수가 있냐고, 이 길을 걷는 당신에게 하느님의 평화와 안식이 함께 하기를 빈다고.

농가 앞을 지나는데 암탉 한 마리가 길에 나와 유유히 걷고 있다. 혼자 서서 사람을 노려보는, 저 암탉의 눈빛을 보라. 금방이라도 날아올라 달려들 것처럼 털을 세우고 있는 기세가 매섭다. 동화책『닭장을 탈출한 암탉 에스텔』에 나오는 '에스텔'을 닮았다.

빨랫줄에 빨래가 널려있다. 그 옆에 갈리시아지방의 전통 곡물창고도 보인다. 산실Sanxil에서 만났던 아일랜드 영어선생 캐롤라인이 반갑게 인사를 건넨다. 사진을 한 장 찍어 달란다. 요즈음은 영국과 아일랜드의 관계가 어떠냐고 묻자, 영국이 욕심이 많아 늘 문제라면서 열을 올린다. 예쁜 얼굴에 열이 오르니 귀엽다. 하기야 영국과 아일랜드 사이는 한국과 일본 못지않은 관계니까 그럴 만도 하겠다. 결혼을 아직 안했는데, 산티아고 길을 걷고 나서 결정 할 예정이란다.

산천을 구경하고, 사람을 만나 재미있게 얘기를 하면서 오다보니, 어느새 오늘의 목적지 빨라스 데 레이^{Paras de Rei}에 도착했다. 길에서 만난 다양한 모습의 사람들과 이런저런 얘기를 나누다보면 지구촌 사람들의 생각을 들여다볼 수 있다. 아내와 함께 왔지만 나는 나대로 걷고 있다, 각자의 방식으로 이 길을 걷고 있는 셈이다.

아내가 먼저 와 마을 입구에서 기다리고 있다. 마을 초입에 위치한 알베르게에 배낭을 풀었다.

독일에서 왔다는 대학생을 알베르게 빨래터에서 만났다. 의과대학에 재학중인데 본인을 Gunnar Girke이라 소개한다. 미국에 한 번 가보고 싶은데 아직 기회가 없어 못 가봤다고 하기에, 캘리포니아에 오거든 연락하라고 전화번호를 주었다. 우리에게도 독일 연락처를 적어준다. 이 길에서 만난 친구들 때문에 앞으로 다른 나라 여행이 훨씬 풍성해질 것 같다.

장을 보러 마켓을 찾아갔다. 걸어서 20분 정도를 내려가니 광장이 나온다. 순례자들이 삼삼오오 모여 앉아있는데 저쪽에서 한 무리의 사람들이 손을 흔들며 '사이몬, 사이몬' 하며 나를 부른다. 독일인 친구들이다. 반갑게 한 동안 얘기를 나누었다.

저녁 식탁이 제법 근사하다. 혼자 온 한국 남학생을 불러 함께 먹었다. 이름은 진형석. 연세대학 로스쿨 학생인데 러시아를 거쳐 여행 중이라고 했다. 녀석이 한국음식이 그리웠나 보다. 한 그릇을 뚝딱 비우고 또 먹는다. 맛있게 먹는 모습을 보니 함께 먹자고 하길 잘했다.

밤이 깊어간다. 베개가 불편해 뒤척거리다가 문득, 어릴 적 시골 큰집 사랑방에 이리저리 나뒹굴던 목침이 생각났다. 때에 찌들어 번들번들한 목침들이 많았고, 얼마나 오래되었는지 가운데가 둥그스름하게 파인 목침도 있었다. 일꾼들은 물론 큰집에 들렀던 수많은 사람이 목침을 베고 잠을 잤을 터였다. 마을 회관 같은 게 없었던 그 시절, 밤이 되면 동네 사람들은 어흠 어흠 기침을 하며 큰 댁 사랑방에 모여들었다. 전깃불이 없던 시절이라 호롱불 아래 몇 사람이 화투전을 벌이기도 하고, 한쪽에서는 새끼를 꼬거나 짚방석을 엮는 등, 일감을 가져와 제각기 무엇인가 만들었다. 어느 집 제삿날이면 사랑방 사람들이 단자를 보내어 제사떡을 얻어오기도 했다. 방 한쪽 구석에는 수북이 쌓인 때 절은 목침이 항상 누군가를 기다리고 있었다.

낯선 땅, 낯선 침대에 누워서 때 절은 목침을 생각한다. 내가 누워있는 침대도, 이 베개도 많은 사람들이 거쳐 갔을 터이다. 어디선가 부엉이 우는 소리가 들린다.

빨라스 데 레이 ^{Paras de Rei} 에서

아르쥬아 ^{Arzua} 까지

Arzua

29.5km

Paras de Rei

세월이 보물을 만든다.

한국인이 민들레를 닮았다는 생각이 든다.

사랑과 평화가 흘러넘치는 세상은 요원한가.

아직 어두운데 여기저기 배낭을 챙기는 소리가 부산스럽다. 눈을 떠 보니 6시다. 오늘도 만만치 않은 거리를 걸어야 한다. 이제 이틀 후면 긴 여정이 끝이 난다.

동트는 새벽, 배낭을 메고 나섰는데 벌써 순례자들이 그림자를 앞세 워 삼삼오오 길을 걷고 있다.

마을은 아직 꿈을 꾸고 있는데 부지런한 순례자들만 새벽부터 설쳐 대고 있다. 동네를 벗어나 산길로 접어든다. 물이 고인 계곡을 따라 돌 을 놓아 징검다리를 만들었다. 맑은 물 위에 나무숲 그림자가 내려앉 고, 징검다리를 건너는 사람들의 가벼운 몸짓이 물 위에 팔랑거린다.

이른 아침이어선지 마을 사람들을 구경할 수가 없다. 들판도 마을 에도 보이는 사람은 순례자뿐이다. 마을마다 갈리시아 지방의 독특한 풍경들로 채워진다. 돌로 만든 집, 이 지방의 독특한 곡물저장 창고인 오레오, 그리고 이따끔 보이는 돌십자가들이 이제 눈에 익은 풍경이 되었다.

그나저나 함께 시작했던, 길에서 만났던 한국 사람들은 모두들 잘 걷고 있는지. 어디쯤 가고 있는지 궁금하다. 많은 사람들이 셀폰을 가 져와 연락하면서 걷지만 이렇게 셀폰 없이 걷다보니 좀 답답하기는 하 다. 그렇지만 바깥소식을 듣지 않고 지내는 일을 이런 때 아니면 또 언 제 경험해 볼 것인가. 세상은 저대로 돌아가고 나는 나대로 이 길을 가 고 있다.

모두 바쁘게 걷는다. 무엇을 위해 저렇게들 바쁘게, 걸어가고 있을 까. 사람들의 뒷모습을 바라보며 천천히 천천히 걷는다.

마을 길 모퉁이에 택시회사 전화번호가 붙어있다. 길을 걷다가 힘이 들거나 걸을 수 없는 상황이 발생하면 택시를 불러달라는 의미일 터이

물이 고여 있는 계곡을 따라 징검다리가 놓여있다.

다. 몸이 약한 사람이나, 언제 무슨 일이 발생할지 몰라 불안한 사람에게는 저 번호 하나가 위안이 될 수도 있겠다. 어떤 사람이 돈벌이를 위해 만들어 놓은 광고판이 누구에게는 위로와 위안이 된다는 사실도 이 길을 걸어가면서 깨닫게 된다. 모든 일은 하느님의 직조기에서 날줄과 씨줄로 엮어 내어 한 필의 비단으로 우리 앞에 나타나게 되는 모양이다.

5월의 산천에 가지가지 꽃들이 피어나고 있다. 길가 들꽃이 곱다. 허리를 구부리고 앉아 꽃을 들여다본다. 노랑, 빨강, 자주색 등. 색색이 다른 모습으로 피어있다. 이놈들의 이름이 무엇일까. 이토록 이쁜 꽃 이름도 모르는 것이 시인이냐고, 나를 꾸짖는 성 싶다.

저만치 민들레가 피어있다. 민들레는 어느 곳이건 저렇게 모듬모듬 꽃을 피어낸다. 30년 전 미국에 이민 온 다음 어느 날, 산기슭을 올라가다가 노랗게 핀 민들레를 발견했을 때 고향 친구를 만난 것처럼 반가웠다.

민들레는 어찌 저리도 번식력이 강할까. 모든 씨앗은 종자를 퍼트리는데 나름의 비법을 가지고 있다. 바람을 타거나, 꼬투리를 터트리거나, 짐승 털에 붙어 이동하는 방법 등. 단풍나무 씨앗을 가만히 보면 프로펠러 모양으로 생겼다. 터지는 순간 두 장의 날개로 빙빙 돌며 하늘을 난다. 시골에서 가을에 갈퀴나무를 하던 중 보았던 모습이다. 민들레 하얀 꽃씨가 바람에 날아가는 모습을 본 적이 있는가. 그래서 저렇게 5대양 6대주에 널리 퍼져 꽃을 피우는 것이다.

저 꽃을 보면 한국인이 민들레를 닮았다는 생각이 든다. 아무리 척박한 땅에서도 꽃을 피워내는 민들레. 세계 곳곳에 흩어져 사는 7백만 해외동포가 민들레다. 15년 전쯤, 가족과 함께 미국 캘리포니아 오렌지카운티를 출발하여 캐나다를 거쳐 집으로 돌아오는, 두 주간의 RV 여행을 한 적이 있다. 그때, 캐나다 록키산맥 깊은 산 속 어느 길목에 '인삼 팝니다' 라고 한글로 쓴 팻말을 보았다. 알레스카 얼음 땅에서도 농사를 짓고 있는 동포가 있었다. 미국 이민생활에서 두세 가지 일을 하면서 악착같이 살아가는 한인들이 한 두 명이 아니다. 지구촌 어느 구석을 가도 한국인을 만날 수 있단다. 어디든 날아가 뿌리를 내려 꽃을 피우는 강인한 생명력을 가진 민들레. 한국인을 꼭 닮았다.

평탄한 길이다. 산자락이 끝나고 밭이 이어진다. 파랗게 새순이 자라고 있다. 무엇을 심었을까. 농부는 씨앗을 뿌린 다음 싹이 트고 이파리가 무성해져 열매를 맺고 수확을 할 때까지 게으름 피우지 않고 부지런히 논밭을 들락거린다. 작물은 농부의 신발 소리를 들으며 자란다고 했다.

길가에 십자가를 크게 만들어 세워놓았다. 이제 이 길은 누구나 자유롭게 걸을 수 있다. 순례자를 보호하기위해 성을 쌓을 필요도, 기사단을 만들어 길목을 감시할 필요도 없다. 그런 일은 역사의 한 페이지가 되었다.

그런데도 세상은 지금 종교로 인해 시끄럽다. 전쟁이 그치지 않고 있다. 수많은 사람들이 신의 이름을 앞세운 싸움터에서 피 흘리고 고통을 당하고 있다. 무엇 때문일까.

모든 사고와 신념에서 '유일사상'과 '절대주의'처럼 위험한 것은 없다. 종교 또한 그렇다. 내 믿음이 소중한 것처럼 남의 종교도 인정하는 아량이 있어야 하지 않을까. 한 때 이 길을 차지했던 무슬림은 「코란」을 앞세워 "신은 오직 알라뿐이다. 알라 이외의 어떤 것도 숭배할 수 없다" 라며 그들의 신을 절대시했다. 여호와 유일신을 신봉하는 기독교와 이슬람교가 격돌한 것은 당연한 귀결인지도 모른다. 그 결과 몇천 년을 두고 인간에게 평화보다는 전쟁과 파괴, 사랑과 자비보다는 증오와 적대감을 강요해온 셈이 되어버렸다.

사랑과 평화가 흘러넘치는 세상은 요원한가. 사랑의 하느님은 어디 계셨기에, 어디 계시기에, 피비린내 나는 전쟁터를 이토록 오래 방치해두는 것일까. 이 길을 걸어가는 사람들은 저 십자가를 보면서 무슨 생각을 담아가고 있을까. 이 길이 전하고자 하는 진정한 메시지는 무엇일까.

오래된 아치형 돌다리를 건넌다. 푸레로스Furelos 마을 골목에서 농부 부부를 만났다. 사진을 한 장 찍자고 하니 엉거주춤 포즈를 취해준다. 몇 살이시냐고 물었는데 말이 통하지 않는다. 난처한 순간을 피하려는 듯 '부엔 까미노', 어색한 인사말을 하더니 수줍게 웃으며 가던 길을 재촉하다. 영락없는 우리네 소박한 시골 아저씨 아줌마다. 스페인어를 좀 더 배워왔으면 좋았을텐데, 안타깝다.

모퉁이를 돌아가니 바 앞에서 개를 데리고 걷고 있는 순례자가 앉아서 쉬고 있다. 나 한 몸 추스르며 걷기도 힘드는데 개까지 돌보며 가려면 꽤나 힘들겠다. 인사를 건넸더니 바라보는 눈매가 매섭다. 눈은 마음의 창이라는데, 이 길을 다 걷고 나면 저 무서운 눈매가 좀 순해지지 않을까.

다시 산길로 접어든다. 냇물을 건너는 곳에 아이들 셋, 그리고 엄마가 수공예품을 팔고있다. 가족이 만든 물건이라고 한다. 어머니는 저만치 떨어진 곳에서 무엇을 만들고 파는 일은 아이들이 한다. 학교 가는 날이 아닌 모양이다. 딱히 살만한 물건이 없어서 그냥 지나쳤는데, 한 참을 걸어 온 다음 생각하니 아무거나 하나 사 줄걸 그랬다는 생각이 든다. 꼬마의 그 큰 눈망울이 자꾸 눈에 밟힌다.

울타리 넘어 텃밭에서 아주머니가 풀을 뽑고 있다. 비닐포대 종이를 깔고 앉아 무릎을 꿇고 풀을 멘다. 일하는 모습이 좀 어설프다. 아직 일이 서툰 분인가 보다. 힘든 모습이 역력하다. 우리네 어머니는 저렇게 철퍼덕 앉아 김을 매지 않는다. 맨바닥에 쪼그리고 앉아 호미로 야무지게 밭을 맸다. 일하는 자세가 다르다. 하얀 수건을 쓰고 뙤약볕 아래 밭을 매시던 어머니의 모습이 눈에 선하다.

오레오 창고 문이 열려있다. 포대기에 담은 곡식들이 올망졸망 담겨있다. 주인이 어디 있나 둘러보아도 아무도 보이지 않는다. 길가 창고인데 저렇게 문을 열어놓아도 될까, 하는 생각이 들면서 풍경 하나가 떠올랐다. 국토종단을 하던 때, 충북 영동지방을 지나면서 현수막이 동네 입구에 걸려있던 모습이다. '농산물 빈집털이 빈번 발생 외부차량 번호단속 양해바람- 금계리 주민일동' 이라는 내용이었다.

까르르 웃는 소리가 들려 고개를 돌려보니 입에 고무꼭지를 문 아이가 천진스럽게 나를 바라보고 있다. '까꿍' 하고 손바닥을 머리에 올려 놀려주자 아이가 또 '까르르' 웃는다. 아이들은 저렇게 언제 보아도 예쁘고 귀엽다.

젖소들이 풀을 뜯고 있다. 녀석들이 움직일 때마다 목에 걸고 있는 사각형 커다란 종이 딸랑거린다. 목장 옆으로 맑은 물이 흐른다. 맬리데Melide 마을이다. 로마시대부터 있던 오래된 마을이라고 했다. 이 동네 성당에는 15세기에 만들어진 Santiago Matamoros가 남아있다고 한다. 야고보 성인이 클로비호 전투 때 하늘에서 내려와 아랍인을 섬멸했다는 전설을 표현한 그림이다. 1375년에 건립된 순례자 병원이 있고, 15세기에 지은 수도원은 인류학 박물관으로 사용된다고 한다. 세월이 보물을 만든다. 고향 마을에 갈 때면 눈에 익은 것들이 사라지고 있어 허전했는데, 이렇게 몇백 년 동안 제자리에 서있는 건물을 볼 수 있는 이 지방 사람들은 참 행복하겠다.

저런 건물 하나하나가 스페인의 찬란했던 시절을 증거하고 있다. 이 나라는 한때 세계를 호령했던 나라다. 로마가 수많은 피정복민의 피땀과 재물로 건설되었듯이, 스페인의 영광 또한 그렇게 만들어졌다는 사실을 깨닫는다. 동서고금의 어떠한 제국의 건설도 예외일 수가 없다. 역사는 후대에 여러가지 가르침을 전해주고 있다.

한가한 농촌 길을 걷는다. 저쪽 높은 곳에서 한 주민이 지나는 사람들을 물끄러미 바라보고 있다. 마을 사람들에게는 일 년 내내 이 길을 통과하는 순례자들이 재미있는 풍경이 될 성 싶다.

저기 저, 소가 그려진 표지판만 쏙 뽑아낸다면 꼭 중세 어느 때쯤의 마을 풍경이 될 것 같다. 낮잠을 자는지 마을은 사람 그림자 하나 얼씬

거리지 않는다. 중세쯤으로 돌아가 어떤 마을을 걷고 있다는 착각이 든다.

가파른 언덕을 넘어가니 오늘의 목적지 아르주아Arzua가 보인다. 잠깐 숨을 돌리는데 자전거를 타고 가던 순례자 한 사람이 내 곁에 멈추며 돈을 좀 달라고 한다. 길을 가다 돈이 떨어지면 구걸하며 가기도 하는 모양이다. 그럴 수도 있겠다. 통나무를 가득 실은 대형트럭이 길가에 차를 멈추고 쉬고 있다. 산이 깊으니 나무도 많겠다.

알베르게에 도착했다. 본인이 와야만 등록이 가능하다고 한다. 김 선생은 나보다 더 천천히 걷는 모양이다. 주방에 개스 불은 켜지는데 주방용품이 전혀 없다. 김 선생이 도착하여 그릇을 사오겠다며 나가더니, 냄비와 함께 문어와 라면, 와인 두 병과 참치캔 등을 한 보따리 사왔다.

문어를 삶고, 라면 끓이고, 밥을 해서 상을 차리니 오늘 저녁 만찬도 어제 못지 않게 제법 근사하다. 이렇게 잘 먹어도 괜찮은지 모르겠다.

김 선생네 부부와 함께 여기까지 잘 걸어왔다. 어차피 혼자 걷는 길이지만 저녁이면 만나 식사를 같이 하고 얘기를 나누면서 제법 정이 들었다. 그런데 생각해보니 아내와 함께 걸었던 날이 언제였나 싶다. 내일과 모래는 부부끼리 걸어가면서 여정을 마무리 하면 좋겠다고 제안했다.

산책하고 들어왔더니 어떤 남자가 발을 치료하고 있다. 먼 길 발을 혹사 시켰으니 저렇게 망가질 만도 하겠다. 붕대로 발가락을 감아주고 헤진 부분은 반창고로 감싸주어야 한다.

발님을 살살 달래면서 남은 일정을 마쳐야 하니까. 자기 앞에 놓인 생의 길을, 발바닥이 터지고 무릎이 시큰거리더라도 스스로 치료하고 감싸주면서 뚜벅뚜벅 걸어가야 한다.

2층 숙소에 50명이 함께 잠을 잔다. 한 자리도 여유가 없다. 많은 순례자가 이 길을 걷고 있다는 증거다.

여기저기서 코 고는 소리가 들려온다.

아르쥬아^{Arzua} 에서 몬테 도 고조^{Monte do Gozo} 까지

Monte do Gozo

Arzua

34km

'산티아고 13.5km', 카운트다운 시작이다.

나는 어느 밭에 던져진 한 톨 씨앗일까.

성서에 나오는 5병 2어 기적. 그 얘기가 이거 아닐까.

마을은 안개를 이불처럼 덮고 아직 단잠에 빠져있다.

6시 기상. 미세스 김 혼자서 배낭을 꾸리고 있다. 김사장은 새벽 4시에 떠났다고 한다. 간단히 아침을 먹고 나서 미세스 김도 서둘러 길을 나선다.

차 한 잔 마신 다음 6시 50분, 아내와 함께 천천히 출발했다. 언덕에 오르자 안개 낀 골짜기가 보인다. 마을은 안개를 이불처럼 덮고 아직 단잠에 빠져있다. "동창이 밝았는데 재 넘어 긴 사래밭을 언제 갈려고 아이놈은 상기 아직 일었느냐"고 했던, 우리네 어른들이 보시면 또 한 번 호통을 치시겠다.

해가 서서히 떠오른다. 길게 드리운 그림자를 앞세우고 등뒤로 햇살을 받으며 걷는다. 구불구불 산길 따라 꿈속을 가듯 걸어간다. 재 넘어 긴 사래밭이 나타난다. 황토밭이다. 무엇을 심어놓았을까. 간밤에 내린 이슬을 머금어 흙이 촉촉하다.

비석이 보인다. Miguel Rios Lamas, 마흔아홉 살 나이에 이곳을 걷다가 죽은 사람이다. 산티아고가 얼마 남지 않았는데 여기서 숨을 거두다니…. 말기 암 환자인 아내를 휠체어에 태워 이 길을 걷고 있다는 그분은 잘 가고 있는지 모르겠다. 야고보 성인의 은총을 입어 치유의 기적이라도 일어나 주었으면 좋겠다.

아내는 내가 사진을 몇 장 찍는 동안 저만치 앞서 걸어가고 있다. 아직도 무릎이 시큰거려 힘들다고 하면서도 저렇게 걸을 수 있으니 다행이다. 아내의 뒷모습을 가만히 바라본다. 말 설고 물 선 남의 땅에 맨손으로 건너와 두 아이를 낳아 기르며 30여 년 살다 보니 어느새 저렇게 머리끝이 희끗한 나이가 되었다. 참 무던한 사람이다. 이제 아이들도 다 자라 둥지를 떠났고 둘만 남았다. 젊은 시절에는 다투기도 많이 했지만, 요즘은 그럴 일이 별로 없다. 서로를 빠삭하게 꿰뚫어 알고 있으니까. 그렇지만 사는 게 또 어디 그런가. 타시락타시락 하면서 함께 늙어가는 게 부부가 아니던가.

걸음을 재촉하여 아내를 따라 잡았다. 호젓한 산길을 아내와 손잡고 함께 걸어간다.

밭에 새순이 나오고 있다. 씨앗 통에 담겨있던 씨앗이 흙 속에 묻혀 춥고 어두운 몇 날을 보낸 다음, 살갗이 터지고 껍질이 뭉개지는 아픔을 겪은 다음 저렇게 파아란 생명으로 부활하고 있다. 보라, 바람이 불 때마다 흔들어 대는 저 여린 손짓을. 기쁨에 겨워 춤추는 저 연초록 깃발을. 씨앗 통에서 씨앗을 끄집어내어 흙 속에 던진 농부가 누구인지, 저렇게 아름다운 세상을 만들어 가는 분이 누구인지 궁금하지 않을 수가 없다. 나는 어느 밭에 던져진 한 톨 씨앗일까.

밭 가운데 막대를 세우고 비닐을 묶어놓았는데 바람이 불때마다 흔들린다. 뿌려놓은 씨앗을 새들이 파먹지 못하도록, 우리 농촌에서 허수아비를 세우는 것처럼 저런 방법을 사용하는가 보다.

'산티아고 25㎞' 이정표가 나타난다. 산티아고가 손바닥 위에 놓였다. 자전거를 탄 순례자들이 쌩쌩 지나간다. 오늘 중으로 산티아고에 도착할 예정인 모양이다. 빠르게 가면 그만큼 놓치는 게 많다. 자전거보다는 걸어가는 사람에게, 빨리 걷는 자보다는 느리게 걸어가는 사람에게 자연은 더 많은 것을 내보여 준다.

길가 나무 밑에 신발 한 짝, 장갑 한 짝. 그리고 몇가지 물건을 올망졸망 늘어놓았다. 무엇을 의미하는 걸까. 교통사고로 사람이 사망하면 현장 부근에 촛불을 켜 놓던 미국의 관습이 생각난다. 이 부근에서 신발의 주인공이 혹 불행한 일을 당하지나 않았을까. 잠시 서서 기도를 올린다.

산굽이를 휘돌아 걷는다. 세상에는 많은 길이 있다. 넓은 길, 좁은 길, 오르막 길, 내리막 길, 평탄한 길, 고달픈 길. 많고 많은 길 중에 가장 신비로운 길은 마음의 길이다. 그 길을 따라 우리는 시간과 공간을 초월하여 넘나든다. 사람과 사람 사이에 난 길도 있다. 너와 나 사이에 흐르던 길이 사라져 깜깜한 밤길이 되기도 한다. 밤에 길을 잃으면 별을 쳐다보아야 한다. 반짝이는 그곳에서 마음의 길이 시작된다. 누구도 어찌할 수 없는 당신만의 길. 그 길을 따라가면 된다.

아내와 함께 마을 모퉁이를 돌아가는데 누군가 "정 선생님" 하고 부르기에 뒤돌아보니 기호승씨다. 반갑다. 어제 저녁에 우리와 같은 마을에 있었지만 다른 알베르게에 머물렀던 모양이다. 기선생과 함께 걸어가면서 모처럼 우리 부부의 사진을 몇 장 찍었다.

동네를 벗어나 한적한 바위 위에서 점심을 먹었다. 기선생이 준비해 온 트리소, 내 가방에서 참치캔 녹두나물캔을 꺼내 놓으니 제법 성찬

이다. 트리소는 이곳 전통 음식인데 돼지 내장에 피망을 섞어 만든 음식이다. 그런데 내가 녹두 나물이라고 부르는 것을 기선생은 숙주나물이라고 부른다.

조선시대 수양대군은 난을 일으켜 단종의 왕위를 빼앗았다. 성삼문은 단종 복위를 꾀하다 목숨을 잃었고 신숙주는 수양대군을 도와 부귀영화를 누렸다. 그 후, 세상 사람들은 쉽게 상하는 녹두나물이 신숙주와 같다고 하여 숙주나물이라 불렀다. 숙주나물과 녹두나물이 이름만 다를 뿐 같은 나물이라는 걸 이제야 알았다.

점심을 먹고 난 다음, 속이 좀 더부룩하다. 소화제 한 알을 먹었더니 금세 좋아졌다. 그런데 옛 사람들은 이럴 때 어떻게 했을까. 조선 정조 때 사람 박지원이 쓴 청나라 여행기 '열하일기'에 이런 대목이 나온다.

> 속이 답답하고 배가 더부룩한 것이, 아마도 더위를 먹은 듯싶다. 잠자리에 들 때 마늘을 갈아 소주에 타서 마셨더니, 그제야 배가 가라앉아 편안히 잘 수 있었다.

낮으막한 산길을 따라 걸어가는데 '산티아고 13.5㎞' 표지석이 서 있다. 진짜 카운트다운을 시작할 지점이다. 오늘은 산티아고를 5㎞ 앞둔 지점에서 묵을 예정이다. 그곳에서 몸과 마음을 정갈하게 한 다음 산티아고 성지에 입성할 작정이다.

길을 따라 휘청휘청 걸어 언덕을 올라가니 탑이 서 있다. 오늘의 목적지 Monte Do Gozo에 도착했다. 저 탑은 1992년 교황 요한 바오로 2세의 방문을 기념하여 세운 것이란다. 1987년 이 길이 유럽문화유산으로 지정되고, 교황 방문, 그리고 1993년 유네스코 지정 세계문화유산이 되면서 지금 산티아고 길은 사람들로 북적대는 길이 되었다.

언덕을 내려가 알베르게에 도착해 보니 500명 이상을 수용하는 큰 시설이다. 김 선생은 벌써 와 있는데 미세스 김은 보이지 않는다. 우리보다 먼저 출발했는데 어찌된 일이냐고, 혹시 길을 잘못 들어 헤매지나 않는지 걱정들을 했다. 20여분 후에 도착하여 마음을 놓았다.

주변을 둘러 본 다음 알베르게로 돌아왔다. 한국인을 챙겨보니 열명 정도가 된다. 이렇게 만난 것도 인연이니 저녁식사를 함께 만들어 먹자고 제안하니 모두들 찬성이다. 젊은 친구들에게 장을 봐오도록 했다. 한 시간쯤 지났을까. 시내까지 나갔는데 일요일이라 마켓들이 문을 열지 않더라며 탈래탈래 빈손으로 돌아온다.

각자 배낭에 있는 걸 모두 꺼내 식당으로 가져오도록 했다. 라면을 비롯해 빵, 치즈 등 가지고 있는 먹거리를 모아놓으니 모두가 먹을 만큼이 된다. 성경에 나오는 5병 2어의 기적. 그것은 그때 모였던 사람들이 오늘처럼 가방 깊숙이 담아둔 각자의 빵을 꺼내 놓으니 5천 명이 먹고도 다섯 광주리가 남았다는 얘기가 아닐까.

한국인들이 한자리에 모였다. 기호승 씨, 진형석 학생, 미스터 차, 체육교사를 하다가 서울에서 온 김희라 선생, 수원에서 오신 이석휘 선생 부부. 그리고 김 선생과 우리 부부. 모두 10명이다. 라면 삶는 냄새가 솔솔 풍겨온다.

음식은 좀 부족하면 더 맛있다. 우리들이 라면 먹는 모습을 바라보시던 이석휘 선생 사모님이 우리식구만 밥을 먹은 셈이 되어 미안하게 됐다며, 괜찮다고 해도 같은 말을 여러번 되풀이 하신다. 저게 다 우리네 인정이다.

음식이 배불리 먹고도 남았다. 핏줄이란 게 뭔지, 처음 만난 사람들인데도 밥 한 끼 먹으면서 금방 한 식구가 된다. 반갑고 귀한 얼굴들이다.

복도에서 이탈리아인 Puy En Velay를 만났다. 65세인데 2개월 전 불란서에서 출발하여 1,600㎞를 걸어오는 중이라 했다. 인생도처 유상수人生到處 有上手. 세상에는 고수가 많다. 스스로 별이 되고 길이 되는 사람들이다.

오늘은 여기까지 오는 동안 가장 먼 길, 34㎞를 걸었다. 내일이면 긴 여정이 끝난다. 밤이 깊어간다. 순례자들이 설렘으로 이 밤을 보낼 성싶다. 전날 밤은 늘 설레었으니까. 소풍 가기 전날 밤, 추석이나 설 전날 밤, 크리스마스 전날 밤, 장가가기 전날 밤.

불굴의 의지로 끝없이 도전하는 '돈키호테'의 정신이 흐르는 길

산티아고 데 콤포스텔라 입성…. 담·담·했·다.
성가가 울려 퍼지자 아내가 조용히 흐느끼기 시작한다.

Monte do Gozo

Santiago

5km

6시. 습관처럼 눈을 떴다. 오늘은 산티아고에 입성하는 날. 그동안 만났던 사람들, 지나왔던 풍경들이 스쳐지나간다. 침대에 누워 게으름을 피우다가 느긋하게 준비 하고 8시에 출발. 도시가 바라보이는 언덕에 이르렀다. 멀리 산티아고가 안개에 싸여 있다.

옛 순례자들은 이곳 고조산 언덕에 도착하여 멀리 있는 산티아고 대성당의 첨탑을 바라보며 무릎을 꿇고 눈물을 흘렸다고 한다. 옛 사람 뿐이겠는가. 힘들게 이 길을 걸어왔던 사람이면 누구나, 목적지를 눈앞에 두고 복받치는 감동을 억제하기 어려울 터. 그 감동을 안고 무엇 때문에 이 길을 택했던가를 스스로 되물으며 마지막 여정을 터벅터벅 걸어갈 성 싶다.

대성당의 첨탑이 보이지 않는다. 다행이다. 안개 속에 묻힌 Santiago Compstela를 향해 발걸음을 옮긴다.

맛있는 사탕을 오래오래 입안에 담아두고 싶은 아이처럼, 산티아고에 도착하는 시간을 늦추고 싶어진다. 아무리 천천히 걸어도 목적지는 점점 가까워진다. 운명이다. 입안에 가득하던 사탕이 거의 다 녹아 콩알만 해졌다.

안개가 완전히 걷혔다. 웅장한 대성당 첨탑이 보인다. 천 년 순례길. 수많은 순례자들이 걸어갔을 고색창연한 거리를 걸어간다. 갓난아이를 유모차에 태워 산책 나온 모녀를 만났다. 저렇게 새 생명이 태어나 세상은 끊임없이 이어진다. 천 년의 거리에서 만난 아이가 우리에게 전해주는 메시지를 생각해본다.

세월의 무게를 증거하는 석조건물들이 묵묵히 길손을 반기고 있다. 반들반들한 돌길을 따라 골목길을 몇 번 휘돌아, 아치형 돌계단을 내려가자, 산티아고 대성당이 나타났다.

산티아고 데 콤포스텔라^{Santiago de Compstela}. 말만 들어도 가슴이 설레던 그 곳이다. 걸어서 31일째 되는, 5월 27일 오전 9시 31분. 벅찬 감동에 휩싸일 줄 알았는데, 담.담.했.다. 광장 돌바닥에 털썩 주저앉아 오래오래 대성당을 바라보았다.

10시 30분. 완주했다는 증서를 받으러 사무실에 갔다. 꽤 많은 사람이 줄을 서 있다. 사람들의 표정이 제각각이다. 이 길을 통해 가슴속에 새겨진 기억들이 중요하지, 증서를 받는다는 게 무슨 의미가 있을까 하는 생각이 잠시 스쳐 간다.

안내 봉사자가 '환영합니다'라는 각국 언어가 인쇄된 셔츠를 입고 있다. 'Welcome. Bienvenue, Welkom, Bemvido, Willkommen…' 그런데 한국어는 '환영합니다 감'이라고 표시 되어있다. 누군가 한국어를 잘 모르는 사람이 만든 모양이다.

증서를 받고 나오니 골목에 배낭을 맨 사람들이 출렁거린다. 먼 길을 걸어 종착지에 도착했다는 안도감, 어려운 일을 성취했다는 만족감이 얼굴에 넘쳐난다. 산토도밍고에서 꼴찌 선수 얘기를 할 때, 영국인 순례자가 했던 말이 생각난다. "산티아고 순례길은 산티아고에 도착하면 누구나 승자가 되는 길이지요. 우리 인생도 그 선수처럼 포기하지 않고 결승점에 도착하면 결국 이기는 자가 되는 거지요." 그렇다. 이기고 지는 것이 따로 없다. 끝까지 하면 모두 이기는 것이다.

한 무리의 사람들이 안내자를 따라 대성당 이곳저곳을 둘러보고 있다. 일본인 관광객이다. 깃발을 따라 우르르 몰려다닌다. 골짜기 아래로부터 힘들게 걸어 올라가는데, 케이블카를 타고 산 정상을 올라간 사람들이 손을 흔드는 것을 바라보았을 때의 느낌이 떠오른다.

정오 12시. 미사를 알리는 종이 울린다. 성가가 울려 퍼지자 아내가 조용히 흐느끼기 시작한다. 대미사는 장엄했다. 신부님의 강론이 시작된다. 배를 젓다가 노를 놓쳐버렸는데 비로소 넓은 물이 보이더라, 는 말이 잠깐 스쳐지나갔다.

대성당 긴 줄에 매달린 거대한 향로에 불을 붙인 다음 다섯 명의 신부님이 줄을 움직이기 시작한다. 향로가 좌우로 움직이더니 천정에 닿게 높이 치솟는다. 향내가 성당 안에 서서히 번진다. 중세 때, 먼 길을 걸어온 순례자들을 질병으로부터 보호하기 위해 향을 피우기 시작했다고 한다.

미사가 끝나고 대성당 이곳저곳을 구경했다. 세월의 두께가 내려앉은 성화와 성구, 성인의 동상을 차례로 둘러본다. 아내가 성인의 등을 쓰다듬고 있다. 얼마나 많은 사람들의 손길이 스쳐갔을까. 반질반질한 등 뒤로 성당 내부가 환히 내려다보인다. 옛 사람들의 아이디어와 건축술이 놀랍다.

지하에 내려오자 야고보 성인의 관이 놓여있다. 이천 년 전의 성인이 누워서 수많은 사람의 예방을 받고 계신다.

알베르게를 찾아갔다. 공용 알베르게인데 한 사람에 10유로, 개인 침실은 15유로란다. 내일 피에스텔라Fostella를 다녀오기 위해 버스 정류소까지 표를 예매하러 갔는데, 그럴 필요가 없단다. 괜한 헛걸음을 했다.

모레는 마드리드Madrid로 갈 계획이다. 기차표를 예매하러 산티아고 기차역으로 갔다. 산티아고 역 건너편 산 위에 건물이 독특하다. 언덕에 지은 현대식 건물인데 주위 풍경에 조화가 될 수 있도록 지어졌다.

야고보 성인의 관이 놓여있다

산티아고 대성당 내부.

주인 발 밑에 순하게 엎드려 있는 강아지처럼 언덕 모양과 딱 어울린다. 건물 하나가 이 나라의 건축 기술은 물론, 문화의 수준을 말해주고 있다. 나라의 품격을 말없이 나타내주고 있다.

역 앞에서 박명철 선생을 만났다. 반갑다. 그도 기차표를 예매하러 나왔다가 좀 쉬고 있는 중이라 했다. 사람들이 오가는 정문 앞 기둥에 후줄근하게 기대어 앉아있다. 모자를 벗어 땅바닥에 놓고 보니 풍경이 딱 어울린다.

산티아고 역에서 마드리드까지 한 사람당 60유로다.

알베르게 부엌이 제법 넓다. 김 선생 부부, 우리 부부, 박선생, 그리고 수원 이선생까지 함께 어울려 와인 잔을 높이 들어 산티아고 입성을 축하했다. 걸어오면서 느꼈던 경험들을 나누면서 오래도록 얘기를 했다. 김 선생이 아르쥬아에서 짊어지고 온 냄비와 그릇들을 이곳 알베르게에 주고 가겠단다.

밤이 깊어간다. 산티아고 순례길, 그 길에서 만난 각양각색의 사람들, 때로는 길가에 핀 들꽃 한 송이까지 떠오른다. 그들은 내 안의 나를 다시 바라보게 했다. 모두 위대한 스승이었다. '사람이 길을 만들고, 길은 사람이 만든다'는 사실을 다시 깨닫는 여정이었다.

'이룰 수 없는 꿈을 꾸고 이길 수 없는 적과 싸우며, 잡을 수 없는 저 하늘의 별을 잡자'. 꿈과 이상을 향해 노력하는 인간 의지의 위대함을 묘사한, 스페인 태생 세르반테스가 쓴 「돈키호테」에 나온 말이다. 산티아고 길은 불굴의 의지로 끝없이 도전하는 '돈키호테'의 정신이 흐르는 길이었다.

피니스테레^{Finisterre} 관광

꿈을 향해 높이 나는 저 갈매기, 햇빛 아래 빛난다. 눈이 부시다.

그 때, 성당의 종이 울렸다.

종소리가 어둠을 뚫고 멀리 멀리 퍼져 나갔다.

피니스테레^{Finisterre}. 동서로 800㎞쯤 되는 이베리아 반도의 끝, 말 그대로 땅끝 마을이라고 부르는 도시이다. 산티아고가 순례길의 목적지이지만, 많은 사람들이 종점인 피니스테레 까지 다녀온다고 했다. 산티에고에서 100㎞정도 떨어진 곳으로 버스를 이용하면 하루 일정으로 다녀올 수 있는 거리며, 걸어서는 3일 정도 걸리는 길이다.

정류소까지 걸어 나와 9시발 버스를 탔다. 산티아고에서 2시간 45분이 걸린다고 한다. 도시를 벗어나자 순례자들이 배낭을 메고 걸어가는 모습이 차창 밖으로 보인다. 십리 길을 자동차로는 4분이면 되는데, 걸어가면 한 시간을 가야한다. 인생의 길은 토끼와 거북이의 경주처럼 겉으로 드러나는 것만으로 판가름 나지 않는 데에 묘미가 있다. 그 속에 하느님의 신비가 담겨 있는지도 모르겠다.

바닷가 마을이 보인다. 뻘등이 드러나 있다. 썰물인가. 아니 밀물인지도 모르겠다. 세상은 한 눈에 보아 알 수 있는 것이 있고, 시간을 두고 지켜보아야 비로소 알게 되는 일이 있다. 그런데 성급한 사람들은 그 짧은 시간을 기다리지 못한다. 그리고 나서 오래오래 후회 한다. 흙탕물이 가라앉아 맑은 물이 되는 그동안을 참지 못하면 흙탕물을 뒤집어쓰게 된다. 인간세상에서 벌어지는 오해와 갈등은 많은 경우 성급함에서 비롯된다. 자연은 위대한 스승이다.

피니스테레에 도착했다. 자그마한 항구도시다. 바닷가 방파제를 따라 노점상이 줄지어 있다. 옷가게, 생선가게, 잡화상, 하몽을 파는 가게도 보인다. 갈매기들이 시장 바닥에 널브러진 음식 찌꺼기를 주워 먹고 있다. 갈매기는 저렇게 어디서나 갈매기다.

마을에서 피니스테레 등대까지 걸어서 한 시간 정도면 갈 수 있다고 한다. 오르막길을 따라 우리부부와 김 선생네 부부가 함께 걸어간다. 배낭을 메지 않고 걸어가려니 좀 허전하다. 습관이란 게 무섭다.

가벼운 발걸음으로 올라가는 사람들을 물끄러미 바라본다. 짐을 지고 갈때는 저절로 고개가 숙여지고 시선이 아래로 향하던 사람들이 고개를 빳빳이 세우고 걸어간다. 짐을 지고 살아간다는 것, 그것은 배 밑창의 밑짐처럼 우리 인생의 중심을 잡아준다는 사실을 다시금 깨닫게 된다.

언덕 위 숲 속에 집 한 채가 특이해 보이기에 혼자서 오솔길을 따라 올라가 보았다. 한 노인이 웃통을 벗고 양지바른 언덕 아래 햇볕을 쬐면서 조개껍데기를 다듬고 있다. 깡마른 모습이 간디를 닮았다는 생각이 든다. 바다가 내려다보이는 전망 좋은 곳이다. 팔거냐고 물어도 조용히 웃기만 한다. 조개껍질로 목걸이나 팔찌 등을 만들어 순례자들에게 나누어 주는 것을 즐거움 삼아 살아가시는 분이다. 부근에서 나는 조개를 사용하니 돈 들일이 없고, 남에게 주면서 살아가니 항상 행복하단다. 혼자라고 했다. 말은 잘 통하지 않지만 한 동안 이분과 얘기를 나누었다. 인간 사이의 소통이 언어만이 아닌 것도 알게 되었다. 뜻밖의 장소에서 뜻밖의 인물을 만났다.

  길가에 동상이 서 있다. 땅끝을 향해 바람을 거슬러 걸어가는 모습이다. 리나레스 마을 부근 정상에서 만났던 야고보 성인의 동상과 닮았다. 길가에 금작화가 만발했다.

  바닷바람이 시원하다. 피니스테레 등대가 보인다. 이정표에 0.00㎞ 사인이 새겨져있다. 동쪽에서 시작한 순례길의 종착점이자, 서쪽으로 걸어가는 출발점이다. 등대 넘어 아스라이 바다가 보인다. 저 바다를 건너 야고보 성인이 이베리아

반도에 도착한 것이다. 망망한 바다, 푸르디푸른 물결 따라 쪽배 한 척이 흔들리고 있다. 그 옛날 야고보 성인의 시신을 싣고 왔다는 배도 물결 따라 흔들리면서 이 해안으로 흘러왔을 것이다. 땅 위의 것들은 바람에 흔들리면서 피어나고, 물 위의 것은 물 따라 흔들리면서 앞으로 나아간다.

  가락끝처럼 쭈욱 삐져나온 땅 끝. 유럽의 끝이라고도 부르는 곳. 그 언저리에 십자가가 서 있고 물건을 태우는 장소가 보인다. 순례자들이 신발이나 양말, 그리고 옷가지를 태우는 곳이란다. 타다 남은 물건들이 연기를 피워내고 있다. 망자의 옷가지를 불태워 이 세상에 남은 미련을 훌훌 털어버리고 저 세상으로 잘 가시기를 바라는 것처럼, 산

티아고 순례 이전의 삶을 저렇게 불살라버리고 새로운 인생을 살아가고자 하는 순례자들의 의식인지도 모르겠다.

피니시테레. 세상의 끝이라는 이곳에 도착하여 순례자들은 지친 신발을 벗어 던진다. 더 이상 걸어갈 필요가 없는 종점이니까. 그러나 이곳은 세상의 끝이면서 동시에 귀향과 회복의 성소임을 알아야 하리.

아스라한 창공에 갈매기 한 마리 난다. 끼룩끼룩 소리 지르며 푸른 하늘을 향해 치솟는다. 거센 바람을 거슬러 몇 번이고 치솟다가 뚝 떨어지곤 하지만 끈질기게 나는 연습을 하고 있다. 저 놈은 선창가에서 쓰레기나 주워먹고 사는 족속들과는 다른 녀석인 모양이다. 꿈을 향해 높이 나는 저 갈매기, 햇살 아래 빛난다. 눈이 부시다.

오후 늦게 산티아고로 돌아왔다. 알베르게로 가는 길, 이끼 낀 돌담으로 둘러싸인 계단에 걸터앉아 젊은 남녀가 얘기를 나누고 있다. 할 말이 많은가 보다. 볼수록 따뜻한 풍경이다. 저들을 비추는 저녁 햇살은 천 년 전에도 저렇게 부드러웠을 성 싶다.

마켓에 들러 문어 한 마리, 와인, 그리고 저녁 찬거리를 사왔다. 식당에서는 문어 한 접시에 5유로인데 한 마리는 29센트다. 문어를 삶고, 샐러드를 만들고 와인을 곁들여 놓으니 더 바랄 게 없다.

술잔을 가만히 바라보다가 이렇게 호사를 누려도 되는가, 하는 생각이 문득 스쳐 간다. 이 길을 걷고 싶지만 걸을 수 없는 사람들. 시간이 없어서, 돈 때문에, 혹은 건강이 좋지 않아서… 여러 가지 이유로 오고 싶어도 오지 못하는 분들이 얼마나 많을 것인가.

잔을 높이 들어 김 선생 부부와 축배를 들었다. 먼 길을 함께 걸으면서 좋은 인연을 맺게 된 것을 감사드리며.

한국인 아주머니 한 분이 쓰러질 듯 식당으로 들어온다. 신 새벽에 일어나 걷기 시작하여 오늘, 50㎞가 넘는 길을 걸어왔단다. 50㎞라니…. 먹지도 않고 그 먼 길을 신들린 듯 달려왔다고 한다. 마침 밥이 다 되어 먼저 드시라며 차려드렸다. 그렇게 많은 밥을 그토록 맛있게 먹는 모습은 처음 보았다. 잠실 성당에 나가신다는 그 아주머니. 혹 이 글을 읽으신다면 감회가 새로우실 것 같다.

오는 길에 두세 번 만났던, 전직 3선 국회의원이라는 분을 다시 만났다. 이 길에서 알게 되었다는, 딸아이 정도의 젊은 여자와 여전히 함께 움직이고 있다.

전주에서 온 박일과 박설주도 만났다. 에스토니아 출신 스반, 무전여행을 한다는 그 친구도 반갑게 해후를 했다. 알베르게에 앉아 있으니 냇물이 바다로 흘러오듯 모두들 모여든다. 앞서거니 뒤서거니 걸어와 결국 이렇게 만나게 된다. 이 길 뿐이겠는가. 다시 헤어져 제각기 살아가겠지만 언젠가는, 아무도 갔다 온 적이 없는 미지의 나라에서 함께 만나야 할 운명이 아니던가.

식사를 마치고 이슬비 내리는 거리를 따라 혼자 산티아고 대성당을 다시 찾아갔다.

성당 부근 길가에 한 젊은이가 비를 맞으며 무릎을 꿇고 구걸을 하고 있다. 언제부터 저러고 있었을까.

빗물에 옷이 흠뻑 젖은 채, 쌀쌀한 이 저녁 작은 깡통을 양손으로 받쳐 들고 한 푼 적선을 바라고 있다. 땅바닥을 내려다보며 자비를 기다리고 있다. 어쩌면 한줌 사랑을 탁발하고 있는지도 모르겠다. 우산 쓴 사람들이 그 앞을 스쳐 간다. 벌써 몇 사람이 지나갔지만 돈 통에 돈을 놓고 간 사람은 없다.

얼마쯤이나 지났을까. 발길을 성당으로 돌렸다. 날이 저문다. 성당이 비를 맞으며 울고 있다. 땅거미가 서서히 내리자 여기저기 전등이 켜진다.

광장에 서서 오래오래 대성당을 바라보았다. 나는 누구인가. 누구이어야 하는가. 내 생의 고비고비에서 나를 붙잡아 여기까지 인도해 주신 분. 칼바람 부는 저녁 갈 곳 없어 헤매던 나를 손 잡아 이끌어 주시던 분, 수렁에 빠져 허우적거릴 때 나를 불끈 들어 고슬고슬한 땅 위에 옮겨 주던 분은 또 누구였을까.

갑자기 눈물이 북받쳐 올랐다. 털썩 무릎을 꿇었다. 그렇게 한참 동안 흐느끼는데 누군가 내 어깨를 가만히 감싸 주었다. 누구실까….

그 때, 성당의 종이 울렸다.

땡…

땡…

땡….

종소리가 어둠을 뚫고 멀리 멀리 퍼져 나갔다.

산티아고_순례길따라_2000리

산티아고_순례길따라_2000리

산티아고
순례길 따라
2000리

초판 1쇄 발행	2015년 11월 16일
지은이	정찬열
펴낸이	노승택
편집주간	안혜숙
디자인	문찬영
펴낸곳	다트앤
출판 등록	1998년 9월 15일 제22-1421호
주소	서울 영등포구 선유로 274 (양평동 4가)
전화	02-582-3696
ISBN	978-89-6070-593-7
값	13000원